소설
동학

1

김동련
대하소설

1

소설

동학

나라는
것은
무엇인가? ───── ①

도서
출판 모시는사람들

프롤로그

나는 조선 정조대왕 시대를 산 정약용이라는 사람이다.

내가 삶을 이해하는 명제는 세 문장으로 압축된다.

나라는 것은 무엇일까?

세상이라는 것은 과연 무엇일까?

그리고 사람답게 살려면 진실로 어떻게 살아야 할 것인가?

유학에서는 나라는 존재의 본질은 생이 끝나도 네 세대쯤 유지하다 결국 영원히 소멸한다고 여긴다. 불도에서 나라는 존재의 본질은 업을 지으며 영원한 시간을 윤회한다. 도가에서 나라는 존재의 본질은 수련을 통해 찾아가는 영원히 죽지 않는 몸이다.

이렇게 가르침은 다르지만, 여기에 공통되는 전제가 있다.

현재의 나는 세상 속에 있는 불완전한 존재라는 것이다.

그렇다면 세상이라는 것은 과연 무엇인가?

세상은 한정된 부분만 나의 감각을 통해 드러난다. 나의 어설픈 감각으로는 세상의 깊은 속살에 접근하기 어렵다.

불완전한 존재인 내가 내 밖의 세상을 있는 그대로 이해한다는 것은 원천적으로 불가능한 일이다. 그러나 나는 순간순간 변화하는 세상에 이미 던져져 있다.

그렇다.

사람은 깊이 병들지 않고 치명적인 사고를 당하지 않으면 길게는 육칠십 년을 살 수 있다.

이것은 부정할 수 없는 사실이다.

이 한정된 세월을 불완전한 존재인 내가 변화하는 세상 속에서 과연 어떻게 살아야 사람답게 사는 것인가?

젊은 시절, 나는 퇴계와 성호, 두 선생이 지나갔던 길을 따르려 했다. 퇴계의 도덕으로 내면을 닦고 성호의 실학으로 실용을 추구하려 했다.

그러나 퇴계 선생의 허를 건 소리는 점차 허망해져 식자들이 즐기는 관념의 유희로 들렸다.

나는 성호 선생 쪽으로 갔다.

그러나 성호 선생의 실한 뜻은 위로 올라가 정책이 되지는 못했다.

온 백성에게 베풀어지지 못하는 뜻 역시 아무리 실해도 관념의 유희처럼 허망하기는 마찬가지였다.

그래도 실한 뜻은 관념의 유희를 넘어 나를 끌어당겼다.

나는 아버님 권고에 따라 과거를 치르고, 초계문신으로 규장각에서 공부했고, 여러 벼슬을 받아 이곳저곳 돌아다녔다.

우리 시대는 단지 반대 당파에 속한다는 이유만으로 인재를 죽였다. 권력을 거머쥔 자들과 다른 생각을 가졌다는 이유만으로 사람을 죽였고, 새로운 사회를 지향하려는 노력을 국가에 대한 반역으로 몰았다.

시대가 발휘하는 담론의 무게는 충분히 무거웠다.

벼슬아치는 이기적이고 완고했고 백성은 모순된 틀에 갇힌 채 쉽게 깨어나지 못했다.

주상의 조부는 아들을 세자 신분으로는 죽일 수 없어 서인으로 폐했다. 그리고 서인이 왕을 죽이려 했다 하여 역적으로 몰아 죽였다.

아비가 죽자 주상은 역적의 자식이 되어 궁궐 밖으로 내쫓겼다. 역적의 자식은 왕이 될 수 없기에 큰아버지의 양자로 입적한 후에야 비로소 다시 궁으로 들어갔다.

주상은 부친을 죽인 무리와 타협하며 미래를 설계했다. 정적의 수장과 사사로운 편지를 주고받으며 은밀한 관계를 유지했다. 그러나 편법은 오래가지 못했다.

조선이 개국하고 백성이 가장 살기 어려운 시기가 주상이 다스리던 때였다

왕의 정책은 관리들에게 막혀 백성에게 가까이 다가가지 못했다.

해마다 가뭄이 들지 않으면 홍수가 났다.

전염병은 수시로 창궐했다.

주상은 속이 타서 입에 담배를 물고 살았다.

그러나 주상도 조선의 일개 왕일 수밖에 없었다. 자신의 세계에 붙안겨 백성을 바라보았다.
그곳은 당초무늬 휘어진 그윽한 그늘 속이었다.
그늘 속에서 그늘을 보았다.
그것은 같은 그늘이 아니었다. 바깥 그늘에 사는 백성들은 허리가 휘어지고 춥고 배고팠다. 그들도 사람이었건만 사람 취급을 받지 못했다.

주상은 살기가 커 땀을 많이 흘렸다.
몸에서 나는 열기 때문에 수시로 안경을 벗어 닦았다. 한겨울에도 얼음 없이는 못 살았다.
겨울에 날씨가 따뜻하면 개성 등짐장수 집에서 곡소리가 새 나왔다. 한강에 얼음이 얼지 않으면 궁궐 내 빙고에 채울 얼음을 평양 대동강에서 운반해 왔다.
대동강 얼음을 한양까지 옮기는 일은 개성 등짐장수에게 공역으로 주어졌다. 평양에서 얼음 한 섬을 지고 한양에 오면 그사이 녹아서 서 말로 줄어들었다.
생업으로도 먹고 살기 힘든 등짐장수들이 그것을 겨우내 져 날랐다.

주상은 효자였다. 그러나 그가 아버지를 그리는 마음이 수원 백성에게는 고통의 근원이 되었다.

그는 부친 능을 수원 화산으로 옮기고 능 주위에 소나무를 심었다. 소나무 잎을 송충이가 파먹었다.

수원 백성에게 가구당 한 말씩 송충이 잡는 공역을 주었다.

추운 겨울은 한 집에서 한 말만 잡으면 넘어갔으나 겨울이 따뜻하면 가구당 한 섬을 채워야 했다.

왕이 이러하니 밑의 신하들이야 오죽했으랴.

작당해 백성들의 껍질을 벗겼다.

장독엔 소금 한 톨 남지 않고
뒤주엔 쌀 한 톨 없구나.
큰 솥 작은 솥 다 앗아가고
숟가락, 젓가락 다 훔쳐 갔네.
자식 이미 팔려 갔고
내 아낸들 누가 사랴.
나의 껍질 다 벗기면
뼈마저 부수려나.
벼슬아치여, 사또여.
고기 먹고 쌀밥 먹고
사랑방에 둔 기생이
연꽃같이 곱구나.

나는 주상과 손을 잡고 진동걸음을 했으나 곧 한계에 직면했다. 삿갓 미사리를 입에 대고 떨어지는 감을 받아먹던 시간은 금방 지나갔다.

주상이 죽자 나락이 다가왔다.

주상과 스무 해 넘게 쌓아온 노력이 정순왕후의 수렴청정이 시작되면서 모두 물거품으로 돌아갔다.

애달픈 가운데 고달픔이 다가왔다. 절망을 감싸는 솜처럼 부드러운 고요가 나는 두려웠다.

권력을 회복한 자들이 나를 천좍쟁이로 몰았다.

모두가 거짓말을 하는 세상에서 가름대 위에 앉은 앵무새만 정직했다.

눈이 내리면 북풍이 치기 마련. 나는 추국청에 끌려가 죽을 고비를 넘겼다.

나는 서로 다른 물감을 섞어 새로운 색을 만들려 저었었다. 서학은 내가 섞으려던 물감 중 다만 하나였을 뿐이었다.

어떤 창조자가 사람을 차별 없이 자신의 모습과 똑같이 만들었다는 이야기가 마음에 들었다.

처음 하늘이 열렸던 날에 무슨 양반이 있고 무슨 천민이 있었겠는가?

그러나 새로운 색을 만들기도 전에 천좍쟁이들과 함께 대패침을 맞았다.

권력.

그것은 무모하고도 무상한 필요악이다. 이 무지막지한 물건은 애당초 어떤 연유로 생겨났을까?

아마도 그것은 물과 관련이 있었을 것이다.

오랜 옛날.

사람들은 강가에서 농사를 지었다.

때때로 예상하지 못한 큰물이 경작지를 쓸어갔다. 강의 물길을 잡아 경작지를 보존하는 작업은 몇 사람만의 힘으로 되는 일이 아니다. 규모가 큰 공사에 많은 사람이 동원되었다.

어떤 사람은 흙을 나르고, 어떤 사람은 돌을 나르고, 어떤 사람은 땅을 팠다. 또 물을 길어 오는 사람, 밥을 하는 사람, 식량을 나르는 사람도 있었다. 작업을 효율적으로 수행하기 위해 일을 분담했다.

농사를 짓고 살았으니 태양신과 조상신을 숭배했을 것이다.

신을 숭배하는 예식을 올릴 때 서로 일을 나누던 경험으로 물길을 잡는 큰 공사를 분담했을 것이다.

공사를 설계하거나 지휘 관리하던 자들이 있었고, 그들이 공사가 끝난 후에도 수로를 관리하거나 새 수로를 건설한다는 명분으로 그 권한을 보존했을 것이다.

이것이 사람 사는 세상에 권력이 생긴 시작이리라.

권력은 도시를 건설하고 달력을 만들고 바퀴와 쟁기·돛단배·법전을 만들었다. 권력은 군대를 만들어 다른 지역을 쳐 세력을 확장했고, 권력 옆에서 기생하던 식자들이 그 공격의 정당성을 변명했다.

그리고 세월이 흘러갔다.

사람들은 만들어진 이야기를 사실로 믿는 버릇이 있다.

권력은 수도 없는 담론을 계속 생산했고 사람들은 그 담론의 늪에 빠져 헤어나지 못했다.

권력이란 참 편한 것이다. 권력은 언제나 자신을 정의로 규정했다.

이 땅도 마찬가지였다.

권력으로 눌러 착취하는 자들은 물명주 덤벙으로 삶이 차졌다. 권력에 억압받고 빼앗기는 자들은 찢어진 쪽 다리 같아 평생이 고달팠다.

마른 목은 길쭉하여 따오기 모양이요.
병든 살갗은 주름져 닭살 같구나
우물은 있다마는 새벽 물 긷지 않고
땔감은 있다마는 저녁밥 짓지 못해
관가에 넘치는 돈 궤짝 남이 볼까 쉬쉬하니
우리를 굶게 한 건 이 때문이 아닌가.
관가 마구간에 살찐 저 말은
진실로 우리네 피와 살이라네.

위에서는 자리를 유지하느라 찌럭소 해치흙 건지듯 인생을 낭비했고, 밑에서는 상머슴처럼 부지런해도 몸에 걸치고 목구멍에 넘길 것에 연연하며 인생을 낭비했다.

서로가 삶을 낭비하며 사는 곳에 진정한 행복은 없었다.

그랬다.

여기는 서로 더불어 살 수 있는 틀을 갖추지 못한 곳이었다. 이곳에는 새로운 틀이 필요했다.

강진 주막 뒷방에서 보은 산방을 거쳐 이곳 다산 기슭, 다 무너져가던 초당에 온 지 어언 십일 년이 지났다. 백삼십 년 전 우암 선생이 유배와 고생했던 장기에서 보낸 세월을 보태면 십구 년이 된다.

긴 유배 생활 동안 나는 세상을 바꿀 새 틀에 관해 고민했다. 여러 물감을 섞어 여러 색을 만들어 보았다.

그리고 세월은 무심하게 흘러갔다.

나는 아직 나라는 것이 무엇인지 잘 모르겠다.

나는 아마도 아무것에도 매이지 않는 자유로운 존재인 듯하다.

세상이 과연 무엇인지도 잘 모르겠다.

개인이 모여 사람 사는 세상이 될진대, 세상에는 이기적인 의도에 희석된 숙명이 만연한 듯하다.

자유와 숙명은 부딪히기 마련이다. 자유는 숙명의 파도를 타고 흘러갈 수 없다.

그래서 나는 생각했다.

세상이 나의 자유를 구속한다면 내가 세상을 바꾸어야 한다고.

가을이 다가오고 있다.

골짜기에서 밤이 익는 소리가 들리는 듯하다.

내일이면 나는 유배가 풀려 집으로 돌아간다. 오랜 유배로 이미 몸과 마음은 묵무덤처럼 휘주근하다.

나는 이제 늙었다. 이제 내게 이승에서 남은 시간이 얼마인지도 모르겠다. 가만히 귀를 기울이면 실핏줄 삭는 소리가 들린다.

나머지 시간은 다만 가족과 더불어 서로 다하지 못했던 정을 나누며 투미하게 보내고 싶다.

유배 중 다듬은 생각을 엮어 책을 썼다.

붕새 울고 간 나무둥치 아래서 등 돌리고 꽃을 심었다. 이것을 네 권으로 필사했다. 한 권씩 한지에 싸 노끈으로 단단히 묶었다.

여기 담은 내용은 지금 세상에는 용납되지 못한다.

이 책은 사람들 눈에 띄지 않은 채, 뜻있는 이들에 의해 전해지고 또 전해져야 한다.

언젠가 때가 무르익어 진정 자신이 어떤 존재인지 확연히 깨닫는 사람들이 수도 없이 생겨나 자신들의 올곧게 자유로운 삶을 방해하는 잘못된 세상의 틀을 바꾸기 위해 스스로 목숨 바쳐 싸워야 할 때 이 책이 조금이나마 도움이 되었으면 좋겠다.

방문을 열고 밖으로 나갔다.

보름달이 떴다. 환한 달빛을 받은 대숲 그림자가 마당을 쓸었다. 가시나무 잎에서 진주 알갱이가 날아왔다.

문생 이청과 초의 스님이 나를 바라보았다. 말없이 그들의 손위에 책을 두 권씩 얹어 주었다. 두 사람을 통해 천주학을 하는 남종삼과 강진 선비 윤세환에게도 한 권씩 전해질 것이다.

언젠가 세상은 옳게 살아날 것이다.

우리는 마주 서서 깊이 허리를 숙였다. 이윽고 두 사람은 어둠 속으로 사라졌다.

마당에 혼자 남아 한참 하늘을 쳐다보았다.

달밤은 어쩌면 저리도 시리면서 푸근할까.

안개꽃 무리로 피어난 별들이 탱자나무 잎으로 서슴없이 쏟아져 내렸다.

나라는
것은
무엇인가?

①

나는 도대체 누구인가?
내가 사는 이곳은 도대체 어디인가?
나는 옥 조각처럼 영롱하게 빛나는 조그만 별에 살고 있다.
해는 우리 은하의 변방, 두 개의 나선 팔 사이에 갇혀 있다.
우리 은하는 우주의 후미진 구석에
겨우 십여 개 식구를 거느린 작은 은하 군의 그저 그런 가족일 뿐이다.
그리고 우주에는 이 별의 모든 사람을 합한 수보다 많은 은하가 널려 있고,
이 별에 누운 바닷가의 모든 모래알을 합한 수보다 더 많은 별이 존재한다.
이 모든 것을 의식하는 나는 도대체 무엇인가?

1.

정무공의 이름은 진립, 자는 사건, 아호는 잠와이다. 구미산 남쪽 기슭, 경주 현곡면 하구리에서 최신보의 아들로 세상에 나왔다.

태어난 날 구미산이 울었다.

세 살에 어머니를 여의고, 아홉 살 때 내남면 이조리로 이사했다.

한 달에 아홉 끼를 먹는 살림에 열 살에 부친마저 세상을 떠났다.

열여섯에 서산 유 씨를 아내로 맞았다. 아내는 눈썹이 비취 깃 같고 살결은 양지옥 같았다. 자름한 어깨는 툭 치면 수줍어 울먹일 듯 가녀렸다.

스물넷에 첫아들을 보았다.

열심히 살아 형편이 조금 택택해졌으나 스물다섯에 왜란이 터졌다.

가족을 지키기 위해 아우 계종과 힘을 모아 의병을 일으켰다. 싸우지도 못하고 도망간 경주 부윤 윤인함을 일부러 찾아가 허락을 받고, 마을 청년 수십 명을 모았다.

왜병은 이조리 가암 마을 오르막길 들머리, 큰 기와집에서 경계도 세우지 않고 잠에 취해 있었다. 청년들은 한밤중에 가뭇없이 집 주위를 포위했다.

별빛 떨어지는 소리가 적막보다 컸다.

가만히 울바자에 기름을 뿌리고 불을 질렀다. 불길은 마침 불어온 바람을 받아 순식간에 집 전체로 번졌다.

잠자다 놀란 왜병은 일부는 불에 타 죽고 일부는 살이 익은 채 밖으로 뛰어나왔다. 미리 잠복해 있던 청년들이 활을 쏘아 차례차례 죽였다. 노획한 조총과 창검은 경주 부윤에게 바쳤다.

이것이 진립이 무관으로 사는 계기가 되었다.

스물일곱 때인 선조 이십칠 년. 무과에 급제하여 군자감 부정에 임명되어 군수물자를 취급했다.

서른 먹던 선조 삼십 년 봄. 정유재란을 맞았다.

그는 명군 경리 양호와 조·명 연합군 사만 명을 지휘해 직산 북쪽 소사평에 주둔했다.

구월 오 일.

한양으로 북상하던 왜병과 싸웠다. 왜병은 연합군의 기세에 밀렸다.

시월에는 왜병을 양산까지 밀어붙였다.

다급해진 왜병은 남해안 일대에 성을 쌓고 버텼다. 울산 태화강 하류 도산과 서생포 회야강 포구를 끼고 성을 쌓았다.

그는 수백 명의 결사대를 이끌고 서생포에 주둔한 왜병을 공격했다. 높은 곳을 먼저 차지해 왜병을 유인했다. 이 와중에 적탄에 맞아 턱에 상채기가 났으나 개의치 않았다.

섣달 이십 일부터 이듬해 무술년 정월 초사일까지 경주 부윤 박의장을 보좌해 울산 도산에 모여 있는 왜병을 공격했다.

조·명 연합군은 성을 포위하고 대포를 쏘고 불화살을 날렸다. 전투는 열흘간 계속되었다. 왜병은 식량과 물이 생쥐 입가심할 것도 없이 떨어져 거의 괴멸 직전이었다.

그때 서생포에 주둔했던 왜병 지원군이 도착했다. 겨울비가 추적추적 내리는 가운데 대회전이 벌어져 결국 연합군은 경주로 후퇴했다.

밀고 당기는 전투는 구월까지 계속되었다.

풍신수길이 죽자 왜병들은 동짓달 하순에 철수했다.

다음 해 기해년 섣달에 전공을 인정받아 진위장군 훈련원정에 임명되었다.

곧 정삼품 어해장군으로 승진했다.

잠시 쉬다 불혹이 되던 무신년 섣달. 오위도총부 도사로 다시 벼슬에 나갔다.

다음 해 기유년 사월 마량진 수군첨절제사, 마흔넷 되던 임자년 정월 경상좌도 수군 우후, 마흔일곱 되던 을묘년 동짓달 경원 도호부사, 다음 해 병진년 정월 통정대부로 올라갔다.

지천명이 되자 벼슬을 떠나 집으로 돌아왔다.

신유년 쉰셋에 다시 환로에 나가 찬화사 이시발의 부장으로 평양에 머물렀다.

다음 해 임술년 칠월, 고사리 첨절제사로 평북 용천군 양책관에서 근무했다.

이때 후금 군사가 쳐들어와 피신 중이던 명나라 장수 모문룡을 쳤다. 그는 거느리던 장졸에게 후금 군사가 우리를 공격하지 않는 한 전투에 관여하지 말라고 명령했다. 후금 군사는 모문룡의 군사만 일부 죽이고 물러갔다.

모문룡은 첨절제사가 자신을 도와주지 않았다고 조선 조정에 항의했다. 친명정책을 쓰던 조정은 그를 문책해 울산으로 귀양 보냈다.

먹기는 파발이 먹고 뛰기는 역마가 뛴다.

그는 저항하지 않고 순순히 유배를 떠났다.

계해년. 쉰여섯 되던 삼월에 용양위 부호군, 같은 해 섣달 가덕진 수군 첨절제사가 되었다.

쉰아홉 되던 병인년 사월에 함경도 경흥 도호부사가 되고, 예순둘 되던 경오년 사월에는 전라우도 수군절도사가 되어 해남 우수영으로 갔다. 같은 해 칠월 공조판서로 특진하고, 섣달에는 경기 수군절도사 겸 강화도 도호부사가 되었다.

예순여섯 되던 계유년 정월에 경기·충청·황해 수군통어사가 되었다.

세월의 무게에 눌려 어느 사이 허리가 휘었다. 조정에 여러 차례 사임을 청했으나 허락되지 않았다.

계유년 여름. 병을 얻어 자리에 눕자 비로소 집에 돌아갈 수 있었다.

병이 잠시 고자누룩하자 다음 해 갑술년 유월에 다시 전라우도 수군절도사가 되고 예순아홉 되던 병자년 가을에 공주 영장으로 임명되었다.

병자년 인조 십사 년.

사월에 후금은 청이라 국호를 바꾸고 이해 동짓달에 조선에 왕자와 대신을 볼모로 보내라 요구했다. 조선이 언구럭을 부리고 말을 듣지 않자 섣달 구 일, 십만 군사를 몰아 압록강을 건너왔다.

기마병을 주력으로 한 청군과 싸우다 평안 병사 남이흥이 전사했다.

섣달 십사 일.

청군은 개성까지 내려왔다. 청군은 연도의 조선 백성 수십만을 납치해 심양 노예시장에 팔아먹었다.

조정은 강화도로 피난하려 했으나 청군이 양천 길목을 막아 남한산성으로 들어갔다.

섣달 십육 일.

청군은 남한산성 일대를 이중으로 포위했다. 전라도·경상도·강원도에서 병력을 보내 포위망을 풀어보려 했으나 실패했다.

충청 감사 정세규도 휘하 병력을 출동시켰다. 공주 영장으로 있던 그는 정세규를 따라갔다.

섣달 이십육 일,

남한산성에서 삼십 리 떨어진 용인 선바람 고개에 도착했다. 당시 그의 나이는 칠십을 한 해 앞두고 있었다. 문밖을 나서면 북망산이 지척이었는데 칠성편을 휘둘러 말을 울리며 길을 재촉했다.

정세규는 그가 나이가 많음을 염려해 후방인 직산에 머물라 했다. 그는 질감스럽게 부르짖었다.

"임금이 적에게 포위되었는데 늙은 신하가 감히 살기를 도모하겠습니까? 몸이 늙어서 장수의 직은 다할 수 없어도 출전은 해야겠습니다."

말을 달려 앞으로 나서며 의분에 북받쳐 눈물을 흘렸다.

정세규는 선바람 고개에 진을 치고 좌·우군을 편성했다. 그는 선봉을 맡아 오 리를 전진해 포진했다.

오후 늦게 는개가 내리는 속으로 청군 기마병이 공격해 왔다.

그는 온 힘을 다해 싸웠다.

청군은 날이 저물자 돌아갔다.

다음 날 이십칠 일.

날이 새자 청군 수천 기가 다시 공격해 왔다. 그들은 조선군쯤은 꿈속의 넋두리 정도로 보는 듯 거침이 없었다. 오시에 조선군이 밀리기 시작해 미시에 결국 무너졌다.

선봉에서 활을 쏘던 그는 화살이 다 떨어지자 부하 장졸을 후퇴시켰다.

"너희들은 나를 따라 죽지 않아도 된다. 그러나 나는 한 치도 물러서지 않겠다."

그는 용천검을 들고 홀로 남아 싸웠다. 몸에 수십 군데 베인 상처가 났고 화살이 가슴과 배에 박혔다.

그렇게 이승을 떠났다.

는개 속에서 가뭇없이 타던 등불이 하염없이 지고 말았다.

섣달그믐에 울주군 언양면 반연리 까막못 뒷산에 묻었다.

정축년 오월.

인조는 자헌대부 병조판서 겸 지의금부사를 증직하게 했다.

경신년에 경주 내남면 이조리 가암 마을에 충의당과 흠흠당을 짓고 유족에게 고택을 제공했다. 개모둠에는 정려비각을 세웠다.

효종 이년.

신묘년 초에 정무라는 시호를 내리고 팔월에 청백리에 등록했다.

그 후 숙종 이십오 년, 경주 이조리, 천룡산 아래 용산서원과 신도비각을 세웠다.

신묘년에 숙종은 숭렬사우 현판을 사액했다.

그 뒤 이것이 용산서원이 되었는데 고종 칠 년에 이르러 흥선이 부수
어 버렸다.

2.

나는 영조 삼십팔 년, 임오년 삼월 이십삼 일, 경주 현곡면 가정리에서 태어났다.

이름은 옥, 자는 자성이라 했다.

열세 살부터 기와 이상원 선생을 모시고 유학을 공부했다.

스물이 되면서 과장에 나갔다. 지방 향시에 여덟 번 나가 모두 합격했고, 굉사시에도 한 번 합격했다. 그러나 인정전 앞뜰에서 보는 복시는 번번이 실패했다.

아무리 학문이 있어도 안동 김씨라는 세도가에 줄을 대어 돈을 미리 바치지 않으면 과거에 합격하기 어려웠다.

이전에는 경주 최씨 중에도 어찌어찌 벼슬에 나간 분이 있었다고 하나 점차 조정에서 밀려나 대부분 낙향해 버려 당시 등을 기댈 만한 관직을 가진 친척은 한 사람도 없었다.

아버님의 유훈을 받들어 여러 번 과장을 다녔으나 어느 시기부터 쓸데없는 곳에 힘을 쏟을 필요가 없다고 여겨 그만두었다. 과거라는 것이 탱자나무와 같아서 어진 사람이 앉을 자리가 아님을 알게 되었다.

그 후부터는 주문공과 퇴계 선생의 책을 읽었다.

나는 살아가면서 남을 대함에 너그러우면서도 절제가 있고자 했고, 사물을 대함에 정밀하면서도 모나지 않고자 했다. 그러나 시비를 가릴 때에는 대나무처럼 소신을 굽히지 않았다.

점차 주변에 문장으로 이름이 나 내가 지은 글을 여러 사람이 외운다
는 이야기를 자주 들었다.

기해년 시월.
열일곱에 흥해현 매곡에 살던 스물한 살 오전 정 씨를 아내로 맞았다.
도공의 막내딸처럼 가녀린 아내는 잔병이 많았다.
그러나 대가 차 아랫사람을 부리는 데 절도가 있어 남녀 노복이 기뻐
했다. 일가 사람을 대하는 일에도 정성을 다해 집안에서 어진 며느리가
들어왔다고 칭찬했다.
내 나이 열여덟이던 기해년에 처음 아들을 얻었으나 알지 못할 병으
로 곧 죽고 말았다.
그다음 다음 해, 아내는 모진 병을 만나 배가 부어올랐다. 이 병에 걸
리면 살아남는 사람이 열에 한둘도 없었다.
부친은 며느리를 소중하게 여겨 파산을 각오하고 가산을 기울여 보살
폈다. 목마른 사람이 병아리 쫓듯 동쪽으로 뛰고 서쪽으로 달려 의원을
찾고 처방을 물었다. 부친의 하해와 같은 며느리 사랑이 없었으면 아내
는 그때 저세상 사람이 되고 말았을 것이다.
결국 하늘의 응답을 받았다.
삼 년이 지나 비로소 살길을 찾았다.
어느 날 아내는 자리를 툭툭 털고 일어났다.
"나를 살린 분은 시아버님이십니다. 마음으로 더없이 감격하나 어떻
게 보답해야 할지 알지 못하겠습니다. 오직 섬기는 데 더욱 부지런하고

봉양하는 데 더욱 힘쓰겠습니다."

잔병치레가 잦던 아내는 내가 서른여섯 되던 무오년 여름, 우연히 대수롭지 않은 병에 걸렸는데 알고 보니 역병이었다.

병이 너누룩하자 아내가 가쁜 숨을 쉬며 간청했다.

"이 병이 매우 의심스럽습니다. 늙으신 시어머니를 잠시 귀동에 피하게 하여 주십시오."

병세가 점차 나빠지더니 겨울 초엽에 임종이 다가왔다. 아내는 목구멍 사이로 겨우 말했다.

"저의 하수와 아버님의 중수 그리고 어머님의 장수가 다 이루어졌습니다."

그리고는 이승을 떠나갔다.

아내는 병이 깊어지는 대로 독한 약을 많이 들어 첫 아이가 죽은 이후 자식을 낳지는 못했다.

나는 정 부인의 일 년 상을 치르고 재혼했다.

사대부가 상처하면 삼년상을 치러야 재취할 수 있었다. 그러나 나이 마흔이 지난 사대부가 대를 이을 자식이 없을 때 부모가 허락하면, 아내와 사별하고 일 년이 지난 후에 재취할 수 있다는 경국대전의 예외 규정을 들어 어머님이 재촉했다.

그 말씀에 따를 수밖에 없었다. 비록 나이가 마흔이 지나지 않았으나 서른일곱 되던 기해년 겨울에 스물다섯 살, 달성 서씨와 재혼했다.

뒤란 너머 곱게 핀 석류꽃을 닮은 사람이었다. 서부인과 사이에 딸 둘을 두었다.

그럭저럭 세월이 흘러, 내 나이 쉰이 되었다.

봄에 서부인은 젖이 곪는 병을 앓아 많이 괴로워했다. 여러 의원에게 보였으나 쉬이 병을 고칠 방도를 구하지 못했다.

여름이 되자 염증이 가슴과 배로 번져 차마 눈으로 볼 수 없는 지경에 이르렀다.

나는 아내 곁에 앉아 그녀의 두 손을 마주 잡았다.

"여보, 내가 손을 놓고 먼산만 바라보지는 않았소만 당신 병을 고쳐주지 못하니 이 일을 어쩌면 좋겠소."

아내는 고개를 저었다.

"저는 더 바랄 것이 없습니다. 오직 당신께 아들을 안겨 드리지 못해 마음이 아프답니다. 제 병이 그러한 안타까운 마음으로 말미암았다는 것을 제가 어찌 모르겠습니까?

집안의 핏줄을 끊어지게 했으니 큰 죄를 지었습니다. 그러나 저를 가엾게 보시어 남은 두 딸을 잘 가르쳐주십시오."

나는 고개를 저었다.

"제발 그렇게 마음 약한 소리는 하지 마오. 내가 하도 답답해 어제 점을 쳤더니 부인은 길하고 남편은 흉하다는 점괘가 나왔소.

부인이 길하다는 것은 당신이 살길이 있음을 뜻하는 점괘가 아닐까요?"

이때 밖에서 하인이 처남이 왔다고 했다. 오라비는 방에 들어오더니 고통스러워하는 동생 모습을 차마 보지 못하고 곧바로 떠나겠다고 했다.

오라비는 문밖에서 말로 누이와 작별했다.

"잘 가거라. 잘 가거라. 서모에게는 내가 알리겠다. 나는 이미 만나보았으나 올케와는 이 세상에서 다시 만나 볼 수 없게 되었으니 나중에 저승에서 만나 보도록 해라.

이제는 친정 쪽은 걱정하지 말고 네가 갈 길을 순순히 받아들여라."

오라비가 삼십 리도 못 갔을 무렵, 아내의 고운 솜같이 가냘픈 숨결이 이윽고 끊어졌다.

아! 아내는 내 집에 들어와 나와 같이 십사 년을 지냈다.

어버이에 효도했고 정성으로 제사를 받들었다. 부부 사이에 서로 공경하기를 손님처럼 해주었다.

일찍이 함부로 가까워 버릇없이 하는 모습이 없었다. 문중 친족들과도 의좋게 지내며 보살펴주었다.

자신은 때 묻고 낡은 옷을 입으면서도 가난한 아낙들을 구해주기를 망설이지 않았다. 언제나 한 그릇의 밥과 한 사발의 국으로 굶주린 사람들을 도와주며 속으로 기꺼워했다.

가슴이 찢어져 눈물마저 나오지 않았다.

아내는 임종하는 순간까지 고운 모습과 명료한 정신을 유지했다. 현숙하지 않았다면 어찌 이와 같을 수 있었겠는가?

아내는 한순간에 멀리 떠났으니 그동안 이승에서 겪어야 했던 굶주림과 배부름, 춥고 따뜻함, 슬픔과 기쁨, 근심과 즐거움을 모두 잊을 수 있게 되었다.

그러나 이렇게나 복이 없는 나는 다시 끝없는 괴로움을 견디어내야 할 처지에 남겨졌으니, 부인은 길하고 남편은 흉하다는 저 점괘가 분명히 맞아떨어진 것은 아닐까?

둘째 동생 규의 큰아들 재환을 양자로 들여 아내의 장례를 치렀다.

나는 삼 형제 중 맏이였고 셋째 동생 섭도 아들이 없었다. 섭도 규의 셋째 아들 재완을 양자로 들였다.

큰바람이 불어 들보가 꺾여 늘 훅 불면 날아갈 듯 가슴이 허전했다.

어느 사이 나는 쉰넷이나 먹은 중늙은이가 되었다.

자그마한 집이라도 한 채 얽어 아버지와 스승이 남긴 뜻을 이루고 싶은 생각이 들었다. 오랫동안 과장에 드나드느라 무거운 어깨를 쉬게 할 틈이 없었다 보니 집을 지을 비용을 마련할 힘이 부족했다.

두 동생과 가까운 두세 친구에게 서사를 하나 짓자고 도움을 청했다.

지난 무술년, 아버지는 원적암과 산 밭 몇 묘를 사들이고 내게 이르기를 젊은 사람들이 책을 읽고 재주를 익히는 곳으로 쓰라 당부했었다. 당시 스승으로 모시던 기와 선생님이 와룡암이라 이름을 고쳐 지어주었다.

경주 부사 김상집에게 기문을 부탁했더니

'와룡암 석 자는 천년을 내리 사람들의 눈을 깨우치게 하리라.'

라고 써주었다.

그러나 큰 흉년이 계속되면서 살아가는 일에 정신을 쏟다 보니 와룡암은 방치되어 산골 백성의 농장이 되어 버렸다.

그 후 복령 스님이 수리하여 다시 원적암이라 하였다. 그러나 얼마 지나지 않아 스님들이 흩어지는 바람에 암자는 비어 있었다.

여럿이 힘을 합쳐 와룡암을 수리했다. 안방이 네 칸, 사랑방 두 칸, 곳간과 부엌 마루 각각 한 칸이 살아났다.

이곳은 다시 스님을 불러 관리하게 했다.

그 뒤쪽에 새 터를 닦아 네 칸짜리 서사를 지었다. 통나무를 마름질하여 무릎을 움직이기에 족할 정도로 좁게 지었다.

어찌 꼭 넓고 번듯하게 지어야만 하랴.

올곧은 선비는 송곳 끝에 머물러도 천하를 논할 수 있다.

현판은 본래대로 달아야 하겠지만 일가인 최익지가 천룡산 밑에 암자를 짓고 와룡암이라 했다 하니, 같은 이름을 겹쳐 쓸 수 없어 용담서사라 고쳤다.

이때부터 스스로 호를 근암이라 하고, 도연명의 「귀거래사」에 대응하는 시를 지어 심정을 그려냈다.

제자백가의 글에 힘을 썼고 성리학에 관한 책들을 깊이 읽었다.

주문공의 글에서 요지를 추려내고, 『심경』과 『근사록』을 밝게 해석했다.

쉰셋에 『자경사』, 쉰넷에 『근암기』와 『가훈』, 쉰여덟에 『치와기』를 지었다. 이후 『용담대학강의』, 『심경강의』를 지었다. 이언적의 '무극변'과 이황의 '사칠변', 율곡의 '사칠이기변'에 관한 글도 지었다.

나는 이순이 되어도 건강했다. 그러나 슬하에 피를 이어갈 아들이 없는 것이 언제나 한스러웠다.

삶이 생마새끼 갈기처럼 외로 갈지 바로 갈지 방향을 잡지 못하고 흔들렸다. 밤비에 자라는 부초처럼 한 치 앞이 캄캄했다.

그런 가운데 세월은 무심하게 흘러갔다.

금척리에 사는 한씨 성을 쓰는 제자가 자기 고모를 소개했다. 곡산 한씨인 아낙은 스무 살에 부군과 사별한 후 친정으로 돌아와 지금껏 홀로 지내고 있었다.

당시 허리가 나긋한 서른 살이었다.

그러나 내 나이가 이미 예순하고도 셋이었다. 나는 수절과부를 훼절시키는 것이 온당치 않아 거절했다.

제자들과 양자 제환이 편법을 썼다.

이월 초.

길일을 잡아 한씨 부인을 모셔다 안방에 들이고 가족들이 나를 억지로 방 안으로 들어가게 했다.

한씨 부인은 고개를 숙이고 병풍에 그려진 그림처럼 앉아 있었다. 오래전 저세상으로 떠났던 부인들이 나를 지켜보고 있는 듯해 마음이 편치 않았다. 나는 그들에게 용서를 구하고 한 부인을 가슴에 안았다.

이 젊은 아낙이 제발 나와 함께 편안하기를 빌었다. 아낙의 눈동자가 말갛게 젖는 것을 보았다.

한씨 부인은 시월에 해산달을 맞았다. 이해 칠월이 윤달이 들어 시월이면 열 삭 되는 달이었다.

갑신년 시월 이십팔 일,

새벽 먼동이 틀 무렵 나는 드디어 아들을 얻었다.

상서로운 기운과 그윽한 향기가 집 주위에 가득했고 해가 뜨자 하늘이 아주 맑았다.

칠 대조 잠와 정무공이 세상에 났을 때 구미산이 울었고, 하구리의 외와 최림이 태어났을 때 구미산이 세 번 울었다고 한다.

아들이 나자 구미산은 삼 일을 계속 울었다.

아명을 복술이라 지어주었다.

3.

헌종 6년, 경자년, 1840년, 3월.

안달원은 경기 죽산부 백성이다.

부모는 그가 어릴 때 일찍 세상을 떴지만, 그는 부모가 남겨준 재산을 잘 관리해 남에게 아쉬운 소리를 않고도 하나뿐인 동생과 잘 살았다.

안달원은 몸이 건장하고 인물이 준수한데다 호기까지 출중했다. 사람들은 산속의 호랑이도 그를 보면 혼비백산하고 숲속의 화적도 그를 만나면 간담이 서늘할 것이라 했다.

대단한 기백을 숨기고 사는 사내였다.

결혼은 했으나 아내가 일찍 죽어 자식이 없었다. 그는 새장가를 들지 않고 혼자 살았다.

동생 이름은 달준이라 했다. 어릴 때 개에게 물려 한쪽 다리를 심하게 절었다.

달준의 나이 스물이 되자 안달원은 장가를 들여 독립시켰다.

들꽃을 피우는 작은 언덕 위, 하늘이 무거워 가지가 휘어진 오동나무 옆에 두 칸 초가집을 지어주었다. 전답을 적당하게 나누어 주어 몸이 불편한 동생이 거친 노동을 하지 않고도 살 수 있도록 세심하게 배려했다.

마음이 깎은서방님처럼 여린 달준은 가정을 꾸리고도 매사를 형에게 의존했다.

위 대들보가 곧으면 아래 대들보가 굽지 않는다. 안달원은 그때마다 사자어금니가 되어 주었다.

형제는 의가 좋아 고을 사람들이 부러워했다.

새로 부임하는 죽산 부사 장낙현은 무과 출신이었다.

뱃구레가 더부룩하고 두 눈이 독사를 닮아 성질이 사납고 욕심이 대단했다. 남을 등치고 간 빼 먹고 사는 놈이었다. 취미가 언걸을 먹이는 일이었다.

벼슬을 살 때 돈이 부족해 세도가 차인을 붙이고 내려왔다. 차인은 살맞은 뱀처럼 차액을 독촉했다.

장낙현은 부임하자마자 부사 녹봉 외에 판공비로 보장된 은결*을 뒤졌다. 당시 대부분의 고을이 본결 필지보다 은결 필지가 더 넓었다.

죽산은 연간 은결이 천 섬을 넘었다.

장낙현은 일단 한 해 은결에 대한 권리를 증서로 만들어 차인에게 넘겨 한양으로 돌려보냈다.

칡을 뽑았더니 땅이 넓어지고 토끼를 쫓아내니 속이 시원하다고 했던가.

한숨 쉰 장낙현은 동헌에 여포처럼 가부좌를 틀고 군보포를 징수했다. 적령기가 된 사내들에게는 병역을 유예해 주는 대가로 돈을 받았다. 이것으로 벼슬을 산 본전이 들어왔다.

---

* 조세 대장에 올리지 않고 부사가 사사로이 조세를 거둘 수 있는 토지.

그러나 다음 보직을 좋게 받으려면 다시 목돈을 모아야 한다.

장낙현은 전 부사가 이임하면서 알려 준 방법을 썼다. 사내아이가 태어나면 적령이 되기 전에 병역부에 등재하여 병역세를 받고, 사람이 죽어도 병역부에서 삭제하지 않고 병역세를 받아 챙기는 수법이다.

여기에 달준이 걸려들었다.

달준이 불구여서 병역에 면제되고, 장가들고 아직 아들이 없는데도 장낙현은 자식이 셋이라고 병역부에 기재하고 세를 닦달했다. 견디지 못한 달준은 형에게 매달렸다.

안달원이 이 일의 부당함을 지적하려 몇 번을 동헌에 갔으나 그때마다 장낙현은 꿩을 구워 먹는지 그림자도 보이지 않았다.

안달원은 헛밥 먹고 집에 돌아왔다. 마루에 앉아 이 일에 대해 홀로 깊이 숙고했다.

해질녘 삭은 바람결이 보랏빛을 불렀다. 찻잔에 백토로 새긴 물고기가 허공으로 뛰어올랐다. 멀리서 갈대에 몸을 숨기고 산새처럼 강이 울었다.

안달원은 광에서 호미를 꺼내 물을 부으며 숫돌에 갈았다. 호미 날이 하얗게 살아났다.

며칠 후 장낙현은 나졸을 시켜 달준을 잡아 오라 했다.

달준은 제집에서 아내가 보는 앞에서 나졸들의 노끈에 묶였다. 달준의 어린 아내는 앙가슴을 치며 안달원에게 달려가 울었다. 안달원은 호미를 품에 숨기고 범처럼 달준의 집으로 달려갔다.

마침 장낙현이 탄 교자가 다른 일로 저자를 지나다 달준을 끌고 가는 나졸 행렬과 마주쳤다.

때를 맞춰 안달원도 현장에 도착했다. 길가의 백성들이 자신이 당하는 일처럼 안타까워 혀를 찼다.

다리를 심하게 절며 끌려가는 동생을 보자 안달원은 애색해 눈이 뒤집혔다.

우선 교자 앞머리를 들고 있던 관방 하인의 허벅지 안쪽을 단숨에 호미로 찍었다.

두레박이 우물에 빠지지만, 우물이 두레박에 빠지는 수도 있다.

허벅지 살이 터진 하인이 넘어지면서 교자가 앙가발이처럼 뒤집혔다. 장낙현은 기울어지는 교자 모서리에 머리를 부딪쳐 이마가 터졌다.

터진 이마에서 피가 분수처럼 솟았다.

안달원은 부서진 교자 문짝을 발로 차 장낙현을 끌어냈다. 장낙현은 소갈비를 장복한 단련된 무인이었지만 얼떨결에 당한 일이라 아직 온정신을 차리지 못했다. 자반뒤집기를 하며 원숭이 흉내를 내고 있었다.

안달원은 종 치는 중처럼 옷자락을 걷어붙이고 장낙현의 왼쪽 관자노리를 호미로 내리찍었다.

장낙현의 왼쪽 눈알이 찌그러져 밖으로 빠져나왔다.

장낙현을 일단 제압하자 안달원은 주위를 둘러보며 외쳤다.

"내 동생이 자식이 없다는 것은 죽산 부민이 모두 알고 있는 사실이다. 그런데 무슨 자식 셋의 병역세를 내라는 말인가?

왜 다른 집 고양이는 쥐를 잡는데 우리 집 고양이는 애달프게 제집 닭

만 물고 있는 것인가? 내가 몇 번이나 부사를 찾아갔으나 부사는 나를 만나주지 않았다.

그런데 이제 죄가 없는 내 동생을 개처럼 묶어 끌고 가려 한다. 나는 형으로서 이 일을 절대로 용납할 수 없다.

여러분! 나는 같은 일을 당하면서도 차마 입에서 말을 꺼내지 못하는 여러분을 대신해 부사를 징치하겠습니다."

안달원이 이번에는 장낙현의 오른쪽 관자노리를 호미로 내리쳤다. 오른쪽 눈알도 부서져 밖으로 나왔다.

이마와 두 눈에서 흘러내린 피가 얼굴을 덮어 마치 붉은 탈을 쓴 쇠귀신 같았다.

장낙현은 혼절해 길가에 엎어졌다.

안달원은 호미를 내던지고 동생에게로 다가가 직접 포박을 풀어주었다.

나졸들이 감히 저지하지 못했다.

안달원은 동생의 손을 잡고 모인 사람들을 향해 외쳤다.

"부사가 먼저 우리 형제를 건드렸기에 나는 내 방식대로 억울한 일을 풀었소.

오늘 일어난 일은 하늘이 보았고 여러분이 보았소. 저 시퍼런 하늘 아래 나는 아무 부끄러움도 없소. 나졸들은 이제 나라가 정한 법도에 따라 나를 처리해도 좋소.

그러나 내 동생은 머리 터럭 하나 건들지 마시오."

땅에 고인 피 못에 무심한 낮달이 내려왔다.

나졸들이 슬금슬금 눈치를 보며 안달원을 잡으려 하자 구경하고 있던 백성 사이에서 애성이를 느낀 사내 몇이 앞으로 나와 눈을 부라렸다.

"잘못은 부사에게 있다. 달원이는 아무 잘못이 없다. 그를 잡아가지 마라."

나졸들은 감히 안달원을 잡지 못하고 천둥인지 지둥인지 모르고 어물거리다 뿔뿔이 흩어졌다.

안달원은 동헌으로 수평류를 탄 산지니가 되어 스스로 날아갔다.

경기 감사가 장계를 올려 이 사건을 보고하자 대신이 왕에게 연주했다.

이 해 들어 온 나라 안에 유사한 사건이 줄을 이었다.

대왕대비가 수렴청정하는 통에 정사에서 밀려나 궁녀 품에서 술이나 마시며 하루하루를 보내는 왕이 짜증을 냈다.

"임금이 보낸 수령의 말을 듣지 않고 가리만 튼다면 그것은 백성의 도리가 아니다. 도대체 하루도 잠잠한 날이 없지 않은가? 하늘이 내린 태평성대에 이게 웬 변고인가?"

그나 백성이나 참으로 답답한 노릇이었다.

그러나 대신들은 끊임없이 왕에게 보고했다. 사관이 왕 옆에 지키고 앉아 주고받는 말을 한마디도 놓치지 않고 종이에 적었다. 무슨 사달이 일어나도 책임은 왕이 져야 한다.

몸이 성치 않은 왕은 식은 떡 떼어먹듯 지시했다.

"이 일에 연루된 백성을 등급을 나누어 정죄하라."

사건에 원인을 제공한 부사에 대한 언급은 없었다.

안달원은 죽산 현지에서 효수되었다.

그의 재산은 관에서 몰수했다.

죽산 부민은 분노했다. 소요가 일어날 기미가 보였다.

조정은 가무리지 못하고 이미 소경이 된 장낙현을 무신이 교자를 타고 다녀 왕명을 어긴 죄를 물어 파직시켰다.

그러나 달준에게 부과된 병역세는 그대로 남았다.

형의 시신을 받아 장례를 치른 달준은 전답과 집을 팔아 세금을 내고 남은 돈을 허리춤에 차고 아내와 함께 고향을 떠났다.

4.

헌종 6년, 경자년, 1840년, 8월.

연담은 대둔사 십이 대 종사를 지냈다.

어려서 부모를 잃고 출가한 후 쉬지 않고 선지식을 찾아다니며 법을 구했다.

영허 이래 벽하·용암·영곡·호암·설파·풍암·상월·용담·영해의 뜻을 이으려 했고 『능엄경』 『대승기신론』 『금강경』 『화엄경』을 연구했다. 하루도 거르지 않고 새벽과 저녁으로 독경하고 예불한 후 청음도 탁음도 아닌 수더분한 목소리로 경전을 강의했다.

때로는 양반 지식인들과 활발하게 토론하며 성리학의 공소한 이론과 문제점들을 지적했다.

유불도를 통섭한 석학이었다.

그는 살날이 얼마 남지 않았다는 것을 깨닫고 충청도 연산 씨알 마을로 내려갔다. 유학자면서도 자신을 따르는 일부 김항을 불러 은밀하게 지도했다.

연담은 일부에게 숙제를 주었다.

"흰 그늘이 우주를 바꾼다. 이 말을 풀어보아라."

일부가 조심스럽게 물었다.

"흰 그늘이라는 것이 무슨 뜻입니까?"

"『삼국유사』「고구려조」에 '金蛙異之 幽閉於室中 爲日光所照 引身避
之 日影又逐而照之 因而有孕 生一卵(금와이지 유폐어실중 위일광소조
인신피지 일영우축이조지 인이유영 생일란)'* 라는 문장에서 해그늘(日
影)이 유화를 따라갔다고 했다. 해그늘이니 흰 그늘일 것이다.

고구려 국시인 다물의 우주적 의미로 보이는데 자네가 이것을 시대에
맞게 다시 풀어보아라.

경주 남산에 내가 공부하던 암자가 하나 비어 있다. 그 암자를 네게 줄
테니 거기에 머물면서 생각해 보아라."

일부는 남쪽으로 내려가 남산에 머물며 『주역』을 펴 이 문제와 씨름했
다.

'그늘은 검으므로 흰 그늘이 있을 수는 없다.

그렇다면 흰 그늘은 서로 대비되는 것을 섞어 놓은 은유가 분명하다.

흰빛이 초월을 의미한다면 그늘은 세상의 모순을 뜻하는 것일까?'

빛은 남쪽이고 離卦(리괘)이다.

리는 자연의 불이고 인간의 차녀이다.

성질은 화려하고, 신체는 눈, 동물은 꿩을 의미한다.

---

* 금와가 그녀를 이상하게 여겨 방 속에 가두었더니 햇빛이 비쳤다. 그녀가 몸을 피하니 해그늘이
또 따라가 비쳤다. 이로 인하여 태기가 있더니 알을 하나 낳았다.

괘사는 '利貞 亨 畜牝牛吉(리정 형 축목우길)'이다.

離(리)는 부드럽고 캄캄한 음이 양에 붙음으로써 양이 빛나고 따라서 음이 그 利(리)를 얻는 것을 말한다.

초이와 육오의 두 음은 가운데 위치에 있고 그 貞(정)을 지킴으로써 양의 用(용)을 발휘시킨다.

利貞(리정)과 亨(형)함은 모두 음에 대해서 하는 말이다.

그러므로 암소를 기르면 길하다.

육오의 음이 임금이 허순해 양인 현신에게 위임한다면 「단전」에서 '천하를 변화시켜 이루리라.'고 하는 것처럼 천하는 문명하게 됨과 동시에 육이의 군자가 마음을 비워 배움을 게을리하지 않고 도에 뜻을 두는 것이기도 하다.

그러나 구삼의 효사에서는 '해가 기울어지는 離(리)이니 장군이 북을 치고 노래하지 않으면 늙음을 탄식하는지라 흉하리라.'고 한다.

구삼은 강한 양으로 삼에 있으면서 더욱 나아가려 하지만 하괘의 離(리)의 끝에 있으므로 태양의 밝음이 끝나려 하는 형상이다.

하루로 말하면 해가 기우는 저녁이고 인생으로 말하면 목숨이 다하려 하는 대질인 팔십 세다.

그때 항아리를 두드리며 노래하지 않으면 흉하다고 하는 것은 무엇 때문인가?

백성과 우환을 같이 해야 할 성인이 우환을 잊고 즐기는 것을 권하고 있는 것인가?

그렇지는 않다.

때는 바뀌고 사람은 변한다.

성인은 내 몸이 있는 한 힘을 다하고 자기의 몸이 사라질 때는 사람이 자신을 잇기를 바란다.

다행히 하괘의 離明(리명)을 이어받을 상괘의 離明(리명)이 있어 성인은 그것을 기뻐하고, 그것이 즐거워 노래한다.

이 삼과 사 사이, 상하가 변전하는 때를 당하여 군자는 자기를 아끼지 않고 도의 근간을 이어나감을 기뻐한다.

그늘은 북쪽이고 감괘이다.

坎(감)은 음 속에 빠진 강한 양의 신실을 말한다.

감괘는 자연의 물 인간의 차남이다.

성질은 빠져들고 신체는 귀, 동물은 돼지를 의미한다.

괘사는 '有孚 維心亨 行有尙(유부 유심형 행유상).'이다.

감은 구이와 구오가 양으로 중을 얻고 있으면서 이 강한 양의 밝음이 각각 초와 삼, 사와 상의 부드러운 음의 어두움에 둘러싸여 빠져 있는 형상이다.

따라서 험조간난 중에 빠져 곤란한 일이, 하나 지나면 또 한 가지 곤란한 일이 오는 때다.

강한 덕이 지극한 음 속에 감추어져 헤아릴 수 없는 감가부평의 형상이다.

지성스러운 마음은 어떠한 것이든 꿰뚫는 힘을 가지고 있다.

참이 없는 감은 소인의 험이요, 군자가 받드는 바는 아니다.

.

강한 가운데 순신한 참에 의해서만 險坎(험감) 속에서 행동하여 형통할 수 있는 것이다.

지성스러운 마음으로 나아가면 능히 간난을 극복하여 칭찬받고 존경받을 수 있는 공적을 남길 수 있다.

그러므로 적극적으로 행동하지 않으면 언제까지나 곤란을 극복할 수 없다.

이것이 「단전」에서 '험에 행하되 그 믿음을 잃지 않음이라.'고 하는 까닭이다.

잃지 않는다는 것은 잃는 것을 두려워한다는 뜻은 아니다.

자기의 진실을 지켜 이 위험하고 의심스러운 세상에서 홀로 한 마음을 보존하는 군자의 심지를 말한다.

「단전」에서 '險(험)의 時(시)와 用(용)이 크다.'고 탄식하는 것도 이와 같은 군자가 아니면 험감의 대에 처하여 그 효용을 나타낼 수 없음을 깨우치기 위해서이다.

감은 빠지는 형국으로 어두운 밤과 추운 겨울을 뜻하며 리는 걷지는 모양으로 더운 여름과 밝은 낮을 뜻한다.

리와 감은 이중적 교호 관계에 있다. 대립적인 것은 상호보완적이다.

하늘이 창조의 힘을 베풀면 만물이 나타난다.

『주역』은 이것을 건이라 표현했다.

건은 하늘의 도를 다스리는 근원이다.

구름은 위로 올라 창공을 흘러가고 비는 아래로 떨어져 대지를 적신다.

하늘의 힘을 받아 만물은 여러 가지 형태를 이루어 하늘과 땅 사이를 채운다.

건의 힘은 아무것에도 방해받지 않고 두루 퍼져서 뻗어나간다.

그 힘은 내 안에도 충만하다.

땅의 생산력을 『주역』은 곤이라 표현했다.

곤은 크게 형통하여 곤의 생명력을 받고 만물이 태어난다.

대지는 사막의 모래처럼 두터워 만물을 자기 위에 심는다.

그 덕은 하늘의 넓음과 일치한다.

곤의 한없는 포용력으로 만물은 성장하고 뻗어나간다.

곤은 암말처럼 유순하게 스스로 도를 지키며 무한한 힘을 감추고 있다.

유순하면서 굳세게 절도를 지킨다.

곤의 도를 따르면 군자의 길이 된다.

하늘과 사람은 서로 엮이고 서로 의존한다.

하늘은 기운을 내려 만물을 나게 함으로써 그 힘을 참되게 발휘한다.

땅은 들을 지켜 그 기운이 상승하여 하늘의 움직임에 호응한다.

보름달이 점차 기울어지는 것처럼 가득 찬 것은 덜고 차지 않은 것은 보태는 것이 하늘의 이치다.

높은 산을 깎아 깊은 계곡을 메우는 것처럼 가득 찬 것을 변하게 해서 차지 않은 곳으로 가게 하는 것이 땅의 도리다.

많이 가진 자에게는 화를 주고 가난한 자에게는 복을 주는 것이 신령의 도이고 교만을 미워하고 겸허를 좋아하는 것은 사람의 도이다.

그래서 겸허한 사람은 귀한 자리에 있으면 빛을 내고 비천한 자리에 있어도 경멸받지 않는다.

'스승은 흰 그늘이 고구려 국시인 다물의 우주적 의미라는 암시를 주었다. 고구려가 추구했던 통합성을 띤 그물망을 뜻하는 말이 다물이다.

그렇다면 통합성을 띤 그물망의 우주적 의미란 과연 무엇일까?

이 숨은 의미의 차원이 바로 흰 그늘인가?

서로 대치되어 결합할 수 없는 것 사이에 결합이 일어나고 사랑이 이루어지고 일치가 나타나고 종합이 이루어지는 것.

그것이 흰 그늘인가?'

옥잠화가 핀 남쪽 창 너머로 귀뚜라미 소리가 건너왔다.

빈 잔에 고인 적막을 절반쯤 마시자 달이 그늘로 들어갔다.

5.

헌종 6년, 경자년, 1840년 12월 25일.

대왕대비가 시임과 원임 대신들을 명초해 말했다.

"오늘 수렴청정을 거두려 한다. 이것은 애당초 그 청을 애써 따를 때 이미 작정했던 마음인데 오늘까지 기다리느라 마음이 가스러져 하루가 한 해 같았다.

주상의 춘추가 한창이고 성학이 숙성해 번거로운 만기에 응할 수 있어 내 처음의 마음을 성취할 수 있으니 어찌 이런 경사스러운 일이 있겠는가?"

영부사 이상황이 말했다.

"주상 전하께서 춘추가 한창이고 성덕이 진취하여 이제 친히 서정을 총괄하실 시기에 이르자 자교가 여기에 미치셨습니다.

갑오년, 망극한 때를 돌이켜 생각하며 오늘의 경사스러운 일을 보게 되니 뭇사람이 몹시 기뻐하는 진정이 어찌 끝이 있겠습니까?

그 당시 뭇사람의 청에 애써 따르신 자청은 오로지 종사를 위한 대계이고 오늘 뭇사람에게 크게 펴신 자교는 천지의 상경이니 공경히 칭송하여 마음을 모아 경축하며 다시 아뢸 만한 다른 말이 없습니다."

판부사 박종훈과 우의정 조인영도 번갈아 우러러 찬송하는 뜻을 밝혔다.

이상황이 다시 말했다.

"신들이 오래 자육한 은혜를 입어 번번이 등정했을 때 염유가 위에 있어 가까이 가르침을 받고 몸소 경계를 받은 것이 마치 어린아이가 자모를 의지하는 것과 같았습니다.

이제부터 궁위가 엄밀하여 전일처럼 매우 가까이할 수 없을 것이니 아랫사람의 뜻에 잊지 않고 맺히는 것을 어떻게 이루 아뢸 수 있겠습니까?"

주변머리나 너울가지가 없는 왕이 비틀거리며 일어났다. 다리에서 우두둑 뼈가 부딪치는 소리가 났다.

그는 순조의 손자이고 요절한 효명세자의 외아들이다.

아버지 효명세자가 대리청정 중에 병으로 요절하고 할아버지 순조의 건강이 급격하게 나빠지자 서둘러 왕세손으로 책봉되었다가 여덟 살 나이로 왕이 되었다. 너무 어려 왕실 최고 어른이던 순조의 왕비 순원왕후가 그동안 수렴청정을 해 왔다.

"신은 오히려 어린 나이인데 어떻게 친히 만기를 총괄하겠습니까? 이 하교는 제가 받들 도리가 없습니다."

대왕대비가 다짐을 주었다.

"내 뜻을 따르는 것이 당연한 도리인데 더구나 이러한 경법의 일이겠소? 오직 요가 되고 순이 되는 것일 뿐이오.

주상이 내 뜻에 따르는 것도 다른 도리가 아니라 오직 요가 되고 순이 되는 것일 뿐이오. 이렇게 하면 내게는 여한이 없을 것이니 이것을 힘쓰시오."

대왕대비가 잠시 뜸을 들이고 나서 대신들을 둘러보며 말했다.

"주상이 대내에서 여러 번 나에게 말하여 이 일을 말리려 하였으나 이어찌 내가 인순할 때이겠는가?"

왕이 대신들에게 말했다.

"자교가 이러하시니 내가 어찌해야 하겠는가?"

이상황이 앞에 나섰다.

"자전의 하교는 천지의 상경입니다. 전하의 보령이 어린 나이가 아니니 자념을 우러러 본받고 군정에 굽어 따르소서. 이는 국가의 큰 경사이니 다시 아뢸 것이 없습니다."

조인영도 거들었다.

"조금 전에 내리신 자교 가운데 이미 성덕에 힘을 쓰라는 말씀이 있었는데 대내에서 또한 어찌 보도하실 방도가 없겠습니까?

이제 서무를 친히 총괄하시더라도 혹 미처 밝게 익히지 못하신 것이 있을까 염려되면 우리 자성 전하께서 동조에서 수양하시게 된 뒤에라도 일이 백성과 나라에 관계되면 어찌 차마 잊으시겠습니까?

이제부터 늘 이끌어 가르치시는 것이 곧 신의 구구한 소망입니다."

대왕대비가 입가에 미소를 머금었다.

"내 식견이 미칠 수가 있다면 우리 집 일을 어찌 사양하려 하겠는가마는 내가 이미 병이 있고 또 오래 손상되어 정신이 늘 미치지 못할 것을 염려한다.

대전께서 온갖 일에 숙성하고 예전에는 믿는 바가 있을 수 있었겠으나 이제는 당신이 담당할 것이니 앞으로 절로 익숙하여지실 것이다."

조인영이 다시 말했다.

"하교가 지당하십니다. 전하께서 칠 년 동안이나 잠자코 성취되길 기다리셨으므로 점점 익숙해지시겠습니다마는 보령이 아직 많지 않으시니 열조의 옛일과 백성의 괴로움을 어떻게 죄다 잘 아시겠습니까? 보답하는 방도는 오로지 자성 전하께 우러러 바랄 것입니다."

대왕대비가 마무리했다.

"이제 수렴청정을 거둔 후에는 다시 경들을 대하지 않을 것이니 모든 성궁을 보도하는 도리에 대해서는 경들이 반드시 더욱더 염려해야 한다."

대왕대비는 표정을 엄숙하게 만들었다.

"예전부터 후비가 조정에 임청하는 일은 나라의 큰 불행이다. 미망인이 매우 불행한 사람으로서 매우 불행한 처지에 있었던 것이 칠 년이나 오래되었다.

스스로 덕이 없고 식견이 얕은 것을 생각하면 어찌 감히 예전의 명철한 후비와 우리 열조의 성모의 일에 방불하겠는가마는 천지 망극한 때를 당하여 신하들이 눈물을 흘리며 청하고 나 역시 눈물을 흘리며 윤허하였다.

이것은 실로 만부득이하여 구차하게 유지하려는 생각에서 나온 것이었다.

오륙 년 이래 흉년이 잇따라 근심이 눈앞에 가득하고 폐단이 날로 심해져 온갖 법도가 다 어지러웠으나 안과 밖을 모두 수습할 수 없었으니 이는 모두 내가 덕이 없는데도 무릅쓰고 감당하지 못할 무거운 임무를 맡았기 때문이었다.

위로 천심을 잘 받들지 못하고 아래로 세도를 떨칠 수 없어서 점점 발전하여 이 지경이 되었으니 어찌 떨리고 두렵지 않겠는가?

내가 애써 따른 처음부터 이미 정한 바가 있었으니 이 해를 넘기지 않는 것이었고 밤낮으로 바라던 것은 주상 보령이 이미 한창이거니와 성질을 타고나서 예지가 날로 성취하여 만기를 총괄해서 서정을 친히 다스릴 수 있으니 이는 참으로 종사와 신민의 막대한 경사이다.

주상은 내 뜻이 정해진 것을 알고 누누이 말렸는데 정리로 사양하는 뜻이 매우 슬프기는 하다.

그러나 권도는 한때의 방편이고 경상은 만세의 법칙이니 내가 어찌 지극한 정성에 얽매여 한결같이 애써 따르며 국체를 빨리 바로 잡을 방도를 생각하지 않을 수 있겠는가?

하늘을 공경하고 백성을 사랑하며 학문에 부지런하고 어진 이를 가까이하여 우리 선왕의 가법을 지키기를 주상은 힘쓰시오.

서로 공경하고 화합해서 임금을 허물이 없도록 인도하여 우리나라의 영구한 큰 사업을 돕기를 대신과 제신에게 깊이 바란다. 오늘부터 수렴청정을 거둔다."

그리고는 얼굴을 조금 폈다.

"이제 이미 수렴청정을 거두었으니 모든 공사를 들이지 말라."

조인영이 말했다.

"우리 자성 전하께서 임청하신 칠 년 동안 우리 성궁을 보호하시고 우리 서무에 부지런하시어 우리의 국세를 반석 태산처럼 편안하게 하셨습니다.

이제 주상께서 보령이 한창이시므로 수렴청정을 거두신다는 분부를 내리시니 광명하고 정대함이 천고에 뛰어나십니다.

이제 번거로운 만기를 벗어나 천승의 나라의 봉양을 받게 되셨는데 공은 더없이 두텁고 덕은 더없이 크시니 무릇 옥에 새기고 이금으로 적어 아름다움을 드날리고 공렬을 밝히는 방도는 신들이 이 뒤에 우러러 청할 것입니다.

그러나 이처럼 드문 방경을 위에 고하고 아래에 선포하며 전문을 올려 진하하는 일이 없을 수 없으니 삼가 선조 계해년의 전례에 따라 해조에서 날을 가려 거행하게 하소서."

대왕대비가 가만히 고개를 끄덕였다.

이로써 헌종은 친정을 시작했다.

그의 어머니는 풍양 조씨 집안의 신정왕후이다. 순조 때 처가였던 안동 김씨가 바람을 탔다면 헌종이 친정하면서 외척인 풍양 조씨가 구름을 타기 시작했다.

그러나 대붕이 필요한 시기에 그들은 바람을 탄 거머리이고 구름을 탄 진드기에 지나지 않았다.

6.

헌종 6년, 경자년, 1840년 12월 30일.

대낮에 제주도 대정현 모슬포 가파도에 영길리국 배 두 척이 접근했다.

배에 탄 자들이 잠시 낌새를 살피더니 갑자기 대포를 쏘기 시작했다. 조용하던 마을에 포탄이 터지면서 집이 무너지고 사람이 죽었다.

밑둥 굵은 서낭당 신목도 넘어갔다.

주민들은 무슨 영문인지 몰라 겁에 질려 허둥거렸다.

섬을 지키던 군졸들은 허울 좋은 하눌타리였다. 어찌할 바를 모르더니 머리를 삼 뿌리처럼 흐트러뜨리고 모두 도망가 버렸다.

이윽고 배에서 키가 크고 코가 긴 어금버금한 사람 사십여 명이 그림에서 빠져나온 듯이 나오더니 섬에 올라 마을을 털었다.

워낙 가난한 마을이었다. 약탈할 만한 물건이 없었다. 화가 난 선원들은 마을 아녀자들을 붙들어 놓고 돌아가면서 능욕했다. 찬바람이 몰아치는데도 궁둥이를 허옇게 까고 색기를 채웠다.

요강 뚜껑 같은 대가리에서 노랑털이 흔들거렸다. 불알에 종창이 날 놈들이었다.

사납게 겨누는 총부리 앞에서 마을 남자들은 가봉녀처럼 어리보기가 되었다.

마을에서 가장 젊은 사내가 결기를 참지 못하고 앞으로 나서자 총을 겨누고 있던 놈이 사내의 다리에 총을 쏘았다. 사내는 땅바닥에 쓰러져 신음했다.

충분히 색심을 채운 놈들은 마을에 유일한 재산인 소 한 마리를 끌고 유유히 배로 돌아갔다.

청도 운문 낮달처럼 속절없는 날이었다.

바다만 서럽게 푸르렀다.

정부가 앞장서 아편을 장사하는 나라의 백성들이니 무슨 일인들 저지르지 못할까마는 벌건 대낮에 벌인 강도 행각은 참으로 짐승 같은 짓이었다.

당해 현감이 곧바로 제주 목사에게 사건의 전말을 상세하게 보고했다.

제주 목사 구재룡은 자신이 감당해야 할 책임 추궁이 두려워 아녀자 능욕은 빼 버리고 소만 강탈당했다고 전라감사 이목연에게 보고했다.

토끼가 죽는데 여우가 슬퍼할 리는 없다.

개 입에서 상아가 돋아나는 법도 없다.

이목연은 그 내용만 믿고 비변사에 영절스러운 장계를 올렸다.

'제주 목사의 보고에 의하면 가파도에 영길리국 배 두 척이 정박하여 감히 포를 쏘고 소를 강탈하는 변이 있었습니다.

여기에 책임을 물어 당해 현감을 파직하고 잡아들여야 합니다.

오랑캐 배가 바다에 출몰하여 오로지 침탈을 일삼는 것은 본래부터 가지고 있는 교활한 버릇이기는 하나, 이처럼 오래도록 느슨해진 해졸에게 침범을 막고 경비를 튼튼히 하도록 당부했으나 그들은 모두 도망가고 말았습니다.

섬을 둘러싼 포항이 모두 사변에 대비하는 중요한 지역이므로 망보고 경비하는 방도에 실로 십분 규찰해야 하는 것이 법입니다.

더구나 적들은 사십여 명에 지나지 않은데 그보다 수가 많은 해졸이 어찌 먼저 겁을 내어 달아나기에 겨를이 없기까지 하겠습니까?

변정에 관계되는 일이므로 그대로 둘 수 없으니 당해 목사 구재룡을 늘 신칙하지 않은 잘못으로 먼저 파출하고, 이어서 달아난 해졸들은 해부에서 잡아들여 물어 처리하게 하는 것이 어떻겠습니까?'

왕이 말했다.

"그리하라."

변을 당한 백성에 대한 걱정은 한 줄도 없었다.

섬 백성들은 그들에게는 소 한 마리보다 못했다.,

7.

헌종 6년, 경자년, 1840년.

당시 영길리국에는 목욕하는 문화가 없었다.

오래전에 돼지가죽을 벗겨 만든 자루에 물을 받아 높은 곳에서 흘려 대강 몸을 씻은 적은 있었으나 중세 기독교의 금욕주의 관습이 남아 있었고, 그 후 매독과 페스트 그리고 문둥병이 목욕탕에서 옮는다는 생각이 퍼지면서 집에서는 욕실이 밖에서는 공중 목욕탕이 사라졌다.

왕도 일 년 동안에 고작 한 번 몸을 씻는 정도여서 머리에 번식하는 이로 항상 손톱을 곤두세워 인상을 쓰며 머리를 긁었다. 왕이 이러했으므로 일반 백성은 목욕을 전혀 하지 않았다.

세례 때 향유를 한 번 바른 뒤 십팔 년 동안 한 번도 세수하지 않은 아낙이 칭송을 받는 판이었다. 이러한 불결한 시속은 전 유럽이 같았다.

조금 사는 집에서는 짐승고기를 많이 먹었다. 그래서 그들의 몸에서 역한 냄새가 났다. 영길리국 아낙들은 몸에서 나는 냄새를 감추려 향수를 뿌리고 차를 마셨다.

차 대부분을 청국에서 수입했다.

자고 나면 물이 차듯 넘치는 게 은이라 영길리국 동인도회사는 차 대금을 은으로 결재했다.

십팔 세기 말.

미리견국 독립전쟁에 패배하고 나자 영길리국 재정은 몹시 궁핍해졌다. 영길리국은 청국에 차 대금을 지급할 은이 부족했다.

청국은 영길리국이 바라는 대로 호락호락 문을 열지 않았다. 서양인을 오랑캐 정도로 취급해 인근 조공국과 대등하게 다루었다.

이전, 십팔 세기 중엽 영길리국은 플래시 전쟁에서 인도에게 승리했다. 영길리국 동인도회사는 벵골 지방 징세권을 장악하고 이 지역의 양귀비 재배 독점권을 빼앗았다.

영길리국은 무역적자를 해소한다는 명분으로 십팔 세기 말부터 식민지 인도에서 재배한 아편을 청으로 밀수출했다.

자국에서 생산한 상품을 인도로 보내고 인도의 아편을 대금으로 받아 청국에서 차와 비단을 수입하는 값으로 결재하는 삼각무역이었다.

겉으로는 신사의 나라라 자랑했으나 국가가 대놓고 아편 장사를 했으니 사실은 염병 삼 년에 땀도 못 낼 천한 놈들이었다.

남의 나라 백성들이야 아편에 중독되건 말건 그들 자신의 이익만 챙기면 그만이라는 사악하고 이기적인 본색을 그대로 드러냈다.

자신의 이득을 위해서는 불알이 큰지 대갈빡이 큰지 분간하지 않는 몰염치한 인간들이었다.

아편 수출액은 급증해 연평균 백만 파운드에 달했다. 이것은 동인도회사 총수입의 이할을 차지했다.

영길리국은 통조림 깡통을 제조할 주석을 말레이반도의 주석 광산에서 찾았다. 그곳은 화란 통치하에 개발되었는데 화교 중소 상인들이 채굴을 담당했었다.

십구 세기 초, 영길리국과 화란 사이에 이루어진 협정으로 말레이반도가 영길리국 세력 안으로 흡수되었다. 영길리국 자본은 점차 화교 자본의 광산을 흡수 병합했다.

청국 백성들은 말레이반도 화교 광산에 노동자로 많은 수가 들어갔었다. 이들이 영길리국 자본에 다시 고용되었다.

이국에서의 고달픈 세월을 달래려 아편을 피우는 노동자들이 늘어났는데 영길리국은 그들에게 아편을 팔아 이중으로 이득을 취했다.

영길리국은 여기에서 그치지 않고 청국 본토에도 아편을 넣었다. 청국에 들어간 아편은 역시 육체노동에 시달리는 하층민에게서부터 어질더분하게 퍼졌다.

활활 타 번지는 불 속에 마른 장작개비를 집어넣은 듯이 칠에 아교가 녹아 붙는 듯이 점차 위로 번지더니 나중에는 '동아병부'라는 말이 나올 정도로 청국은 아편 천국이 되었다.

대부분 백성이 아편에 취해 구들장을 짊어지고 살았다.

그동안 축적했던 은은 다시 영길리국에게 몽땅 넘어갔다. 영길리국은 차 치고 포 치고 신이 났다.

급기야 청국은 재정이 곤란해졌고 덤으로 백성의 몰골은 형편없이 망가졌다.

기해년.

물꼬 막히고 논두렁 터졌던 청국은 뿌실뿌실 어섯귀가 떴다. 호광 총독 임칙서를 흠차 대신으로 임명해 군사와 행정 전권을 주어 아편 밀수를 해결하라고 광동으로 보냈다.

임칙서는 몸집은 억대우 같았으나 성격이 단호하고 두뇌는 영민했다.

삼월 십 일.

그는 광동에 도착하자마자 포고령을 내렸다.

'누구든지 현재 소지하고 있는 아편을 모두 관에 반납하라.

오늘 이후 아편을 밀수하다 발각되면 아편은 관에서 몰수하고 범인은 엄하게 처벌한다.'

이어 삼월 십구 일부터 외국 상인을 광동을 떠나지 못하게 억류하고 군대를 동원하여 상관 출입을 통제했다. 상인들이 아편을 배에 실어 항구 밖으로 멀리 옮겨 놓았다는 첩보를 듣고 취한 조치였다.

며칠 동안 광동에 발이 묶인 외국 상인들은 일단 가지고 있던 아편 천여 상자를 내놓았다.

상두꾼이야 연포 국에 반하지, 임칙서는 그 정도 물량은 거들떠보지도 않았다. 광동에 들어온 배가 이십여 척이고 한 척당 아편 천 상자를 실을 수 있으므로 모두 합하면 대략 이만 상자가 있을 거라고 계산했다.

영길리국 상무 감독 엘리엇은 성질이 오괴한 사람이었다.

이 소식을 듣고 마카오에서 황급히 광동으로 돌아와 상인들이 소지하고 있던 아편을 모조리 내놓도록 했다. 결국 얼맞게 이만 몇백 상자나 되는 아편이 임칙서 앞에 얼쑹덜쑹 쌓였다.

여기까지 꼬박 두 달이 걸렸다.

임칙서는 압수한 아편을 얼없이 바닷물과 생석회를 섞어 모두 바다로

흘려보냈다. 물고기들이 아편을 포식했다. 이번에는 바다가 아편 천국이 되었다.

엘리엇은 자국 상인을 모두 마카오로 철수시켰다.

임유희는 홍콩 근처 마을 첨사촌에서 조그만 구멍가게를 운영했다.

칠월 칠 일.

영길리국 수병들이 마을에서 술을 사지 못하자 엄부럭을 부려 주민을 폭행하기 시작했다. 이 와중에 애꿎은 임유희가 오둠지진상으로 맞아 죽었다.

임칙서는 범인을 넘기라고 요청했지만 엘리엇은 마카오에 머물며 아직 체포하지 못했다고 내북치며 엄적하려 했다. 이에 임칙서는 광동에 머무는 영길리국 사람을 모두 추방했다.

엘리엇의 가족을 포함한 오십칠 가구 영길리국 사람이 곡지통을 터뜨리며 바다 위에서 표류했다.

동짓달 초 삼 일.

머리에 뿔이 돋친 엘리엇은 군함을 여러 척 데리고 마카오에 진입해 양국 간에 전투가 벌어졌다.

청국 함선 세 척이 침몰했다.

해가 바뀌었다.

경자년 정월 초닷새.

청국 황제는 영길리국과 통상을 정지하라고 명령했다.

조선은 헌종 육 년이었다.

전쟁이 시작되었다.

유월에 영길리국은 청의 주산도를 점령하고 엄처서 영파를 포위했다.

전쟁은 화력이 월등한 영길리군이 시종 우세했다.

헌 갓 쓰고 똥 누기였다.

군함 스무 척, 대포 육백육십팔 문, 무장 기선 열네 척, 포 쉰여섯 문, 수송선 서른 척, 병원선 아홉 척, 보병 만여 명, 포병과 측량선을 거느린 영길리국 함대는 광동과 하문 그리고 영파를 공격해 어인 다음 장강 부근으로 진출해 상해 진강을 함락하자 곧바로 하늘에 방망이를 달듯 남경으로 쳐들어갔다.

남경은 청국 경제의 요충이었다. 이곳을 빼앗기면 청국은 남북 간 교통이 끊겨 반신불수가 된다.

눈은 있는데 동자가 없어져 버리는 격이 되고 만다.

사태가 이에 이르자 당황한 청국은 팔월에 가시어머니 흉내를 내는 임칙서를 오력으로 파면하고 기선을 흠차 대신으로 삼아 영길리국과 강화를 신청했다.

청국 조정은 절간에 세워 놓은 흙 귀신같이 평소에는 제구실도 못 하다가 몇 대 맞더니 깜짝 놀라 입에 칼을 물고 뜀뛰기를 멈췄다.

남경을 눈앞에 둔 장강에 닻을 내린 콘월리스 호에서 임인년 팔월 스무아흐레, 조약을 맺었다.

홍콩을 영길리국에 넘겨준다.

광동·하문·복주·영파·상해 다섯 항구를 개방한다.

개항장에 영사를 주재시킨다.

청국은 전쟁 배상금 천이백만 달러와 몰수된 아편 배상금 육백만 달러를 삼 년 안에 영길리국에 지급한다.

공행의 독점 무역을 폐지한다.

수출입의 관세를 정한다.

동등한 지위에 있는 양국 간 문서 교환은 동등한 형식을 사용한다.

영길리국은 이것 외에도 홍콩과 관세 협정권까지 얻어 업진까지 먹었다.

입에서 뱀이 나가는지 구렁이가 나가는지 모르고 몰아붙였다.

청국은 정작 문제가 된 아편에 대한 책임을 묻기는커녕 옴니암니로 배상금을 물어주고 치외법권까지 인정해 영길리국이 다시 아편 밀수를 해도 어떤 제재도 취할 수 없게 되고 말았다.

청국이 잠자는 호랑이가 아니라 옹송망송한 종이호랑이임을 알아차린 미리견국과 불량국도 이빨을 드러내고 침을 흘리며 달려들었다. 오롱이조롱이로 호혜 평등의 원칙을 내세워 자기 나라와도 조약을 체결하자고 윽박았다.

임인년. 각각 망하 조약, 황포 조약이 맺어졌다.

힘센 놈들은 후안무치했다. 무슨 짓이라도 저질러 그들의 이득을 챙겼다.

청국이 영길리국에게 굴욕을 당하고 있을 때, 조선 남쪽 변방, 제주도

모슬포에서 영길리국 선원 한 떼가 무단으로 힘없는 백성을 능욕해도 조정은 코대답만 했다. 대책이 없었다.

커도 산이고 작아도 산이다. 큰 도둑도 도둑이고 작은 도둑도 도둑이다.

험악한 바람이 서쪽에서부터 불어오고 있었다. 이 바람이 미구에 동쪽 끝까지 불어 닥칠 것은, 불을 보듯 분명했다

그 당시부터 사십삼 년 전인 정조 이십일 년 정사년 시월 초하루.

부산 용당포에 영길리국 배가 도착했다. 북태평양 탐험의 일환으로 찾아온 오십여 명의 영길리국 사람이었다.

이들은 이틀 후 청진 근해에 이르러 같은 달 십삼 일에 부산에 닻을 내리기까지 보름이 못 되는 기간 내내 인두겁을 쓴 서생원처럼 동해안 경·위도를 측정하고 해도를 그렸다. 부산에는 일 주일여를 머물면서 시월 이십 일에 떠날 때까지 도둑괭이 꼬리처럼 숨어서 부산항 수심과 조석을 조사하고 해도를 작성했다.

놀란 조선 사람들이 몰려들고 동래 부사 정상우가 방문했으나 도대체 말이 통하지 않았다. 부사는 소금에 절인 생선과 쌀 해초 등을 선물하면서 빨리 떠나달라고 사정했다.

백성들을 시켜 물과 땔나무를 더 실을 수 없을 때까지 가득 지어 날라 주었다.

그들은 부산을 떠난 뒤 기름을 훔쳐먹는 쥐처럼 남해 일부 섬을 더 조사하고 시월 이십구 일에 제주도 서쪽을 중심으로 서북 해안과 서남해

안을 조사했다.

십일월 칠 일에 강풍을 만나더니 그제서야 조선 해안 조사를 포기하고 십일월 이십칠 일 마카오에 귀항하였고, 말라카 해협을 거쳐 이년 뒤 정조 이십삼 년 기미년 이월에 영길리국으로 돌아갔다.

그로부터 십구 년 뒤인 순조 십육 년 병자년.

영길리국 군함 두 척이 서해안에 닿았다. 영길리국 암허스트 사절단을 수행한 리라호 함장 바실 홀 대령과 주함 알세스트호를 이끈 머리 맥스웰 함장이 중국에 가는 길에 조선과 류쿠에 들르는 과정이었다.

그들은 대청도·소청도·외연도·비인만 그리고 진도의 조도와 군도를 거쳐 제주도를 바라보며 돌아갔다. 이들은 조선 탐사를 마치고 돌아가던 그해 팔월 십일 일에 세인트 헬레나섬에 들러 마침 유배 왔던 나폴레옹 보나파르트를 만나 조선인을 그린 그림을 보여주었다. 나폴레옹은 놀라서 말했다.

"히야! 매우 큰 갓을 쓴 길고 흰 수염을 기른 노인장이구면. 손에 든 긴 담뱃대가 탐나는걸."

이건 나중의 일이지만 청국이 영길리국에게 굴욕을 당하고 오 년이 지난 유월 이십오 일,

아프리카를 측량했던 측량 장교 에드워드 벨처가 사마랑호를 이끌고 제주도 우도에 상륙한다. 그는 이곳을 기지로 삼아 사십구 일 동안 제주도와 거문도 거금도 일대를 정밀 측량해 석 장의 해도를 그렸다.

거문도에는 칠월 십육 일에 도착해 나흘 동안 측량하고 당시 영길리

국 해군 차관의 이름을 따서 해밀턴항이라 불렀다. 우도는 당시 영길리국 수로국장의 이름을 따서 보퍼트섬이라 하고 한라산은 해군성 장관 오클랜드 백작의 이름을 따서 오클랜드산이라 칭했다.

기존에 있던 남의 나라의 섬을 자기들이 발견한 것으로 여겨 제멋대로 이름을 붙이는 것은 도대체 무슨 심보란 말인가?

영길리국은 이미 오래전부터 이렇게 침략을 준비하고 있었다.

조지 커즌은 영길리국 귀족 가문에서 태어나 이튼과 옥스퍼드를 마친 자였다. 약관 스물일곱에 하원에 진출했고 서른다섯에 외무차관을 지냈고 서른아홉에 인도 총독이 되었고 후일 옥스퍼드 총장이 된 자이다. 그는 조선을 이렇게 보았다.

"조선은 말하자면 블라디보스토크나 나가사키 사이에서 함부로 차는 축구공이나 마찬가지다."

근대 올림픽의 아버지라는 쿠베르탱 남작은 조선을 이렇게 보았다.

"조선은 누군가가 차지하고 말 트로피이다."

힘깨나 쓴다는 놈들은 누구나 조선을 얕보았고 도마 위에 올린 물고기 정도로 취급했다. 미리견국이나 아라사도 불량국이나 독일도 입에서 침을 질질 흘렸다.

가까이 있던 왜국은 더 말할 것도 없었다.

그러나 조선은 아직 꿈을 깨지 못하고 있었다.

범은 제 새끼를 먹지 않고 백로도 백로 고기는 먹지 않는다는데 안동 김씨 일족이 장악한 조선 조정은 꾸어다 놓은 보릿자루처럼 미욱한 왕을 앞에 세워 놓고 제 백성을 갈아 먹으면서 태평세월을 구가하고 있었다.

8.

헌종 7년, 신축년, 1841년 1월 15일.

"아버님, 학문이라는 것이 무엇입니까?"

"배우고 묻는 것이다."

"무엇을 배우고 물어야 합니까?"

"복술아, 『중용』 첫 구절을 외워 보아라."

"天命之謂性 率性之謂道 修道之謂敎(천명지위성 설성지위도 수도지위교)*입
니다."

"하늘이 명령한다는 것은 하늘이 사람에게 무엇을 시킨다는 말이다. 하
늘은 음양과 오행으로 만물을 만들어 키우는데 기로 형상을 이루고 여기
에 리를 부여한다. 사람은 생겨날 때 하늘이 부여한 기로 몸을 받고 하늘
이 부여한 리로 인의예지신의 덕을 갖춘다.

만물 중 가장 신령한 사람은 이러한 오상의 덕을 행하는 것을 본성으로
삼는다.

본성에 따라 사는 것을 도라 한다. 도는 길과 같아 사람이 각각 타고난
본성의 자연스러움을 좇으면 하늘의 궁극적 이치에 도달하게 된다.

---

* 하늘이 명하신 것을 사람의 본성이라 하고, 사람의 본성을 따르는 것을 도라 하고, 도를 닦는 것을
가르침이라 한다.

도를 닦는다는 말은 내 마음에서 우러나는 사사로움을 스스로 절제하며 사는 것을 이른다. 이러한 것을 배우고 묻는 것이 학문이다."

"그러나 아버지. 세상에 학문을 했다는 사람 중에는 오상의 덕을 추구하지도 않고, 자신의 사사로움을 절제하지도 않는 이도 있습니다."

"사람의 형상을 이루는 기에 맑고 탁하고 정밀하고 거친 차이가 있기 때문이다."

"태어날 때 부모에게서 받는 몸에 이미 본성에 거스르는 기가 있다는 말씀이십니까?"

"그렇다. 그러므로 사람은 끊임없이 자신을 절제하여 오상의 덕을 이루도록 노력해야 한다. 성인이 예악과 형정을 정한 것도 바로 이 때문이었다."

"아버님께서 하늘이 명령한다는 것은, 사람에게 무엇을 시킨다는 것과 같다고 하셨는데 사람은 하늘이 시키는 대로 살아야 옳은 삶을 살 수 있다는 말씀입니까?"

"그렇게 볼 수 있다."

"그렇다면 하늘이 시키는 것은 모두 옳아야 합니다. 하늘이 그른 것을 시킬 수는 없는 일입니다."

"그렇게 볼 수 있다."

"그렇다면 아버님, 기라는 것도 하늘이 명해서 생겼을 터인데 어째서 기에 맑고 탁하고 정밀하고 거친 차이가 생기는 것입니까?"

"주문공께서 그렇게 말씀했다."

"그것은 주문공 개인의 견해가 아닙니까?"

"퇴계 선생님도 그렇게 말씀하셨다."

"공자님도 그런 말씀을 하셨습니까?"

"공자님이 그런 말씀을 했는지는 나도 모르겠다."

"다른 것을 여쭙겠습니다. 주문공이 추구했던 바는 각 개인을 도덕군자로 만들어 세상을 맑게 만들겠다는 것으로 보입니다.

주문공은 마음의 뿌리인 본성을 체득하는 방법으로 거경과 궁리를 제시했습니다. 거경은 마음을 경 상태에 있게 하라는 것인데 여기에 대해서 주문공은 항상 깨어 있으며 하나에 집중해 다른 것에 따라가지 않으며 마음을 수렴하여 다른 것을 받아들이지 않고 몸가짐을 바로 하고 표정을 엄숙하게 하는 것이라 했습니다.

이 말은 조금 이해가 됩니다.

궁리는 모든 사물에 우주의 궁극적 이치가 내재해 있다고 보고 사물 하나하나에 내재한 개별 이치를 계속 궁구하다 보면 어느 순간 활연히 깨달음을 얻게 된다고 합니다. 그러나 세상의 수많은 사물을 언제 하나하나 궁구하며 어느 순간 활연관통하기까지 얼마나 많은 시간이 소요되는지 그것을 알기가 어렵습니다."

"궁리는 경전을 숙독하는 것으로 이해해도 된다."

"그렇다면 아버님, 세상이 내 밖에 있는 모든 것이라면, 세상과 나는 항상 서로 밀접하게 영향을 주고받습니다.

주문공 이후, 그리고 퇴계 선생님 이후 성리학의 거경궁리를 공부한 사람들은 저마다 마음의 뿌리인 본성을 체득하여 도덕군자가 되고 그로 인하여 그 주변의 세상이 더 맑게 변해야 합니다. 아버님 보시기에 과연 그렇게 되었습니까?"

"맑아졌다는 것은 무슨 뜻이냐?"

"그분들 주변에 사는 백성들의 삶이 더 편안하고 행복해졌는가 하는 뜻입니다."

"복술아, 너도 알다시피 나는 가세가 무너지고 과거에도 오르지 못한, 그래서 지금은 아무것도 내세울 것이 없이 공부만 하는 일개 선비일 뿐이다. 나는 세상의 변화보다 다만 학자로서의 내 올곧은 삶에 진력할 뿐이다."

"그렇다면 아버님의 학문은 남들의 견해에만 의존하는 것입니까?"

"나는 내가 가진 학문에 대한 자질과 식견의 한계를 잘 알고 있다. 다만 나보다 깊이 들어간 분들의 경지에 다가가고자 노력할 뿐이다."

"다른 것을 여쭙겠습니다. 『중용』에서 말하는 하늘이란 과연 무엇입니까? 하늘이 명령한다는 것은, 사람에게 무엇을 시킨다는 것과 같다고 하셨는데 하늘은 인격을 갖춘 신과 같은 존재입니까?"

"유학은 인격신을 버린 지 오래되었다.

본래 『중용』은 『예기』의 한 부분이었다. 이 책이 만들어지던 당시는 하늘을 인격신으로 해석하는 사람들이 있었으나, 남송에서 주문공이 나온 후부터는 우주의 궁극적 원리 정도로 이해하게 되었다."

"『중용』의 구절에 의한다면 우주의 궁극적 원리로 생겨난 나는 하늘이 명하는 바에 따라 살면 됩니다. 그렇다면 세상이라는 것은 과연 무엇입니까?"

"그것은 궁리의 대상이다."

"세상도 우주의 궁극적 원리로 생겨났습니까?"

"그렇게 볼 수 있다."

"그렇다면 나와 세상은 서로 다른 존재입니까?"

"그렇다. 그러므로 서로 조화를 이루어야 한다."

"아버님. 내가 하나의 궁극적 원리에서 나왔다면, 나라는 개인과 삼라만 상이 모여 세상이 되므로 나와 세상은 형상만 다를 뿐 근원적으로는 별개 가 아닙니다.

내가 세상을 대하는 순간 세상을 보는 내가 드러나고, 이를 통해 나와 세 상은 함께 변화하고, 세상은 나의 감각으로 들어와 나의 의식 속에서 결국 내가 됩니다.

서로가 별개라면 보아도 보이지 않을 것이고, 보여도 인식되지 않을 것 이고, 인식되어도 기억되지 못할 것이고 기억되더라도 서로 변화하지 못 할 것입니다.

세상은 바로 나의 확장이므로 결코 서로 다른 존재가 아닙니다."

"각자가 세상과 조화를 이루기 위해 자신을 바르게 거경궁리하면 나아 가 온 세상이 바르게 변할 것이다."

"다른 것을 여쭈어보겠습니다. 각자가 자신을 바르게 수양하려면 그럴 수 있는 세속의 환경이 갖추어져야 합니다.

몸을 가진 인간이 헐벗고 주려 가면서, 또는 마음을 가진 인간이 번잡하 고 혼란스러운 상태에서 바른 수양을 할 수 있겠습니까?

엄동에 몸을 가리지 못해 추위로 고통받는 사람과, 며칠 끼니를 잇지 못 해 굶주림에 시달리는 사람에게 어떻게 올바른 마음이 발휘될 수 있겠습 니까?

나아가 우주의 궁극적 존재로부터 명을 받고 태어났다는 인간이 신분이라는 멍에에 묶여 한 존재로서 존중받을 여지를 목숨이 붙어 있는 내내 상실한 채 살아야 한다면 그 고통은 춥고 배고프고 정신이 혼미한 고통보다 더 심각할 수 있습니다.

그런 사람들에게도 세상과 조화를 이루기 위해 바르게 거경궁리하라고 요구할 수 있겠습니까?"

"세상은 오랜 옛날부터 사람들이 평등하여 모두가 같이 평온한 적이 별로 없었다. 사람들은 불평등 속에서 적응하며 각자 자신을 수양하며 살아왔다."

"세상이 옛날부터 평등하지 못해 모두가 평온하지 못했다면 그것은 무엇 때문이었습니까?

하늘이 명하신 것을 사람의 본성이라 하고, 사람의 본성을 따르는 것을 도라 하고, 도를 닦는 것을 가르침이라 한다면 사람들은 옛날부터 이 가르침을 따르지 않고 살았기 때문입니까? 아니면 이 가르침이 근본적으로 잘못된 가르침이었던 것입니까?"

"왕지네는 죽어도 굳어지지 않는단다. 오래된 세상의 담론을 건드리는 것은 현명하지 못한 일이다."

"아버님, 저는 그렇게 생각하지 않습니다. 오래된 담론은 항상 다시 해석되어야 합니다. 담론은 변화하는 세상에 맞게 새롭게 이해되어야 합니다.

그리고 재해석된 새 담론은 구체적인 실천으로 이어져야 합니다.

주문공이 제시하는 거경궁리로 도덕적인 사람을 키워 세상을 도덕적으로 만들기에는 매우 긴 시간이 필요합니다. 이러한 방법은 평화로운 시대라면 어쩌면 가능할지도 모르겠습니다. 더구나 이런 생각은 소수의 지배층이나 물질이 풍요해 낙관적인 삶을 사는 자들에 한정될 것입니다.

그러나 그들은 차츰 궁리보다 거경에 치중해 현학에 빠져 경세의 실천을 경시했습니다. 아버님 말씀대로 세상은 권력을 독점한 일부 이기적이고 비도덕적인 무리의 손끝에서 흔들려 왔습니다.

힘없는 백성들은 불만을 애써 누르며 고통을 참아왔습니다. 그러나 진실로 나라를 부강하게 하고 군대를 강하게 하기 위해서는 힘을 가지고 있는 자들이 적극적으로 백성들의 삶을 돌보아야 합니다.

백성들이 편안하고 부유해야 나라에 힘이 생기기 때문입니다. 위정자는 백성들의 삶을 돌보기 위한 정책을 만들어 적극적으로 시행해야 합니다.

담론은 그러한 방향으로 시대에 맞게 재해석되어야 옳습니다.”

“나는 그저 학문을 통해 나를 성찰하려는 일개 선비로 만족하려 한다.”

“학문은 개인의 수양으로 끝나서는 안 됩니다. 독서나 하고 강론이나 하고 시문이나 짓는 것만으로 학문을 이루었다고 할 수는 없습니다.

밖으로 백성들을 위한 구체적 정책을 입안하여 그들이 풍족하고 편안한 삶을 살게 하여 나아가 나라의 힘을 기르게 하는 실천을 겸해야 온전한 학문을 하는 길입니다.

공자님도 ‘수기 이후에 치인’하라고 했습니다.

그 박식한 유학자들이 모여 있던 송나라가 왜 그들이 야만인이라고 멸시하던 북방 민족에게 나라를 빼앗기는 굴욕을 당했습니까? 역시 그 유식한 유학자들이 모여 있던 선조 왕 시기에 왜 야만족이라 무시했던 왜놈들에게 국토가 온통 쑥밭이 되는 수모를 당했다고 생각하십니까?

그것은 나라에 진정한 학문이 없었던 까닭에 나라에 올곧은 힘이 축적되지 않았기 때문입니다."

"말이 너무 과하구나."

"아버님, 마찬가지로 지금 우리도 나라를 유지하고 있는 틀에 문제가 있습니다. 한 줌의 권력자가 대다수 백성의 고혈을 빨아먹는 이러한 틀로는 도무지 나라의 힘을 기를 수 없습니다.

이런 틀은 너무 허약해 어느 날 조금 더 힘센 무리가 들이닥쳐 손가락으로 툭 건드리기만 해도 모래성처럼 무너져 버릴 것입니다.

소수 권력자의 배만 불리고 대다수 백성이 그들의 노예가 되어, 야경벌이로 몸을 혹사해도 다가올 미래의 삶에 최소한의 희망도 가질 수 없는 틀이라면 그것이 아무리 오래된 것이라도 과감하게 부숴 버리고 새로운 틀을 만들어 바꾸어야 합니다.

이것이 바로 학문을 하는 목적이 되어야 합니다. 제가 오늘 아버님께 학문이 무엇인가 하고 물어본 속마음은 이 말을 여쭙고 싶어서였습니다."

"……, …복술아."

"예 아버님."

"네가 올해 나이가 몇이더냐?"

"올해 열여섯입니다."

"그래, 그렇구나. 복술아, 장하다. ……, … 네 말이 틀린 말은 아니다. 내가 차마 내놓고 하지 못했던 말들을 너는 잘도 하는구나.

오늘은 그만하자. 나는 내가 가난하고 무능력해 너에게 아비 노릇을 제대로 해주지 못한 것에 대해 항상 미안한 마음을 가지고 있다.

너는 어릴 적부터 용모가 남다르게 뛰어났고 총명은 사광과 같았다. 비록 사대부 집안이고 너는 하나뿐인 내 아들이나 재가녀의 자식이라 문과에 응시할 수 없으니 장차 살아갈 길이 밝아 보이지 않는구나.

네가 그동안 유학을 공부해 장한 뜻이 일어났으나 그 뜻을 이룰 길이 보이지 않음을 지금 나에게 둘러 이야기하는 것이 아니겠느냐? 네가 말을 타고 읍내까지 미친 듯이 바람을 일으키며 다니는 심정을 나는 이해한단다.

그러나 길은 없는 듯하나 다시 이어지고 설령 길이 아예 끊어지더라도 사람이 다시 만들어 걸어가면 길이 되는 것이다.

어려서 어미를 잃고 지금까지 힘든 일이 많았을 터인데 나같이 어리석고 부족한 사람 밑에서 너는 곧게 잘 자라주었구나.

복술아, 네가 대견하고 자랑스럽다.

경전 공부는 이제 그만하면 되었으니 앞으로는 무예를 익히도록 하여라. 재가녀 자식은 문과에 응시할 수 없으나 무과는 치를 수 있다.

마침 남산에 나와 친한 일부 선생이 와 있으니 그분에게 가 무예를 익히면서 네가 나아갈 길을 살펴보도록 하여라.

너는 어릴 적부터 안정에 광채가 있어 눈을 뜨면 형광이 사람을 엄습해 어떤 이는 너를 역적의 눈을 가졌다고 두려워하기도 했다. 내가 보기에도 너는 앞으로 평범한 삶을 살아가지는 않을 것 같구나.

아마 너의 그 명철과 용기로 인해 앞으로 네가 원하는 새로운 틀로 가는 씨앗이 세상에 뿌려질 것이다.

그러나 정작 씨를 뿌리는 네 삶이 결코 평탄하지는 못할 것 같으니 아비로서 깊이 근심 하지 않을 수 없구나."

9.

며칠 뒤.

제선은 아침을 먹자 옷차림을 가뿐하게 하고 남산 기슭을 향해 말을 달렸다.

차가운 바람을 받아 청수하면서 날카로운 용모가 얼음처럼 빛났다. 중키에 다듬어진 몸이 호양호양했다.

눈에서 정채가 뿜어져 나와 이글이글 타 범의 눈을 연상하게 했다.

친구들이 그와 마주 대하면 우선 그 눈빛에 압도되어 두려운 마음이 생겨 저절로 고개를 숙였다. 마을 사람들은 제선의 눈을 역적의 눈이라 했다. 역적보다 큰일이 세상에 있다면 그러한 일을 저지를 눈이라 했다.

노름도 잘하고 싸움도 잘해 혹 노름판에서 엿방망이를 하다 분쟁이 일어나면 영락재 없이 장정 다섯에서 열 정도는 마음먹은 대로 던져 버렸다. 노름을 해 돈을 따도 잃은 자들에게 다시 나누어주곤 했다. 언제나 약한 자나 의로운 자 편을 들었다.

호매불기였다.

어떤 고정된 틀에 갇히는 것을 죽기만큼이나 싫어했다. 관습에 구속되지 않아 당시의 예절이나 도덕 같은 것은 조금도 안중에 없었다.

그는 세상의 모순과 타협할 성격이 전혀 못 되었다.

기운이 넘쳐 매양 경주성 안에 말을 타고 들어가 활을 쏘고 권법을 단련하기에 분주했다.

친구들이 걱정했다.

"자네 그렇게 난봉만 부리다가 앞으로 무엇이 되려고 하나?"

제선은 반쯤 웃는 얼굴로 대답했다.

"아버지가 돌아가시면 좀 나아질까?"

은연중에 아버지에 대한 불만을 나타냈다.

자신을 재가녀 자식으로 낳아 신분 차별을 받게 했다는 것이리라. 또는 아버지가 집착하는 공소한 성리학에 대한 불신이기도 했다.

제선은 여러 계층의 친구가 많았다. 그중 양반 친구를 만나면 언제나 그들을 양민이라 불렀다.

신분에 안주해 창자에 돼지기름으로 도배를 한 채 물에 물 탄 듯 덤벙덤벙 사는 양반 친구들을 그렇게 조롱했다.

그러면 그 친구들은 제선을 적한이라 부르며 받아쳤다.

겨울이 한창 기세를 올리는 날이었다.

낮달이 맨발로 걸어 나왔다.

산을 등진 두 칸 기와집이 보였다. 집 뒤엔 차나무밭이 넓었고, 집 앞으로 시내가 완만하게 굽어졌다.

여울은 발을 담그면 버들치가 다가올 듯 물빛이 환했다.

쇠락한 암자치고는 마당이 제법 넓었다. 키 큰 오동나무 한 그루가 외롭게 떨고 있었다.

집안에는 사람의 기척이 없었다. 댓돌 위에 벗어 놓은 신발 한 켤레가 보였다.

제선은 말에서 내려 문 앞으로 가 기침을 한 번 했다. 방 안에서는 아무런 반응이 없었다. 제선은 오동나무 아래 큼직한 바위에 앉아 기다리기로 했다.

어느덧 정오가 지났다.

찬바람을 맞아 몸이 돌처럼 굳었다.

제선은 이리저리 몸을 흔들어 근육을 풀었다. 간혹 기합을 넣으며 권법의 품세를 반복했다. 배가 고파왔지만, 이왕 왔으니 조금만 더 기다리기로 했다.

어느덧 축시를 넘겼다.

닫혀 있던 방문이 조용히 열리더니 노인 한 사람이 나왔다. 조그만 몸이 풀처럼 말라 바람이 불면 휙 날아갈 듯했다.

제선은 자신이 온 걸 알면서도 방에서 모른 척한 것이 의아했으나 마음을 추스르고 달려가 인사를 했다.

"선생님, 안녕하십니까? 최 제선이라 합니다."

노인은 제선을 한번 힐끗 처다보고는 약약한 표정을 짓더니 말없이 돌아서 부엌문을 열었다. 그리고는 부엌으로 쑥 들어가 버렸다.

제선이 멀쑥해 서 있으려니 부엌에서 호통 소리가 나왔다. 소리가 벽력을 치듯 우렁찼다.

"이놈아 무엇을 하고 있느냐? 어서 들어와 밥을 지어야지."

제선이 깜짝 놀라 급하게 대답했다.

"예? 예!"

부엌에 들어가 보니 솥은 있는데 쌀이 보이지 않았다.

"저, 선생님. 쌀은 어디에 있습니까?"

"배우러 온 놈이 쌀도 안 가지고 콧구멍 두 개만 가지고 왔단 말이냐?"

"예? 예! 제가 지금 가서 쌀을 가지고 다시 오겠습니다."

"됐다. 이놈아, 쌀은 저 구석에 보이는 자루에 있다."

제선이 부랴부랴 쌀을 씻어 솥에 안치고 보니 불을 땔 나무가 없었다.

"저, 나무는 어디에 있습니까?"

다시 불호령이 터졌다.

"이놈아, 나무가 없으면 산에 가서 한 짐 지어 오면 될 거 아니냐?"

어지간한 제선도 속에서 열불이 올라왔다.

'이 영감이 망녕이 들었나? 처음 보는 사람을 대하는 태도가 너무 불량하지 않은가?

이런 어뜩비뜩한 영감에게서 무엇을 배운단 말인가?'

제선은 뒤도 돌아보지 않고 부엌을 나갔다. 오동나무 밑에 가니 나무 기둥에 묶어 둔 말이 보이지 않았다. 주위를 둘러보아 말을 찾는데 노인이 부엌에서 나오면서 한마디 기합을 넣었다.

"엇!"

순간 제선은 몸을 움직일 수 없었다. 선 채로 한 발자국도 옮기지 못했다. 온몸이 독사에게 물린 것처럼 마비되어 말을 듣지 않았다.

손가락 마디 끝까지 돌처럼 굳어 버렸다. 혀마저 굳어 소리가 나오지 못했다. 성질이 나 용을 쓰니 진땀이 배어 나와 등에서 진득하게 흘렀다.

노인은 그런 모양을 보고 혀를 몇 번 차더니 다시 방으로 들어갔다. 그렇게 시간이 지나 밤이 되었다.

방안에서 노인이 코 고는 소리가 들려왔다. 제선은 이를 갈며 속으로 으르렁거렸다.

'몸만 풀리면 저 영감을 반병신으로 만들어 주겠다.'

칼바람이 부는 겨울밤을 제선은 뜬눈으로 보냈다. 춥고 어두운 밤은 영원처럼 길었다.

묘시가 되면서 날이 밝아왔다.

사시가 되자 스르르 방문이 열리더니 노인이 나왔다. 다시 호통을 쳤다.

"네 이놈! 아직 가지 않고 여기서 무엇을 하고 있느냐?"

제선은 말도 하지 못하고 화가 나 얼굴만 붉어졌다. 노인이 제선에게 다가오더니 다시 한마디 기합을 질렀다.

"엇!"

그러자 언제 그랬냐는 듯이 제선의 몸에서 마비가 풀렸다. 제선은 노인을 후려갈기려 주먹을 다잡았다. 가슴을 한 방 먹이려는 순간 다시 노인이 엇 하고 기합을 넣었다. 거짓말처럼 제선의 몸이 다시 굳어 버렸다.

제선이 타고 왔던 말이 코에서 김을 뿜으며 뒤란에서 나왔다. 노인이 획 올라타더니 어디론가 사라졌다.

다시 저녁이 되었다. 어둑어둑할 무렵 노인이 돌아왔다.

제선은 이제 기가 한풀 꺾였다.

'저 영감쟁이는 보통 노인이 아니다. 지금까지 본 적이 없는 영벌한 사람이다.'

성질만 부려서 될 일이 아니었다.

호령이 떨어졌다.

"이놈아, 아직 저녁도 안 짓고 무엇을 하고 있었느냐?"

어느새 다시 몸이 풀려 있었다. 제선은 어리무던해 정신이 번쩍 들었다.

"예, 지금 바로 지어 올리겠습니다."

제선은 창고에서 지게와 도끼를 꺼내 이미 어두워진 뒷산으로 부리나케 올라갔다.

10.

헌종 7년, 신축년, 1841년 가을.

문경 백성이 읍에서 포흠 낸 환곡 문제로 원정을 바치기 위해 수백 명이 궐문 밖에 몰려왔다. 응용조처를 청하더니 엎드려 있기를 이미 여러 날이 지났다.

세 사람이 백성을 대표해 소장을 들고 무리 앞에 서 있었다.

조정은 아닌 보살 흉내를 내며 어우렁그네를 탔다. 백성의 속사정을 헤아려 줄 수 있는 형편이 못되니 저희끼리 왁달박달하기만 했다.

조정이 문경 수령의 뒷배니 무슨 할 말이 있겠는가? 가지기처럼 어거지만 쓸 수밖에.

"포흠 난 환곡이 있으면 의당 영읍에 바치고 여기에 억울한 점이 있으면 의당 영읍에 호소하여 단계를 밟아 폐단이 바로 잡히기를 바라는 게 법도다. 그런데 감히 백성 주제에 소장을 가지고 왕신처럼 무리 지어 대궐 문 앞에 와 난리를 쳐야 하는가?"

단계를 여러 번 밟아 보았자 아무 소용이 없으니 일부러 고생 고생해서 많은 사람이 한양까지 올라온 것 아닌가?

다 알면서 조정은 골만 냈다.

어좌어우 간에 왕에게는 적당히 어주전갈했다.

'어리석은 백성들의 무엄한 버릇이 가지로 놀랍습니다.

조짐을 막고 훗날을 징계하는 도리에 있어서 심상하게 처리해서는 안 되겠습니다.

소장을 들고 앞머리에 나와 어진혼이 나간 세 사람은 먼저 형조로 내보내 한 차례 엄히 형신한 다음 본도에 압송하여 해당 형률을 시행하게 하고, 따라온 백성들은 모두 효유하여 돌려보내야 하겠습니다.

환곡의 폐단은 이미 이서의 포탈에 의한 것으로 밝혀졌습니다.

이 일이 백성들과 도대체 무슨 상관이 있길래 마치 온 경내가 보전될 수 없는 것처럼 이렇게 전에 없던 일을 벌이니 이것은 백성의 도리가 아닙니다.

해당 도신*에게 경위를 상세히 조사하게 하여 전후로 시포하고, 엄포한 수령에 대해서도 포흠을 낸 여러 놈들의 석수의 많고 적음과 함께 조목별로 열거해서 등문하게 함으로써 법률을 살펴 형을 적용할 수 있도록 하는 것이 어떻겠습니까?'

꼬리만 자르고 없던 일로 하자는 말이다. 매양 들어야 하는 하늘을 도리질 치는 보고는 그게 그것이라 엇비슷하기만 하다.

왕이 대책 없이 말했다.

"그리하라."

---

* 감사. 관찰사.

11.

일부가 제선에게 병법을 강의했다.

'앞으로 있을 무과에 대비하여 몇 가지 알려주겠다.

자네가 이전에 읽었던 병법서는 대개 중국에서 쓴 책들이었다. 그 책에 적혀 있는 이야기들은 모두 중국의 지형과 중국 사람의 심성에 맞춘 것들이니 우리 형편과 비교하면 왕청뜰 수밖에 없다.

여기는 조선 땅이다. 이 땅에 맞고 우리 백성에 적합한 병법에 대해 생각해 보겠다.

근래 우리 군제의 폐단 가운데 변통해야 하고 먼저 고민해야 할 것이 여섯 가지가 있다.

첫째, 한양의 군사를 묶어 훈련 시켜야 한다.

군사는 정예로운 것을 귀중히 여기고 수가 많은 것을 귀하게 여기지 않는다. 정예롭지 못하면 쓸모가 없는데 숫자가 많지 않으면서 정예롭지도 못하다면 장차 어디엔들 쓸 바가 있겠는가?

지금 군졸은 정상적인 대오가 없어 오합지졸과 같다. 무기는 창고에 넣어 두기만 하고 제때 정비하지 않아 녹슬어 못쓰게 되었으니 실로 적의 손에 군사를 넘겨주고 마는 한탄이 있다.

지금 지방 군현에도 제대로 훈련된 군사가 없는데 한양의 군영에 있는 군사조차 이 모양이다.

병지에 '적이 쳐들어오지 않으리라고 믿지 말고 내가 대비하고 있는 것을 믿으라.' 했다. 혹시라도 적들이 쳐들어온다면 무엇을 가지고 대적하겠는가?

대체로 군사가 정예롭지 못한 것은 평소에 대오를 정해 놓지 않은 데에서 말미암는 것이다. 때문에, 병법에는 대오에 일정한 수가 있다. 나아가고 물러감에 반드시 함께하고 움직이고 정지할 때 서로 떨어지지 않으며 목소리와 얼굴이 익숙하고 뜻과 생각이 서로 부합해야 한다.

이것을 미루어 올라가 장수에게까지 미친 다음에야 비로소 지휘를 뜻대로 할 수 있게 된다. 이것은 시간이 오래 지난 뒤에야 이루어지기 때문에 갑자기 마련할 수 있는 것이 아니다.

그러므로 병서에 '많은 군사를 다스리는 것은 작은 군사를 다스리는 것과 같은 법이니 숫자를 나누는 것이 이것이다.'라고 했다.

지금 나라에 보군은 정병이 이십육 초가 있다.

그러나 이 가운데 협련군·별파진·배포수·서원·고직에 각각 장수를 포함해 칠백여 명이 있고 초관·사후·서자적·패두·청령군 등 이백십삼 명이 대오 안에 뒤섞여 충당되었다.

대개 동가를 배위할 때 응탈대를 제외하면 일정한 대오가 없어 세 초에서 다섯 초를 이리저리 모아서 한 초를 만든다.

그러니 구차하게 대리를 채워 비록 액수가 완전히 갖추어지더라도 절제와 호령이 어긋날 수밖에 없으니 어떻게 군대의 위용을 이룰 수 있겠는가? 하루빨리 변통하여 군제를 바로 잡기를 도모해야 한다.

협련군과 별파진을 대오에서 제외하여 별도 장령을 정하고 그 나머지 잡색군 오백 명을 칠 색에 나누어 대오에 뒤섞이지 않게 한다면 정병이 단지 이십 초가 될 것이다.

초의 수는 비록 줄어들었더라도 거의 군사들이 정예롭게 되어 절제할 수 있을 것이다.

나라의 보군은 매달 초순에는 기예를, 중순에는 진 치는 법을, 하순에는 총 쏘는 법을 연습하는 것이 규례이다.

그러나 총 쏘는 연습을 하지 않은 지 이미 오래되어 이른바 포수라고 하는 자들이 화약을 장착하는 법조차 모르고 있다. 중순에 시사하고 상을 줄 때 한 발도 적중시키는 자가 없으면서 요식만 바라고 있다.

이러니 기예가 정교해질 수 없다.

지난 버릇을 통렬히 바로잡고 조문을 엄하게 세워 기예를 연습하고 진 치는 법을 익히게 하여 달마다 점수를 계산한다.

우수한 자는 녹봉을 올려주고 그 다음가는 자는 돈이나 무명으로 시상하며 끝자리를 차지한 자에게는 등급을 나누어 벌을 준다면 용병은 저절로 도태되고 기예가 점차 정교해질 것이다.

기예가 높아진 다음에야 심장이 담대해져 적을 죽일 수 있다.

지금 군총에 들어 있는 자들은 활과 쇠뇌를 오랫동안 익히지 않아 갑자기 기예를 높일 수는 없을 것이다. 그러나 총 쏘는 법은 배우기가 쉽고 이내 능숙해지므로 연습한 지 몇 달이면 표적에 맞출 수 있다.

그러므로 무기를 날카롭게 하고 또 많이 만들며, 총 개수를 더욱 많이 확보한 다음에야 비로소 한번 싸울 수 있는 법이다.

적을 무찌르는 도구로는 화기가 가장 중요하니 화약을 많이 만들어 넉넉하게 비축해 두어야 한다.

화약은 만드는 데 알맞은 절기가 있다. 엄동 뒤에서 우수 전이 아니면 염초를 만들 수가 없다. 입하 전이 아니면 염초를 두드려 화약을 만들 수 없다.

때를 놓치면 재료가 있어도 만들 수가 없다.

염초를 굽는 새로운 방법을 적은 책을 열읍에 나누어 보내어 그들이 스스로 만들게 한다. 그러면 차차 모두 넉넉하게 비축할 수 있고 정밀하게 만들 수 있을 것이다.

둘째, 향포수를 선발하도록 장려해야 한다.

지금 기예가 정예한 자로 총수만 한 자가 없고 총수 가운데에서 정예롭기로는 서북 지방 총수만 한 자가 없다. 이들이 방수하며 담이 커지고 사냥하며 기예가 정예해진 까닭이다.

변경은 조정이 외대다 보니 작록을 받는 자가 예로부터 드물었다. 만약 늠료를 후하게 주고 영예롭게 관직으로 출세할 수 있는 계제가 되도록 위에 품해 허락받는다면 많은 이가 즐겨 달려올 것이다.

그래야 급한 경보가 발생할 때 바로 징발할 수 있다.

셋째, 민보를 쌓도록 장려해야 한다.

우리나라는 삼면이 바다이고 외적이 왕래한다 해도 지경이 천 리밖에 안 되어 짧은 시간에 빨리 오갈 수 있다. 그런데 모두 경병을 쓰니 대개 외적이 쳐들어오는 곳에 따라 방비하기는 어렵다.

지금 백성들의 실정으로는 군현의 군사를 쉽게 충당할 수 없다. 나라에 군사가 부족한 만큼 공격보다는 방비에 충분히 힘써야 한다.

민보를 쌓는 방법은 이목의 '입보'에 상세히 나와 있고 그에 대한 설은 위나라 조조에게서 나타났으니 군사를 징발하여 외적을 방비함에 백성들이 스스로 지키게 하는 것이 가장 튼튼하다.

백성들은 보루를 설치하여 목숨을 지키고자 하지만 조정에서 아직 허락하지 않고 있는 것이 문제다.

진실로 연변의 군읍이 백성의 실정에 따라 보루를 쌓은 후, 미리 약속을 정해 위급한 경보를 만나면 곧바로 모두 보루로 들어가 험준한 지형에 의지하여 스스로 굳게 지키면서 들판을 텅 비워 놓고 적을 기다린다면 적이 그 땅에 들어오더라도 먹거리가 부족하게 될 것이니 가탈걸음으로도 승리할 수 있다.

옛날 유능한 장수는 외적을 방어할 때 들판을 외멍구럭처럼 텅 비워 놓는 방법을 써 나라를 지켰다. 그래서 민보를 많이 설치했다. 지금처럼 외적의 변란이 예상될 때일수록 더욱더 필요한 방법이다.

열읍의 높은 지대 위에 성터 자리가 별처럼 널려 있고 바둑판처럼 깔려 있다. 모두 전대에 백성들이 지키던 곳이다. 이런 곳을 외얽이로 공고하게 보수한다면 방어하는 노력을 덜 수 있다.

민보를 쌓아 몇천 리 되는 바닷가를 빙 둘러친 다음 징과 북을 둥둥 울리고 깃발을 은밀히 드러내 연락해 서로 구원하게 한다면 우리에게 방비가 있는 줄 알고 외적이 두려워 감히 범하지 못할 것이다.

넷째 북쪽 변경에 군사를 주둔시켜야 한다.

변경에 경보가 있을 때마다 경병을 멀리 내보내 방어하게 할 수는 없다.

지금 변방의 걱정이 자못 절박하다. 변방에 사는 백성들은 두려워 동요하고 있다.

이 문제는 백성들이 스스로 대오를 편성하여 변방을 방어하게 하면 된다.

다섯 집으로 통을 만들고 열 집으로 패를 만들어 다섯 집에서 장정 한 명을 책임지고 내게 한다. 그렇게 하면 번갈아 가면서 세우든 고용해 세우든 모두 건장하고 실한 사람으로 징발할 것이다. 이미 다섯 집에 책임을 지도록 맡긴 이상 설령 도망치거나 죽는 자가 있다고 하더라도 다섯 집에서 당연히 책임지고 장정 한 사람을 세울 것이니 도망치거나 죽거나 새로 묶는 폐단이 없다.

호구에서 군사를 내게 하는 것은 옛날의 군사제도로서 청국에서도 시행하고 있는 제도이다.

다섯째 내정을 잘 닦아야 한다.

세상의 변란은 우려하는 데에서 나오는 것이 아니라 항상 우려하지 않던 데에서 나온다. 변란은 숨어 있을 때는 지극히 미미하다가도 떨쳐 일어날 때는 지극히 드러나는 것이니 잘 살펴야 한다.

지금의 형편을 논한다면 상하 중외가 다 함께 염려하는 바가 오랑캐의 변란이다. 그런데 조정은 나라 안의 변란만 두려워하고 있다.

지금 백성들의 곤궁함은 극도에 이르렀다. 군사를 설치할 때 일정한 법이 없어 부역이 고르지 못하고 부역이 고르지 못하기 때문에 백성이 가난하다.

백성이 가난하므로 국용이 부족하고 국용이 부족하므로 세금을 거두는 것이 법도가 없다.

세금을 거두는 것이 법도가 없어 관리가 백성들을 속여 세금을 거두다 보니 자연히 형벌이 무거워진다.

형벌이 무거워지면 백성들은 목숨을 피할 데가 없어 할 수 없이 변란을 일으키는 것이다.

정사는 백성들을 다스리기 위한 것인데 백성들이 정사의 폐단으로 곤란을 당하고, 군사는 변란을 막기 위한 것인데 변란이 군사로 인해서 생긴다면 본말이 전도된 것이다.

여섯째 오랑캐가 일으킬 변란을 미리 살펴야 한다.

대체로 전쟁에 승리하자면 먼저 적을 헤아리는 것이 순서이다.

오랑캐는 은밀하게 사교를 행하고 드러나게 통화하기를 요구하니 그 정상이 이미 드러났다. 오랑캐는 우리의 요해처를 엿보고 우리의 열읍을 불태우려 하니 그 일이 이미 혹독하다. 저들의 요구를 허락할 수 없다면 당연히 지키고 싸워야 한다.

어떻게 싸워야 하겠는가?

병지에 '싸우기 전에 조정의 계책이 이기는 것은 계책을 얻은 것이 많기 때문이요, 싸우기 전에 조정의 계책이 이기지 못하는 것은 계책을 얻은 것이 적기 때문이다.'라고 했다.

서둘러 전략을 수립하고 무기를 수리해야 한다.

내가 이야기한 여섯 가지를 외자해 염두에 두고 항상 궁구하도록 해라.

12.

헌종 8년, 임인년, 1842년 6월 5일.

왕이 희정당에 나가 대신과 비국 당상을 인견했다.

영의정 조인영이 보고했다.

"홍수와 가뭄이 드는 것은 실로 기수에 관계되는 것으로서 모두 사람의 힘으로 어쩔 수 없는 일입니다. 그러므로 세수가 일정할 수 없어 국가에서 지출하는 비용의 남용을 억제하고 부족분을 보충 구제하는 방법은 힘을 다해 강구해야 합니다.

대저 그런 뒤에야 농사는 시기를 어기지 않고 백성은 식량이 궁핍하지 않을 것입니다.

이에 네 가지를 아룁니다.

하나는 이앙을 금해야 합니다.

수원이 풍족한 땅은 옮겨 심는 여부가 본시 우양에 관계되지 않으니 제초하는 역사를 크게 감하였습니다. 그러나 토품이 높고 건조하고 샘 줄기가 얕고 짧은 것에 이르러서는 단지 건파하고 물을 주는 것이 옳으므로 하나같이 모내기를 하는 것은 마땅하지 않습니다.

다만 게으르고 요행만을 바라는 무리가 대개 김매는 노력을 꺼리고 오직 비가 내리는 것만을 바랍니다.

사월과 오월 사이에 혹시 한 달 동안 극심한 가뭄을 만나면 문득 들 전체가 황폐하는 까닭에 전에도 이 금법이 있어 영갑에 실려 있는데도 등한히 하고 살펴 신칙하지 않음이 이내 습속이 되어 비록 기근을 만나더라도 뉘우칠 줄 모르니 어찌 통탄하지 않겠습니까?

하나는 사사로이 도살하는 것을 금해야 합니다.
소를 기르는 것은 농정에 매우 긴요합니다. 근래에는 법으로 마련된 금제가 곳곳마다 흔적이 없어졌습니다.
읍에는 반드시 푸줏간이 있고 저자에는 반드시 백정이 있어 가게에서 값을 매겨 판매하는 무리가 우적과 체결하고, 셈을 한데 묶어 값을 주고서 그 이익을 나누기까지 합니다. 기찰하여 잡아도 도둑질하는 수효를 감당하지 못해 세월이 갈수록 모손되어, 밭 갈고 김매는 시기를 잃으며 심지어는 소 한 마리에 백금의 값을 부르기도 하는데 이는 일찍이 드물게 들었던 일입니다.
먼저 이 금법에 따라 거듭 엄하게 밝힌 뒤에야 비로소 농사에 힘쓰고 경작을 권면하는 요령이 될 수 있을 것입니다.

하나는 산 중턱에 화전을 일구는 것을 금해야 합니다.
따비밭을 일구기 위해 숲을 불사르는 자가 날로 늘고 있습니다. 거의 모든 산에 초목이 없이 깨끗하여 관방에는 숲의 막힘이 없고 두메에는 재목으로 쓸 나무가 없으니 진실로 대단히 민망하고 통탄할 일입니다.
산이 벌거숭이가 되었으므로 위로는 운기가 일지 않고 아래로는 샘의 근원이 불어나지 않고 패택*을 이루지 못하니 이것은 실로 가뭄을 애통하게 여기는 한 가지 단서가 됩니다. 그래서 날이 가물면 골짜기에 흐르는 물이 끊겨 관개의 이로움을 잃게 되고, 장마가 지면 사석이 무너져서 메우고 막히는 피해가 있으므로 법전에 금령을 세웠던 것입니다.

진실로 그런 것이 아니라면 어찌 허다하게 곡식을 생산하는 전토를 버려서 백성의 식량이 되게 하지 않겠습니까?

옛사람이 일을 만들 때는 거의 모두가 먼 후일을 도모하여 경영하였는데 지금 사람은 모든 일이 구차하고 간략하여 오직 눈앞의 이익만을 계획하는 까닭으로 이와 같은 일을 하나 같이 버려두고 다시 지극히 말하는 자가 없습니다. 이는 아마도 법을 제정한 본의가 아닐 것입니다.

하나는 방죽 안에서 기간하는 것을 금해야 합니다.

방죽을 쌓는 것은 저수하기 위함이고 물을 모아 두는 것은 가뭄에 대비하기 위함입니다. 진실로 개울을 소통시키고 치기를 법에 따라 하고, 물을 모으고 줄이는 것을 때에 맞게 하면, 방죽 아래의 논 밭두둑이 모두 비옥하게 될 것이니 어찌 말라 죽고 실임하는 우려가 있겠습니까?

그런데 백성이 무지하여 구차하게 지척의 땅만을 도모합니다.

금년에는 모경**을 하지만 명년에는 침계***를 해 방죽 물이 다 말라서 한갓 한 사람의 사유물로 돌아가 버려 마침내 천 묘의 농지에 해를 끼치게 될 것

---

* 풀이 우거진 얕은 못.
** 땅임자의 승낙 없이 함부로 하는 경작.
*** 경계를 침범하여 빼앗음.

입니다. 말과 생각이 여기에 미치니 어찌 한심하지 않겠습니까?

지금 양진한 이 네 조목은 모두 국전에 실려 있으므로 요개하는 신의 억견이 아닙니다. 그런데 만약 이 금법을 신명하는 것을 현금의 황급한 상황만을 구제하는 것이라고 이른다면 비유하건대 목마른 뒤에 우물을 파는 것과 같아서 급한 일을 구제하지 못할 것입니다.

진실로 주군의 수령에게 확실하게 이 금법을 알게 하여 후래를 예비하는 방도로 삼게 하면 시행한 지 일 년에는 반드시 일 년이 효험이 있고, 시행한 지 이 년에는 반드시 이 년의 효험이 있을 것입니다. 오직 실심으로 실사하게 하고 일장의 한가로운 설화로 삼지 않을 뿐입니다.

이러한 뜻으로 말을 만들어서 제도 제군에 관칙하여 조목마다 금단하게 하고 또한 수령을 출척하는 정사로 삼으면 어떻겠습니까?"

왕은 조인영이 하는 소리가 무슨 의도를 품고 있는지 잘 이해하지 못했다.

이앙법은 수확이 풍부한 대신 가뭄이 들면 국가는 그해 세를 받지 못한다. 영의정이라는 사람이 저수지를 축조할 생각은 하지 않고 세를 못 받을 걱정만 하고 있다.

도살은 백정들의 천직인데 그들을 압박해 돈을 받을 생각이다.

화전은 도무지 세를 내지 못해 산속으로 도망간 백성들이 살아가는 유일한 방법인데 마지막 길마저 막으면 그들은 도대체 무엇을 해 가족을 먹여 살리란 말인가?

마른 방죽 안을 부처 먹는 것마저 국가에서 금한다면 이것이야말로 국가에 도리가 없는 짓이다.

지금 양진한 네 조목은 조정이 백성들의 살가죽까지 벗겨 먹겠다는 소리였다.

영의정이 왼새끼를 꼬는 동안 왕은 연신 머리를 긁으며 민망한 표정을 지었다. 골치 아픈 이야기가 어서 끝나기만 기다렸다.

내전에서 술상을 차려놓고 그를 기다리는 반월이와 각심이 생각만 했다.

왕은 조인영이 말을 끝내자 단호하게 소리쳤다.

"그리하라."

13.

헌종 10년, 갑신년, 1844년 봄.

도내에서 무과를 치르러 달성으로 올라온 장정들이 병영 마당으로 모였다. 지방 관아에서 병영으로 보내온 명단을 병사는 책으로 만들어 마당 입구에 비치해 놓았다.

군관 최두호와 감영에서 요를 받는 병방 이기백은 백여 명에 달하는 장정들을 일일이 명단과 대조했다. 코 아래 진상이 최고인 시기라 뇌물을 쓰고 다른 사람을 보내 대신 시험을 치게 하는 경우가 종종 있었다.

최두호는 콧등이 삶은 삼처럼 붉고 콧구멍은 심산 동굴처럼 깊었다. 콧등에서 우러나는 위세가 뚝섬 나루에 서면 주모들이 허리춤을 잡고 매달릴 듯 당당했다. 그는 한 사람 한 사람 이름과 사는 곳 그리고 집안 내력을 상세하게 물었다.

이기백은 왼쪽 볼에 난 점이 오징어 먹물이 튄 듯 거먹빛이 났다. 그는 최두호 옆에 서서 대답하는 사람의 얼굴을 가재미눈을 하고 걸가량했다.

잔고기가 가시가 세다더니 두 사람 모두 흰목을 쓰고 거들먹거렸다.

제선 차례가 되었다.

최두호는 제선의 이름을 확인하자 아버지가 누군가 물었다.

"최씨 성을 쓰고 함자는 옥이라 합니다."

최두호는 놀란 토끼 벼랑바위 바라보듯 고개를 들었다. 콧구멍이 안쪽 끝까지 드러났다. 까칠하던 얼굴에 온기가 들어 뭉실해졌다.

"아니 그럼 자네가 월성 산림공 자제란 말인가?"

"예."

"아이고, 선생님은 잘 계신가?"

"돌아가셨습니다. 작년에 삼년상을 마쳤습니다."

"아이고, 내가 선생님 돌아가신 것도 모르고 살았네, 그려. 자네가 선생님이 늦게 본 외아들 복술이구만."

"예."

"아이고! 장하네. 고생이 심했을 터인데 이렇게 이목이 수려한 청년으로 자라다니 선생님도 저세상에서나마 기뻐하실 걸세. 그나저나 자네 혼사를 치렀는가?"

"예, 작년 가을에 아내를 맞았습니다."

"아이고! 잘했네. 늦었지만 축하하네. 색시는 어디 사람인가?"

"월성에서 왔습니다."

이기백이 최두호의 어깨를 툭 치며 손가락으로 줄을 가리켰다. 차례를 기다리는 장정들이 길게 서 있었다.

최두호는 허우룩한 표정을 지우고 다시 택택한 군관으로 돌아왔다.

"어쨌든 잘하시게."

첫 과목은 궁술을 겨루었다.

높이 열두 자 너비 여덟 자 목판으로 만든 과녁을 백오십 보 거리를 두고 세워 놓았다. 둥근 선으로 중심을 표시하고 가장 가운데 작은 원에 검은색을 칠했다.

장정들은 부픈살 스무 대가 들어간 전통을 하나씩 받았다.

바람을 받아 요신을 부리는 깃대가 열 개 서 있고 그 아래 각각 각궁 한 대를 비스듬히 세워 놓았다. 청국에서 들여온 물소 뿔로 만든 각궁은 사정 거리가 이백 보 정도 나왔다.

병방 나졸이 작은 깃발을 흔들어 신호하면 각궁에 화살을 재어 스무 발을 쏜다. 그중 열 발 이상 과녁에 맞으면 통과한다. 정중에 맞추면 두 발을 맞춘 것으로 인정해 준다.

활쏘기는 상당히 까다로운 기술이어서 익숙해지려면 오랜 시간 각고의 노력이 필요하다. 대개 자신이 수련할 때 사용하던 활에 익숙하기 마련이어서 관에서 준비한 각궁을 쓰면 처음 몇 대는 과녁에서 조금씩 빗나갔다.

제선 차례가 되었다.

좌대에 서서 호흡을 정돈하고 궁체를 바로 세웠다.

부픈살을 재어 밀피가 잘 먹은 시위를 한두 번 천천히 당겨 보았다. 죽머리에 힘이 들어가자 깍지손꾸미가 기분 좋게 구부러졌다. 등힘도 잘 들어갔다.

긴장이 조금 풀리자 과녁이 눈에 들어왔다. 둥글게 그려진 원선이 선명해져 가깝게 보였다.

개자리에 숨어 있는 관원이 이마에 두른 수건도 요요하다. 그 옆으로 한참 떨어진 곳에 거기 군관이 들고 있는 고전기가 펄럭였다. 옆에 선 무겁 군관은 뒤로 돌아 오줌을 누고 있었다.

결피를 잡은 왼손에 서서히 열이 올랐다.

스승의 지도를 생각했다.

'궁수가 활과 화살을 들고 과녁을 겨눌 때 거기에 세 물건이 있다.

하나는 궁수 자신이다. 궁수는 이 작업의 근거인 동시에 중심이다.

하나는 화살이다. 화살은 궁수로부터 떠나 과녁을 향해 날아가는 기운이다.

하나는 과녁의 중앙에 있는 흑점이다. 흑점은 우주의 태반이다.

화살이 흑점에 닿으면 궁수는 먼 곳을 만진 것이다. 근거의 기운이 또 하나의 근거와 만나는 것이다.

무엇이 화살을 움직이게 하는가?

화살은 궁수에게서 떠나 과녁을 향해 날아가지만, 궁수는 자신의 어떤 원천으로부터 어떤 힘으로 화살이 움직였는지 자세히 보아야 한다. 진정한 궁수는 두 원천을 동시에 만져야 한다."

스승은 단순히 활을 쏘는 기술만을 가르치지 않았다. 외부의 과녁을 향하고 동시에 내부의 원천을 맞추라 했다. 화살은 나를 통해 나온 힘을 얻어 날아간다.

그렇다면 나에게 그러한 힘을 준 원천은 과연 무엇인가.

무엇이 나의 속에 깊게 숨겨져 있는가.

그것이야말로 진정한 과녁이라 할 수 있다.

시위를 떠난 화살은 허공을 날지만, 그 궤도는 시위를 놓은 이후 궁수의 자세와 마음의 조정을 받는다. 힘을 주는 존재의 원천과 활과 과녁의 중정이 하나의 선으로 연결되려면 궁수의 마음이 이 모든 곳에 골고루 실려야

한다.'

첫 두 발은 과녁을 벗어났다.

충빠지면서 왼구비가 좋지 않았다. 바람에 팔찌가 흔들렸다.

무예의 재는 넘을수록 험하고 내는 건널수록 깊다. 그러나 계속 걸어가는 자에게 결국 자리를 내주는 법이다.

제선은 숨을 크게 들이켰다.

세 번째 화살은 과녁 가장자리에 맞았다. 이후로는 잘 풀렸다. 나머지 화살은 모두 과녁에 박혔고, 마지막 다섯 발은 정중에 맞았다.

제선은 합쳐 이십이 점을 받았다.

안동에서 온 이용태가 십칠 점을 받아 두 번째였고 달성의 양유풍이 십육 점을 받아 삼등을 차지했다.

이 경기에서 반수 이상이 탈락했다.

두 번째 과목은 검술 대련이었다.

진검이 아닌 목검으로 겨루었다.

『한서예문지』에 「검도」 서른여덟 편이 있는데, 활을 다루는 「사법」 마흔두 편과 몸으로 싸우는 「수박」 여섯 편이 같이 수록되어 있다. 그러나 유독 검도는 법으로 불리지 않고 도라고 적혀 있다. 그만큼 전투에서 검이 차지하는 비중이 컸기 때문이다.

병기가 주로 도검과 끝이 갈라진 창극이 사용되었기에 실제로 전투에서 활보다는 검을 더 중요시했다.

도는 한쪽에 날이 있어 주로 자르는 데 쓰였고 검은 양쪽에 날이 있어 베고 찌르는 데 쓰였다.

창극은 용도가 다양해 자르고 베고 찔렀다.

무예에 조예가 깊다는 것은 일찍이 그 무술이 도의 경지에 들어섰다는 것을 의미한다. 특히 검을 배우는 것을 일컬어 검수도라 한다.

수도란 도가의 정좌와 통한다. 정좌는 단전호흡으로 기를 단련하여 심신을 수양하는 방법인데 대개 무인들은 정좌를 익히는 것으로 무예 연마를 시작했다.

정좌 외에 무예에 큰 영향을 끼친 것이 불도의 선종의 좌선이다. 달마 조사가 저술한 『역근경』은 내공을 통한 심신 단련법을 설명했다. 선종이 이 땅에 들어올 때 이러한 좌선을 기반으로 하는 무예가 같이 들어왔다.

제선이 일부에게서 배운 검술은 본국검이었다.

해동에서는 병기로 검과 도 그리고 창과 활이 주로 사용되었다. 고구려는 대륙 쪽으로 팽창하다 보니 중국 북부의 병법과 유사한 기마전과 긴 병기를 사용하는 데 능숙했다. 반면 백제는 수전에 능하여 짧은 검을 주로 사용했다.

신라에는 화랑들이 무술연마와 실전에 사용한 고유의 검술이 있었다. 그것을 본국검이라 불렀다.

본국검은 조선 정조 때 편찬된 『무예도보통지』에 이십사반무예의 한 종목으로 기록되어 있다. 신라검 또는 신검이라고도 부르는데 이는 화랑 황창랑이 창안한 신라 고유의 검술이다.

황창랑은 연회에서 칼춤을 추다 용통한 백제의 임금을 찌르고 자결했다. 그 공적을 기려 후인들이 그의 검법을 흉내 낸 칼춤이 같이 전해 내려왔다.

고려 시대 보졸들이 환도를 쓰는 검술은 주로 본국검이었다.

조선은 무를 천하게 취급하였으나 민간에 의해 여러 고유의 검법이 은밀하게 전수되었다. 대체로 조선은 진법을 주요 병법으로 삼았으나 임진년 왜란 이후 단병접전의 중요성을 인식해 무술을 장려했다.

무인들은 본국검을 비롯하여 쌍수도·예도·제독검·쌍검·마상쌍검·월도·마상월도·협도와 같은 중국 검술과 왜검을 익혔다.

그러나 다시 당쟁과 숭문천무 바람이 불어 우리 고유의 검법은 서서히 사장되고 있었다.

그 본국검을 제선이 일부에게서 전해 받았다.

검법은 보통 시선을 쓰는 안법, 칼로 치는 격법, 칼로 베는 세법, 칼로 찌르는 책법, 네 가지 법을 기본으로 한다.

본국검에는 안법이 여섯, 격법이 다섯, 세법 넷, 책법 일곱을 배분하여 스물두 자세를 마련했다. 이것을 상황에 따라 자유자재로 조합하면 무궁한 초식을 전개할 수 있다.

검술 대련에서 마지막까지 올라온 사람은 제선과 양유풍·이용태·정운기, 네 사람이었다.

먼저 양유풍과 이용태가 겨루어 양유풍이 이겼다.

양유풍은 예도의 초식을 구사하고 이용태는 제독검을 선보였다. 예도는 왜검의 초식이었다.

향이 두 번 타도록 서로 땀에 흠뻑 젖어 싸웠으나 간발의 차이로 이용태가 보인 틈을 양유풍이 낚아채면서 승부가 났다.

두 사람의 검술은 일정한 경지에 올라 볼 만했다. 특히 양유풍의 예도는 매우 날카로워 사람들의 눈길을 끌었다.

다음은 제선과 정운기가 겨루었다.

정운기는 키가 커 풍채가 허여멀건 귀공자였다. 무엇 믿는 바가 있는지 종시 밥빼기 같은 미소를 지었다. 그것이 그를 간나위로 보이게 했다.

그러나 검술은 볼 만한 것이 없었다. 협도의 기본자세를 하고 있었으나 한 번 부딪치자 단발에 제선의 칼에 이마를 맞고 땅바닥에 쓰러졌다.

제선의 상대가 되기에는 한참 미치지 못했다.

마지막 대결에 제선과 양유풍이 올라갔다.

왜검은 숙종 때 군교 김체건이 일본 통신사를 따라갔다가 검보를 얻어 그 기술을 배워 와 국내에 퍼뜨렸다.

왜검은 이후 토유류·운광류·천류류·유피류, 네 유파로 갈라졌다. 왜검은 정면과 왼쪽 오른쪽 머리치기, 왼쪽 오른쪽 손목치기, 왼쪽 오른쪽 허리치기, 목 찌르기, 네 가지 법을 구사한다. 그러나 왜검에는 본국검에서 중시하는 안법이 없었다.

제선이 일부를 처음 만났을 때 일부의 안법에 걸려 혼이 난 적이 있었다.

잠시 휴식을 취한 뒤 두 사람은 서로 마주 섰다.

서로 시선이 부딪치자 양유풍이 잠시 멈칫했다. 제선의 눈빛이 우려들자 자신도 모르게 압도되었기 때문이다.

마치 범의 눈 같았다. 어릴 때부터 인근에 소문이 났던 안광이었다. 눈동자가 노르스름하고 눈에서 금불이 나왔다. 뜨겁게 이글거리는 눈빛이 마주 보는 양유풍의 기를 제압했다.

양유풍은 머리를 흔들어 정신을 가다듬고 시선을 들어 제선의 눈을 비스듬히 들여다보았다. 일정한 경지에 오른 무인들은 서로의 눈을 보며 상대의 초식을 짐작한다.

기본초식은 내려치기 사선베기 수평베기 올려치기이다. 초식의 배합으로 예측 가능한 검무가 나온다. 따라서 이들은 여러 합을 겨눌 이유가 없다. 대개 첫 한두 합에서 승부가 나기 마련이다.

서로의 눈빛이 격렬하게 부딪치며 파고들어 상대가 전개할 초식을 읽었다.

제선은 ‘지경대적세’ 자세를 취해 칼을 두 손으로 잡아 오른쪽 어깨로 올렸다.

양유풍은 ‘진전격적세’로 맞섰다. 두 손으로 칼을 잡아 머리 위쪽으로 올렸다.

다음은 보법이다.

상대의 보법에 따라 전개되는 시간과 공간의 변화를 계산해야 한다. 짧은 시간 동안 복잡한 변화가 두 사람의 머리 안에서 엉겼다.

서로 간격을 장악하는 마지막 순간은 각자가 승리를 확신하며 우물고누를 두게 마련이다.

첫 합을 부딪쳤다.

제선이 한 수 앞섰다. 양유풍은 입가에 승리를 확신하는 미소를 지은 채 허리를 맞고 바닥에 쓰러졌다.

손에 땀을 흘리며 구경하던 사람들 사이에서 환호가 일어났다.

제선은 양유풍에게 다가가 손을 잡아 일으켰다. 양유풍은 묵묵히 일어나 옷에 묻은 흙먼지를 손으로 툭툭 털었다. 자신이 진 이유를 곰곰이 생각했다.

잠시 후 그것을 이해하자 씁쓸한 미소를 지었다. 패배를 인정하고 제선을 향해 공손하게 고개를 숙였다. 제선 역시 상대를 존중해 겸손하게 고개를 숙여 인사했다.

두 사람은 무인의 피가 끌어당겨 서로 다가가 얼싸안았다.

박수 소리가 과장에 울려 퍼졌다.

이날, 서른다섯 명이 두 과목을 통과했다.

다음 날 병법 구술과 대책을 시험한다.

제선이 과장을 나서는데 길청에서 최두호가 뛰어나왔다. 그는 제선의 손을 잡고 서그러졌다.

"이보게, 정무공이 다시 살아온 것 같았네. 아이고, 잘했네. 정말 잘했어."

최두호의 붉은 코끝이 제선의 눈앞에서 아래위로 흔들렸다.

"지켜보아 주서서 고맙습니다. 마지막까지 최선을 다하겠습니다."

제선은 허리를 깊이 숙였다.

14.

이튿날.

중군 민종하와 병방 이기백이 구술시험을 주관했다. 병사 최명이 참관했다.

민종하가 대중을 둘러보고 말했다.

"전쟁에서 승리하는 필연적인 방법을 주제로 사마천의 『사기』 중 「손자.오기열전」을 중심으로 손무와 오기의 병법을 논해보아라."

사마천의 『사기』에 손무에 대한 인상적인 장면이 나온다.

오왕 합려가 『손자』를 읽고 무릎을 쳤다. 그러나 그 이론이 실전에 얼마나 능할 수 있을지 궁금해 손무를 불렀다.

"선생의 병법은 모두 읽어보았소. 내 앞에서 실제로 병사를 훈련시킬 수 있겠소?"

"예."

"여자라도 괜찮소?"

"예."

합려는 영절스러워 궁녀 백팔십 명을 불렀다.

손무는 그녀들을 구십 명씩 양편으로 나누고 합려가 가장 총애하는 궁녀를 대장으로 삼았다. 그리고 첫 비두로 전투 상황을 자세히 설명했다.

손무가 막상 명령을 내렸으나 궁녀들은 주니가 나 허리를 꼬며 웃었다.

"전법이 분명하지 않아 명령이 제대로 전달되지 않은 것은 장수의 책임이다."

손무는 다시 힘지게 큰 소리로 전투 상황을 설명하고 명령을 내렸다. 그러자 궁녀들은 더 크게 웃었다.

"전법을 자세히 설명했음에도 불구하고 명을 듣지 않는 것은 대장의 죄다."

손무는 칼을 뽑아 두 총희의 목을 베려 했다. 합려가 놀라서 대 위에서 소리를 질러 만류했다.

"선생, 나는 그 두 여인이 없으면 아무 낙도 없소. 그녀들을 용서해 주시오."

그러나 손무는 물러서지 않았다.

"저는 이미 임금의 명을 받고 장수가 되었습니다. 이것은 돌이킬 수 없습니다. 그리고 장수가 군진에 있을 때 자신의 판단에 따라 임금의 명령을 듣지 않을 수도 있습니다."

손무는 그 자리에서 두 궁녀의 목을 베어 버렸다. 그리고 다시 대장을 임명해 명령을 내리자 궁녀들은 마치 수족처럼 찰찰해져 질서정연하게 움직였다.

손무가 합려에게 말했다.

"부대를 갖추었습니다. 직접 명을 내려 보십시오. 왕의 명령이라면 불가운데라도 뛰어들 것입니다."

오기 이야기도 있다.

어떤 아낙이 슬프게 울고 있어 지나가던 사람이 왜 우느냐고 물었다.
"오기 장군이 제 아들의 종기에 난 고름을 입으로 빨아 빼주었답니다."
나그네가 망상거리며 말했다.
"그것은 장군이 당신 아들을 신뢰하기 때문에 소중하게 대하는 것이 아
니겠습니까?"
아낙은 고개를 저었다.
"전번 전쟁에서 제 남편도 오기 장군이 고름을 빨아 주었습니다. 남편은
장군을 위해 용감하게 싸우다가 결국 죽어 돌아오지 못했습니다. 이번에
도 아들이 전쟁터에서 돌아오지 못할 것 같아 우는 것입니다."

그러니 손무가 군율로 조직을 다루는 방법과 오기가 덕으로 병사의 사
기를 고무시키는 방법의 득실을 묻는 문제였다.
민종하가 말했다.
"기존의 설에 연연하지 말고 각자가 생각하는 바를 솔직하게 이야기하
라."
양유풍이 선손을 걸었다.
"손무의 병법에 대해 말해 보겠습니다. 손무는 조직과 군령을 무척 중시
했습니다. 전쟁에서 승리하려면 장수 자신의 판단이 중요하다고 생각하고
있습니다. 병졸들이 장수의 명령에 따라 일사불란하게 움직이도록 만드는
형세를 조성할 것을 강조했습니다. 조직과 군령 그리고 장수 자신의 판단

이 전쟁에 이기는 방법과 수단이라면 형세는 최종 목적에 해당합니다.

『손자』「세」편에 형세에 대한 구절이 있습니다.

'형세에 대응하는 사람은 군사를 싸우게 할 때 목석을 굴리는 것같이 한다.

목석의 성질은 편안한 곳에 두면 가만히 있고 위태로운 곳에 두면 움직이며 모가 나게 만들면 멈추고 둥글게 만들면 구른다.

그러므로 군사가 잘 싸우게 하는 형세란 마치 둥근 돌을 천 길이나 되는 산 위에서 굴리는 것과 같은 것이니 이것이 바로 형세이다.'

손무에게 형세, 즉 세란 병사들이 장수의 명령에 따라 죽음을 불사하고 전쟁에 임할 수밖에 없는 무형의 조건을 가리킵니다.

그렇다면 장수는 전쟁에 이기기 위해 어떠한 역량을 가지고 있어야 하겠습니까?

저는 이렇게 생각합니다.

첫째 병졸을 모가 없이 둥글게 만들어야 합니다.

둘째 병졸을 낮고 편안한 곳이 아니라 높고 위태로운 곳에 놓아두어야 합니다.

훌륭한 장수는 이런 세를 장악하고 나아가 그것을 유연하게 적용할 수 있는 자질을 갖추고 있어야 합니다.

이것이 전쟁에 승리하는 필연적인 방법입니다."

다음은 제선이 일어섰다.

"저는 오기의 병법에 관해 말해 보겠습니다.

오기는 공자의 제자 증자에게 유학을 배웠던 사람입니다. 공자는 사적인 가족 질서와 그 사이에 통용되는 효도와 순종의 윤리를 중시했습니다. 이것을 전쟁에 이용한 사람이 바로 오기입니다.

그는 전쟁에는 자애로운 장수가 승리의 관건이라고 생각했습니다. 오직 장수의 자애로움이 병사들에게 자발적인 복종을 유도할 수 있고 결과적으로 강력한 군대를 만들 수 있다고 판단한 것입니다.

그래서 그는 손무의 병법처럼 군령과 장수를 두려워하는 병졸들이 있는 군대가 아니라 장수를 아버지처럼 따르는 병사들로 가득 차 있는 군대가 가장 강한 군대라고 주장했던 것입니다.

사적인 관계를 군령과 형세로 묻으려 했던 손무의 병법은 오기에 비하면 잔인하기 이를 데 없습니다.

『오자』「차병」 편에 이런 말이 있습니다.

'장수와 편안함을 같이 하고 장수와 위태로움을 함께 하기에 이런 병사들은 뭉쳐서 흩어지지 않고 항상 싸우지만 지치지 않는다.

전투가 있는 곳마다 이들을 투입한다면 그 누구도 이들을 대적할 수 없을 것이니 이런 병사들을 부자의 병사라고 부른다.'

오기의 병법이 공자의 덕치를 닮은 이론이라는 것이 여기에서 확연하게 드러납니다. 그는 아버지와 아들의 군사 즉 부자의 군사를 역설했던 것입니다.

오기는 병사들과 고통과 즐거움을 같이 나누었습니다. 그는 병사의 종기를 입으로 빨고 음식이 모자라면 같이 풀뿌리를 엇겨 먹었습니다. 병사들에게 오기의 이런 행동은 지금까지의 장수들이 보여준 모습과는 분명하게 다르게 느껴졌을 것입니다.

이전 장수들은 품위 있는 옷을 입고 좋은 음식을 먹고 이동할 때는 마차
나 말을 타고 따뜻하고 포근한 침대에서 잠을 잤습니다. 그러나 오기는 이
런 장수의 특혜를 거부하고 스스로 몸을 낮추어 사람과 사람의 유대를 강
화했던 것입니다.

아버지와 아들의 정으로 묶인 군대야말로 전쟁에 승리하는 필연적 방법
이라 할 수 있습니다."

이후에 여러 사람이 일어나 여러 이야기를 했다.

마지막으로 대책 시험을 보았다.

늦게 과장에 들어온 감사 김기수가 손짓하자 감영 이방이 징을 쳤다. 묶
여 있던 족자가 풀리면서 논제가 드러났다.

"이 땅에서 전쟁에 승리하기 위한 병법에 대하여 논하라."

제선은 스승이 들려준 가르침을 반추하며 묵묵히 글을 써 내려갔다.

"근래 서양 선박이 경강까지 올라와 위로는 성상께 우려를 끼치고 아래
로는 백성들 사이에 떠들썩한 소문을 일게 합니다.

여기에 대하여 평소에 가지고 있던 생각을 적어 보겠습니다.

서양 선박은 종잡을 수 없이 우리의 형세를 정탐하면서도 그럴싸한 이
유로 포장하고 있는데, 경기의 지척에 그들이 멋대로 들어와도 제재하는
바가 없고, 멋대로 가도 구속하는 바가 없게 둔다면 나라에 방비가 제대로
되어 있다고 할 수는 없습니다.

훌륭하고 명철한 왕들은 일찍이 화란이 이를 것을 미리 헤아려 이에 대한 대비를 철저히 했습니다.

제가 듣건대 서양 오랑캐는 멀리 서해 끝, 수만 리 밖에 근거를 두고 있어 우리나라와는 구역이 멀리 떨어져 있고 풍기도 매우 달라, 하늘 끝과 바다 끝이 서로 미칠 수 없는 것과 같다고 합니다.

그리고 그들은 배를 집 삼아 재화의 이익을 사는 목적으로 여긴다고 합니다.

또 야소교의 설은 우리 공맹 정주의 도를 바꾸려 하고 있는데, 지혜로운 자는 금은으로 꾀고 어리석은 자는 생각을 혼미하게 만들어 장차 지혜롭거나 어리석은 백성을 모두 자신들의 이익을 위해 쓰려 합니다.

만약 그들의 뜻을 거스르면 곧 군사를 일으켜 멀리 바다를 건너와 천하를 횡행하면서도 부끄러워할 줄 모르니 이것이 지난번에 서양 오랑캐가 청국에 들어오게 된 이유입니다.

그러나 가만히 생각해 보면 서양 오랑캐가 가장 강한 상대여서라기보다는 실로 청국이 방어하던 전술에 잘못이 있다는 점을 지적할 수 있습니다.

서양 오랑캐가 처음 강소성과 광동성에 들어올 때 은을 뇌물로 주지 않았는데도 기선의 매화용을 지레 스스로 뽑았고, 우감의 방죽과 포대를 스스로 허물었습니다.

임칙서가 아편을 불살라 버리고 죄를 얻어 나라를 떠나게 되지 않았다면 저들이 어찌 감히 가벼이 그렇게까지 멋대로 굴 수 있었겠습니까?

청국의 장신 격림심이 「출사주」에서 말했습니다.

'무도한 저 오랑캐들은 일개 무능한 무리일 뿐이고 믿는 바는 화륜선뿐이라 여러 차례 침범했어도 아직은 우리를 제압하지 못했습니다.

신이 일 려의 군사를 데리고 그들을 막는다면 어찌 당당한 상국이 오랑캐에게 고개를 숙이고 화의를 청하는 데까지 이르겠습니까?'

이어 그는 화의가 가져올 근심거리가 하나둘이 아닐 것이라고 논하였는데 그 설이 엄정하고 격렬했습니다.

저는 이로써 천하의 의리는 마멸시킬 수 없음을 알게 되었습니다.

우리나라는 천 리의 천연적인 요새를 갖추고 오백 년간 인재를 길러 예의가 보존되어 뭇사람들의 마음이 장성보다 견고합니다.

만약 적에게 병법을 아는 지혜로운 자가 있으면 필시 견고한 방어가 이루어지고 있는 우리나라에 와 죽으려 하지는 않을 것입니다.

설혹 적들이 내통하고 국경을 넘나드는 것을 모두 법으로 처벌함을 꼬투리 삼아 사나운 기세로 명분도 없는 전란을 일으킨다면 우리의 천한 노예나 빌어먹는 사람, 제대로 듣거나 보거나 걷지 못하는 사람들도 모두 적이 우리의 강토를 침범하여 우리의 예의를 어지럽히게 해서는 안 된다는 것을 알고 있으니 이는 타고난 올바른 기운 때문입니다.

하늘은 한 시대마다 사람을 내어 각기 그 시대가 닥친 일을 완수하도록 하는 법이니 어찌 난을 그치게 할 수 있는 조정의 영현이나 재야의 준재가 없겠습니까?

다만 태평스러운 시대가 오래 지속된 탓에 백성의 뜻이 견고하지 못하여 서양 선박이 이르면 몹시 두려워했다가 물러나면 조금 안심하는데, 그 나아가고 물러남을 미리 알 기약이 없이 수비해야 하고 싸워야 하므로 일정한 계획을 세울 수가 없는 문제가 있습니다.

계속 이렇게 해 나가다가 적이 갑자기 닥쳐오면 군민이 정신없이 도망쳐 사방으로 흩어져 수습할 수 없게 되고, 저축해 놓은 것을 버리고서 훔친 곡식에 의지하게 되고, 관령을 포기하고서 적로와 통하여 아무렇지도 않게 군부에 오랑캐를 남기게 될까 두렵습니다.

그렇게 되면 궁벽한 산골에 추위가 닥치면 굶주려 얼어 죽는 사람이 잇따라 발생하여 고을이 텅 비게 될 것이고, 적의 총칼이 뒤따라 닥치면 지난날 흩어져 도망가 목숨을 부지하려고 했던 사람들도 끝내 유린당해 구할 수 없게 될 것입니다.

자신과 처자식을 온전히 보전할 수 있는 계책은 나라는 지키는 데에 달려 있고, 나라를 지킬 수 있는 계책은 적을 막아낼 알맞은 방법을 찾는 데에 달려 있음을 백성은 잘 알고 있습니다.

적을 막아낼 방도는 때에 따른 임기응변으로는 어렵습니다.

우리나라는 전곡이 풍부하거나 갑병이 많아서가 아니라 산골짜기의 험준함이 천하에서 으뜸갑니다.

병법에 먼저 고지를 점거하는 자가 승리한다고 하였고, 손자는 적이 먼저 고지를 점거하면 피하여 공격하지 말라고 했습니다.

지금 고유의 험준함을 이용하여 곳곳에서 고지를 점거하여 성을 쌓고 지킨다면 척계광이 이른바 저 백만 명의 침범자들을 그냥 둔다는 경우가 이와 같을 것입니다.

지난 임진왜란 때 문충공 유성룡이 산성에 관한 말을 하였는데 만약 이 방법을 놓아두고 따로 나라를 보존할 수 있고 백성을 편안히 할 수 있는 기발한 방책이 있다면 하늘로 올라가거나 땅으로 들어가는 길밖에 없다고 했습니다.

저도 오늘날의 형세에 만약 이 방법을 놓아두고 따로 나라를 보존할 수 있고 백성을 편안히 할 수 있는 방책이 있다면 하늘로 올라가거나 땅으로 들어가는 외에는 불가할 것이라 말하겠습니다.

그런데 혹 이를 어렵게 여기는 자가

'현재 허물어져 있는 산성도 아직 수선하여 올리지 못했는데 이에 필요한 노동력을 어디서 동원하고, 재용은 또 어디서 차출할 수 있겠는가.

갑자기 토석의 대공사를 일으킬 수 있겠는가?'라고 한다면 참으로 오늘날의 급선무를 더불어 이야기할 수 없는 사람입니다.

저는 재용도 손상하지 않고 백성도 괴롭히지 않으면서 조석 간에 우복동을 마련할 방법을 조목조목 말하겠습니다.

먼저 지난 역사에서 그렇게 했던 분명한 증거를 제시하겠습니다.

옛날 초나라와 한나라가 분쟁하여 뭇 영웅들이 각축할 때 이좌거가 조나라를 위하여 말했습니다.

'정경의 길을 지켜 천 리의 군량 보급을 끊으며 구덩이를 깊이 파고 보루를 높이 쌓고서 더불어 싸우지 않는다면 두 장수의 목을 갈장할 수 있다.'

또 용차가 제나라를 구하려 할 때 어떤 사람이 그를 위하여 말해 주었습니다.

'한나라 군대가 멀리 싸우러 오는데 그 칼날을 당해 내기 어려우니 벽을 깊숙이 쌓고 견고히 지키는 것이 가장 좋은 방도이다.

한나라 군대는 객지에서 지내는 것이라 식량을 얻을 길이 없는 형편이니 그렇게만 한다면 싸우지 않고서도 이길 수 있다.'

이 두 계책이 당시 시행될 수만 있었다면 가만히 앉아서도 승리했을 것입니다.

오늘날 서양 오랑캐에 대해서도 같은 이야기를 할 수 있습니다.

중국의 지형은 들이 넓고 산이 드물어 천연적인 험지가 매우 적은데 서양 오랑캐의 용병술은 평원이 강해 싸움에 강한 면모를 발휘하니 그들이 질주하는 기술을 거리낄 것 없이 없이 멋대로 부렸습니다.

그러나 우리나라는 중국과 달라 삼면이 높은 산맥으로 첩첩이 싸여 있고 산골짜기는 밭을 일구기에 적당하니, 보루를 높이 쌓고 벽을 깊숙이 쌓고자 한다면 정경과 같은 험준함이 없는 곳이 없습니다.

적들이 엿보고 넘어 들어오고자 해도 그때마다 사로잡히게 될 것이니 어찌 감히 수족을 놀릴 수 있겠습니까?

산성은 잘 만들어 잘 지키기만 잘하면 그 험준함이 견고해 병갑이나 기계의 예리함과는 다른 강점이 있습니다.

수양제가 고구려를 정벌할 때 병졸이 이백만 명에 정기가 구백여 리에 이어졌으니 그 용맹한 장수와 굳센 병사들이 어찌 서양 오랑캐보다 못했겠습니까?

그런데도 오히려 살수에서 패하고 신성에서 퇴각하여 요하에 이르러 헤아려 보니 돌아온 자가 고작 이천몇백 명뿐 군량과 기계는 다 없어졌습니다.

이 어찌 한 모퉁이 편사의 강함이 이루어 낸 것일 뿐이겠습니까?

고지에 성을 쌓아 그 험준한 형세를 의지하지 않고 서로 대륙 평야 지대에서 겨루었다면 성패를 알 수 없었을 것입니다.

당 태종이 천하를 석권하여 사해에 위세를 떨칠 때, 황제가 직접 정벌에 나서려 하자 뭇 신하가 고구려는 산을 따라 성을 만들었기 때문에 끝내 함락시키기 어려울 것이라고 말렸습니다.

그러나 태종이 듣지 않고 기병과 보병 십만 명에 전함 오백 척을 내어 동래주에서 배를 타고 평양까지 왔지만 끝내 아무 도움도 받지 못하고 있던 안시성 하나를 함락시키지 못했습니다.

결국 성 아래에서 군대를 정돈하고서 우세를 면하고자 성주에게 비단 백 필을 하사하여 그 견고한 수비를 기렸습니다.

애석하게도 구사가 제대로 정리되지 못하여 성주의 성명이 전해지지 않았는데 성을 빙 둘러싸고 견고히 지켰던 의리는 이미 천하에 다 알려진 것입니다.

그 후 원주에서 거란을 막아내고, 구주와 자주에서 몽골에 저항했던 것도 모두 이로 인하여 승리를 얻은 것이었습니다.

이에 거란에서 원정을 나서려 할 때 그 신하가 간하기를

'고려는 산성을 중심으로 지키고 있어 대군이 가서 정벌한다 해도 공을 세우지 못할 뿐만 아니라 스스로 돌아오지 못하게 될까 두렵습니다.'

했는데, 거란이 이 말을 들었다면 반드시 스스로 형세를 살펴 움직이지 않았을 것이니 어찌 갑자기 험준한 곳에 깊이 들어와 우리가 수고로이 방어하게까지 했겠습니까?

그런데 그 이후 산성이 이처럼 긴요한 것임을 우리는 잊고 있었습니다.

고려의 정몽주가 『산성기』에서

'평원은 나갈 때마다 패하지만 천 길 높이의 보루는 걱정을 없애준다.'

하여 이미 그 당시에 이를 수리하지 않고 있는 것을 탄식했습니다.

성조에 이르러 학교를 늘리고 예의를 일으켰어도 또한 이 제도에 대해서는 강구하지 않아 사방의 성지가 모두 평지처럼 낮아졌습니다.

때문에 임진년 변란 때 섬 오랑캐들이 천 리를 달려와 마치 빈 땅에 들어오듯 욱걸어 침입하는데도 첩첩이 둘러싸인 산줄기에서 누구도 적의 칼날을 막아 꺾지 못하여 한 달여 만에 도성이 함락되고 백성들이 유린당하게 되었으니 이는 오로지 험지를 잃어 제대로 지키지 못한 데서 비롯되었습니다.

전후 칠 년 동안 우리의 장점이 도리어 저들의 손에 들어가 높은 산 정상의 좌우를 돌아다 볼 수 있는 곳에 모두 목책을 둘러 둔을 치고 굴곡진 곳엔 큰 바위를 둘러싸 서로 가려지도록 하고 구멍을 뚫어 탄환을 쏘기에 편리하게 하고 밤이면 봉화를 들어 서로 호응하고 낮이면 사방으로 나가 노략질을 하며 욱대겼습니다.

양쪽으로 서로 바라보이는 땅이 모두 우리 땅인데 우리 백성이 서로 의지하여 틈을 엿보아도 끝내 한 군영도 격퇴하지 못했습니다.

평양의 전투에 제독이 장수가 되어 장사들이 구름떼처럼 몰려들고 대포의 힘이 오륙 리까지 미칠 수 있었는데도 적이 모란봉의 토벽으로 들어가 조총을 어지러이 쏘아대니 군사들이 대부분 부상하여 부득이 성 밖으로 군대를 수습하고 밤에 도망갈 수 있는 길을 열어주었습니다.

패배하여 물러갈 때 연해의 십육 둔이 모두 산과 바다를 의지하여 성을 쌓고 참호를 뚫어 군대가 사방으로 쳐다보면서도 끝내 올가망해 공격하지 못하였으니 이것이 비록 적의 계략이 교활하여 형세를 점거하는 데에 뛰어나기 때문이었다 하더라도 실은 우리가 그들에게 빌려준 꼴이었습니다.

우리 승리로는 행주대첩이 가장 컸는데 산기슭이 암석으로 덮여 있어 시석을 피할 수 있었기 때문에 적이 와 힘껏 공격하다 패해 돌아간 것입니다.

파주의 성은 토산이 우뚝이 솟아 있고 여기에 대응하는 봉우리가 없어 왜적이 다 모였어도 애당초 감히 공격하지 못했습니다.

담양의 성은 적 가운데 이를 본 사람도 말하기를

'만약 조선이 견고히 지킨다면 우리가 어찌 공격하여 함락시킬 수 있겠는가?'

하였으니 이것이 그 당시의 수성에 관한 개견입니다.

또 토민이 막아 지킨 경우를 말한다면 황주 백성 이사림은 홀로 마을의 늙거나 병든 남녀 사백 명을 이끌고 넓을 들 큰길 가운데 솟은 그리 높지 않은 산으로 올라가 성책을 설치하고 움을 지어 지켰는데 애당초 궁시나 기계는 없었고 단지 큰 돌을 많이 모아 대기하고 있었습니다.

적의 보루가 겨우 수리 밖에 있어 심지어 불빛을 서로 비추는 것까지 볼 수 있었는데도 끝내 감히 와서 범하지 못했고 평행장도 만 명이나 되는 군사를 이끌고 와서 포위하였으나 공격하지 못하고 물러났습니다.

이때부터 자신을 얻어 마침내 몇 사람만 높은 곳에 올라가 망을 보게 하고 나머지는 산에서 내려와 아무렇지도 않게 땔나무를 하고 경작물을 거두었습니다.

목숨을 걸고 싸울 수 있고 달리기를 잘하는 사람을 뽑아 틈을 타 졸지에 쑥 나와서 왕래하는 적을 기다렸다가 소나 말을 빼앗아 와서 군사들에게 먹이기도 했습니다.

마침내 적이 물러갔고 이사림의 군사는 온전했습니다.

저 구구한 작은 성책에서 거둔 효과도 오히려 이와 같은데 하물며 나라의 산성이야 말해 무엇하겠습니까?

이를 통해 본다면 우리의 장점이 우리 손안에 들어 있고 저들에게 들어가지 않아, 각기 지킬 수 있는 험지를 지켜 청야하고, 들어가 보존하면서 엿답을 가꾸고 때때로 나와 적의 소굴을 공격하였다면 지난날 신성·안시·원주·구주에서 거둔 것 같은 큰 승리를 한산대첩을 기다리지 않고도 거둘 수 있었을 것이니 비록 천하의 군센 왜구로서도 자기 나라로 돌아가기를 도모했을 것입니다.

더구나 서양 오랑캐는 큰 바다를 건너와 우리의 험준한 산세에 익숙지 않은데 우리가 각각 고지를 점령하고 있다면 어찌하겠습니까?

그런데 오늘날의 산맥의 요해처는 본래 관방의 시성을 해 놓은 곳이 많기는 하지만 오래된 데다가 관심을 쏟지 않아 태반이 허물어져 있고 소금이나 식량·기계·무기도 거의 없습니다.

또 옛 성의 기지가 한 고을에 혹 서너 군데 혹 대여섯 군데 있는데도 대부분이 못쓰게 무너져 수리하지 않은 상태이고, 이외에 험준한 지역으로 지킬 만한 산이 곳곳에 서로 바라보이는데도 또한 모두 그냥 놓아둔 채 살피지 않고 있습니다.

험지를 버려두고 쓰지 않는다면 험지가 없는 것과 다를 것이 없습니다.

유 문충공은 임금을 도와 세상을 구제할 만한 재주를 가진 인물로 중흥의 온갖 책임을 담당하여 그 몸을 다 바치며 대비하여 막고 싸워 지킬 알맞은 계책에 정성을 기울여 수천만 마디의 진언을 올렸습니다.

형세에 관한 통설의 요점에서 첫째도 산성을 말하였고 둘째도 산성을 말하였습니다.

일단 성을 만들 때는 반드시 형편을 잘 살펴야 합니다.

형편이란 적이 반드시 경유할 곳이자 우리가 반드시 지켜야 할 곳을 말합니다.

반드시 산세가 기울어 사방에 잡고 기어오를 만한 것이 없고 또 시야가 넓고 탁 트여 수십여 리를 두루 볼 수 있고, 좌우에 장애가 없어 적이 오고 가는 것을 분명하게 알 수 있는 곳이어야 합니다.

만약 한쪽 면이나 양쪽 면이 평이하여 잡고 기어오를 만하면 백성을 동원하여 깎거나 파서 험준하게 만들어야 합니다.

성은 견고하되 규모가 작은 것이 오히려 유리하기도 합니다.

성이 크면 많은 힘을 쏟아야 하므로 지키기 어렵기 때문입니다.

산림이 너무 울창하고 골짜기가 활짝 열려 있으면 적이 엄폐할 수 있습니다.

그들이 틈을 타 모여 들어오다 한 곳에서 크게 부르짖으면 온 성안이 모두 놀라 마치 곽준이 황석에 대해 이 금기를 범하였던 것처럼 될 것입니다.

그러니 민둥민둥하게 만들어 사면에 수목과 암석이 없게 해 적이 와도 은폐할 곳이 없고 성 위에서 돌을 굴려도 판자 위에 둥근 알을 굴리듯 잘 내려가도록 해야 천연의 험지가 될 것입니다.

적의 장기도 이에 이르면 쓸모가 없어져 탄환이 하늘을 향해 쏘아졌다가도 힘이 다하면 곧 떨어져 버리고, 토산과 운제도 설치할 만한 곳이 없어 성안의 동정을 끝내 엿볼 수 없습니다.

적이 기어오른다 해도 숨이 차고 기운이 다 빠져 가는데 큰 돌까지 비 오듯 쏟아지면 흩어져 도망가지 않는 군사가 없을 것이니 이것이 바로 산성에 험지를 설치하는 장점입니다.

그러나 성을 쌓아야만 하는 지형이라 해도 사람들은 동원하고 재용을 소모하기가 곳에 따라 갑자기 마련하기 어려우니 고금의 성벽 축조법을 수정해서 마련해야 할 것입니다.

그것이 바로 왜루라는 방법인데 매우 간단하고 쉬워 임시방편으로 목책을 만들기에 좋습니다.

방법은 다음과 같습니다.

먼저 나무를 세워 기둥을 만들되 땅으로 일이 척 정도 들어가게 하고 기둥 위 두 곳 혹은 세 곳에 구멍을 뚫어 짧은 막대기가 들어갈 수 있도록 하되 안에서 밖으로 나와 반은 안에 있고 반은 밖에 있도록 하고 길이가 이십 척 되도록 합니다.

짧은 막대기 양 끝에는 또 구멍을 뚫어 가로지르는 나무가 들어가도록 하고 이렇게 차례로 연결하되 반듯하게 되도록 하고 마치 인가에서 벽을 만드는 모양으로 안팎에서 윗가지를 얽습니다.

그러고 나면 중간이 비어 흙을 넣을 수 있게 되니 바깥쪽의 참호를 만드는 곳에서 나오는 찰흙을 가져다가 볏짚을 넣고 물로 섞어 그 안을 채워서 단단하게 다져 쌓고 다 마르기를 기다렸다가 다시 다져 쌓아 제일 윗부분까지 다 채운 후에 그칩니다.

높이는 두 장 혹은 한 장 반 정도가 되도록 합니다.

며칠 후, 흙과 나무가 서로 붙어 돌처럼 단단하게 뭉쳐지면 이어 고운 진흙을 안팎의 표면에 두껍게 발라 적이 와서 불태워버리는 것을 방지합니다.

네 귀퉁이의 굴곡진 곳에는 바깥 면을 향하여 凸 자 모양으로 한두 칸 정도 나오도록 하여 아랫면에는 구멍을 뚫어 대포를 쏠 수 있도록 하고 중간쯤에는 작은 구멍을 뚫어 현황자조총 같은 포를 쏠 수 있도록 합니다.

꼭대기 부분에는 판을 놓아 망루를 만들되 바깥 면에 방패를 설치하여 망루 위에서 살펴보면서 활을 쏠 수 있도록 합니다.

또 화약과 화포를 많이 준비하여 대비한다면 적이 비록 수만 명이라도 감히 와서 범하지 못할 것이니 목책 안 군사의 다과나 강약은 논할 필요가 없습니다.

해가 긴 때에는 불과 수백 명이 삼사일 힘을 쓰면 완성할 수 있는데 그 견고함은 석성보다 못하지 않습니다.

이것이 곧 앞에서 말한 재용을 상하지 않고 백성을 괴롭히지 않으면서 조석 간에 마련할 방법이니 비록 갑작스러운 때 쇠잔한 군사라 하더라도 곳곳에서 쉽게 만들 수 있습니다.

그리하여 현재 성지가 무너진 곳은 방법대로 다시 수선하되 겸하여 수어의 대비도 점고하게 하고, 또 그 적이 반드시 경유할 곳과 우리가 반드시 지켜야 할 곳의 형편을 잘 고르되 먼저 해방부터 하여 차차 내지로 들어와 각각 그 방법대로 설치하도록 합니다.

고을마다 이처럼 하는데 혹시 한 고을에 몇 군데 있으면, 규모가 크면 조정이 백성을 동원해 만들도록 하고, 작으면 방리 사람을 모아 각각 만들도록 합니다.

완성되고 나면 지방관이 특별히 그 지역에서 사람들이 믿고 따르는 인물을 골라 단자를 갖추어 감사에게 보고하여 장령으로 차임하도록 합니다.

이어 백성을 모집하여 그 신역을 면제해 주고 오 호씩 결집시켜 요미를 주어 살도록 하여 그 근방에서 위급한 사태가 벌어져 사람을 모을 때를 대비하도록 합니다.

각자 소관하는 곳으로부터 통제를 받게 하여, 리는 면에 면은 주에 주는 진에 연계되어 모두 도에 통괄되도록 하여 좌우로 서로 의지하고 상하로 서로 도와주어 차례차례 관할하고 맥락이 서로 연결되도록 합니다.

그리한다면 살기를 좋아하고 죽기를 싫어하는 것은 누구나 다 그러하니 사람이 생사의 갈림길에서 멍하니 어찌해야 좋을지를 모르고 있다가 살길이 이에 있음을 알게 되면 오히려 물불이라도 피하지 않을 것인데, 더구나 인력도 많이 들지 않고 기간도 오래 걸리지 않아 재용도 크게 손상되지 않고 힘도 많이 들지 않으며 또 법을 내걸어 권장하는 데야 더 말할 것이 있겠습니까?

반드시 앞다투어 달려와 그 수고로움도 이기고 갑절 더 힘을 들여 며칠도 안 되어 수십 리 사이에 천 리의 견고한 성을 이룰 수 있을 것입니다.

또 활과 화살·화포·대포·조총과 권율이 만든 화륜포 등의 무기를 많이 준비하였다가 나누어 주어 익히도록 합니다.

또한 해당 고을에서 여러 가지 무기를 나누어 만들어 여러 요새로 보내 주고, 이어 큰 돌을 많이 모아 놓도록 합니다.

 또한 강의 흐름이 얕아 건너다닐 수 있는 곳에는 반쯤 건넌 곳에 마름쇠를 설치하되 물살에 떠내려가거나 파묻히지 않도록 하고, 큰 배가 반드시 경유하는 길목에는 강 입구 쪽 물줄기들에 큰 쇠사슬을 널리 설치해 놓되 타서 녹아 끊어지지 않도록 하여 항상 험준한 산성과 더불어 서로 돕는 형세가 되도록 합니다.

 그러면 삼면의 해장 오천리 안에 방역의 관문이 첩첩이 겹치고 경성의 울타리가 정연하게 자리 잡게 될 것이니 비록 서양 배 백천 척이 다가오더라도 끝내 우리 땅을 엿보지 못하고 분위기만 살피다가 멀리에서 막힐 것입니다.

 적이 설혹 어리석어 끝내 위급한 사태를 일으킨다 해도 사람과 기물이 갖추어져 있고 군대가 정돈되어 있어 이미 스스로 믿는 구석이 있으니 병사들은 비록 도망치도록 권한다 해도 도망하지 않을 것입니다.

 마을 사람들은 처자를 이끌고 저축해둔 식량을 싣고 모두 그 안으로 들어오게 된다면 양한이 이에 남아 있게 될 것입니다.

 따라서 한 장의 공문이 하루아침에 갑자기 전달되더라도 실어 와야 할 백만 석의 곡식과 충성을 바칠 천만 명의 군사도 잠깐 사이에 모을 수 있습니다.

 또 비록 군사를 멀리서 징발해 오더라도 성안에 모인 어른이나 부녀·아동의 숫자가 군사의 수보다 몇십 배는 많을 것입니다.

 그들을 그저 산림 속에 숨어 있도록 한다면 쇠잔한 쓸모없는 백성에 불과하겠지만 실로 이에 수습하여 조리 있게 단결시킨다면 모두 때에 닥쳐 쓸모 있는 결사적인 군사가 될 수 있습니다.

통제를 받되 각자 수비하며 마을의 북을 울리고 검은 깃발을 죽 늘어놓아 항상 사방을 성원할 부대처럼 차리고 있어 적이 이곳을 지나 다른 곳으로 가지 못하도록 합니다.

싸우는 방법은 적이 오면 서로 이끌고서 들어가 버리고, 적이 가면 멀리 망을 보면서 경작을 하며, 많이 오면 단단하게 닫아걸고 적게 오면 습격을 합니다.

혹 도착할 때 다다라 기계를 엇메어 설치하거나, 혹 가기를 기다려 뒤를 포위하되 관군이 기습하여 협격하거나, 혹 험한 요새에 엎드려 있다가 그 앞뒤를 단절시키거나, 혹 요충지에 출몰하여 그 군량 보급로를 끊어 버립니다.

이렇게 한다면 만 리 길을 달려온 적은 진격하자니 노략질할 것이 없고 물러나자니 추격당할까 두려워, 할 수 없어 우리에게 식량을 구할 것이고 또 스스로 두려워하여 한 발짝도 제대로 뗄 수 없는 형세에 놓여 굶주리고 낭패하여 도망가지 않으면 죽게 될 것입니다.

이것이 병법에서 이른바 싸우지 않고도 남을 굴복시키는 것이니 병법 중의 상책입니다.

따라서 오늘날의 계책으로는 산성을 수리하는 만한 것이 없다고 보는데 이는 상고할 수 있는 지난날의 분명한 증거가 있는 말입니다.

성상께서 저의 계책을 묘당에 묻고, 조정 감류에게 널리 의논하여 시행하신다면 하찮은 저의 다행일 뿐만 아니라 실로 종묘사직과 백성들의 다행일 것입니다."

이로써 모든 시험이 마무리되었다.

제선은 어제 묵었던 주막으로 갔다. 싸리문 옆에 우뚝 선 바지랑대 위에
술 주 자가 선명한 천이 바람에 날렸다.
다시 방을 잡았다.
내일 사시에 발표가 있을 것이다.
가랑비가 내리기 시작했다.

'나는 끊임없이 걸었다.
내가 지금 가려는 곳은 어디인가?
하늘이 이 땅에 나를 내면서 원한 그 길을 내가 올바로 더듬어 가고 있는
것인가?
확신은 서지 않지만 어쨌든 나는 지금까지 최선을 다해 살아왔다.
그것만은 변할 수 없는 진실이다.'

어둑발도 내리기 전인데 건너 봉놋방에는 행상들의 투전판이 벌어졌다.
그들이 웃고 탄식하는 소리가 황토벽을 건너왔다.

15.

이날 해가 지자 복시에 보낼 합격자 스물다섯 명을 가려내려 감사 김기수를 비롯하여 병사 최명, 도사 강국중, 판관 최동성, 중군 민종하가 선화당*에 모였다.

중군 민종하가 스물다섯 명의 성적표를 감사 김기수에게 전달했다. 일등에 최 제선, 이등에 양유풍, 삼등에 이용태 순으로 적혀 있었다.

김기수는 곁눈으로 정운기의 이름을 찾았다. 정운기는 십구 등에 올라 있었다. 김기수는 쩝쩝 입맛을 다셨다.

영돈녕부사 김조순에게 줄을 대고 관찰사를 사 경상도로 온 김기수에게 얼마 전 좌의정 정원용이 보냈다는 자가 찾아왔었다.

이번에 무과 초시를 보는 집안사람 정운기를 잘 보아 달라는 구두 전갈과 함께 백 냥을 보냈다.

한양에서 치르는 복시에 합격하려면 아무리 적게 잡아도 이백 냥은 써야 한다. 그런데 달랑 초시에 백 냥을 보냈으니 이것은 순위를 앞 잡아 합격시켜 달라는 암시였다. 그러지 않아도 김기수는 이조판서 김도희로부터 양유풍을, 형조판서 이목연으로부터 이용태를 챙겨달라는 명목으로 적지 않은 돈을 이미 받았다.

이것 말고도 이곳저곳에서 돈을 받았는데 한 푼도 내지 않고 이름도 알

---

* 감사 집무실.

지 못하던 자가 일등으로 올라왔으니 속으로 기가 찼다.

　중앙으로 임직을 옮기거나 수입이 좋은 전라도 쪽으로 가려면 일단 김조순에게 목돈을 보내야 하지만 그 옆에서 어정거리는 정원용이나 김도희의 심기도 잘 살펴야 한다. 골치 아픈 구설수를 모면하려면 이목연이도 무시하면 안 된다.

　김기수가 아무 말도 없이 인상만 찡그리고 있자 강국중이 입을 뗐다.

　"무슨 마음에 안 드시는 곳이 있습니까?"

　"이미 잘 가려진 등차를 내가 어쩔 수 있겠소?"

　그 말을 기다렸다는 듯이 최동성이 댕돌처럼 나섰다.

　"초시 등차는 감사님 심중에 좌우되는 것입니다."

　김기수는 건너편에 앉아 있는 병사를 한 번 흘낏 쳐다보았다.

　병사 최명은 속으로 엉절거렸으나 새벽 미명에 깔리는 안개처럼 조용히 앉아 있었다. 그가 병사 자리를 계속 지키느냐 마느냐는 오직 김기수의 배려에 달려 있다. 저희 멋대로 고누를 뜨지만 배알이 꼬여도 참고 속내를 보여서는 안 된다.

　"하기는 사소한 성적으로 나라를 지킬 동량을 택하기에는 세상이 너무 복잡하지."

　민종하가 말했다.

　"이 성적표는 다만 감사님의 결정에 조그만 도움이 되는 자료일 뿐입니다. 등차는 감사님께서 결정하는 대로 고쳐 쓰면 됩니다."

　김기수는 얼굴을 조금 풀고 비죽 웃었다.

　"그건 그렇게 하겠소만 일등으로 올라온 최 제선이는 어떻게 처리하면 좋겠소?"

민종하가 다시 입을 열었다.

"궁술과 검술 과목에서 최 제선이 여러 사람이 보는 앞에서 일등을 했습니다. 병법 구술과 대책에서도 다른 사람들보다 단연 앞섰습니다. 이것은 고칠 수 없습니다.

무과 시험 후보 명단에 의하면 제선은 정무공 최진립의 칠 대손입니다. 정무공 이후 이 집안은 몰락하여 지금은 볼 만한 사람이 없습니다.

병방 이기백의 말에 의하면 최 제선은 월성 선비 최옥이 환갑이 넘은 나이에 떠돌이 과부를 얻어 낳은 자식이라 합니다. 『경국대전』 「예전」에 명시하기를 재가녀의 자식은 문과에 응시할 수 없다고 했습니다.

재가한 여자의 오라비나 그 아들과 손자는 생원과 진사시에 응시할 수 없습니다. 그러나 무과는 응시할 수 있습니다. 최 제선은 자신을 재가녀 자식이라 하여 무과에 응시했던 것입니다.

감사께서 최 제선에게 최옥이 제선을 얻기 전에 이미 양자로 입양한 재환이라는 아들이 있다는 점을 들어 그를 서자로 취급하시면 문제는 쉽게 해결됩니다.

최옥이 떠돌이 과부와 합방한 것을 정식 결혼으로 인정할 수 없다고 하시면 자연히 최 제선은 서자가 되며, 따라서 이번 무과 응시는 국법을 위반한 것이 되어 그는 처벌 대상이 되면서 그가 얻은 성적 역시 모두 무효가 되고 맙니다.

만약 최 제선이 이의를 제기하더라도 이 문제를 앞에 내세워 시간을 끌면 아무 뒷발도 없는 자가 더 어찌할 방법은 없습니다."

그 말을 듣고 나서야 김기수가 한시름 놓았다는 듯이 얼굴에 주름을 폈다.

"그러면 중군은 이번 초시에서 최 제선을 아예 떨어뜨리자는 말이오?"

민종하는 자세를 바로잡으며 여기를 보였다.

"일은 야무지게 하는 것이 뒤탈이 없습니다."

"그러면 좋소. 마무리합시다. 병사께서는 이견이 없으십니까?"

한마디도 거들지 못하고 귀먹은 부처 행세를 하던 병사는 고개를 끄덕여 동의를 표시했다.

도둑질도 원뒤짐을 해야 쉽다더니 김기수는 이가 빠지듯 시원하게 웃었다.

"일등은 정운기, 이등은 양유풍, 삼등은 이용태로 합시다. 내가 부탁받은 나머지 사람들이 모두 합격 등수에 들어 있으니 나는 이걸로 됐소.

이외의 등차는 당신들도 입장이 있을 터이니 병사와 잘 의논해서 정하도록 하시오.

결과는 내일 아침 일찍 발표하고, 내일 저녁에 합격한 사람들을 모아 간소하게 술을 대접할 자리를 준비하시오."

김기수는 중군 민종하만 남기고 모두 방에서 내보냈다.

"조만간 지금 이방이 영돈녕부사 차인으로 임명되어 한양으로 올라갈 것이오. 그 후임은 병방 이기백으로 하겠소.

내가 직접 지시했노라고 미리 귀뜸으로 에꾸어 주변에서 다른 말이 나지 않도록 조치합시다."

민종하는 여리꾼처럼 고개를 숙이고 방을 나갔다.

16.

헌종 10년, 갑신년, 1844년 3월 16일.

황해 감사 이규팽이 황해 병사 심능준의 비리를 폭로하는 장계를 올렸다.

'작년 겨울 병영의 환곡에 농간을 부렸다는 소문이 낭자하므로 여러 가지 방법으로 여일하게 채탐하고 장부를 살펴 철저히 조사했습니다.
황해 병사 심능준은 대미 천육백칠십육 석은 일 석에 한 냥 삼 전의 잉여금을 취했습니다.
소미 만칠백육십이 석은 일 석에 한 냥의 잉여분을 취했습니다.
태 천오십일 석은 일 석에 칠 전의 잉여금을 취했습니다.
소두 백삼십 석은 일 석에 팔 전의 잉여분을 취했습니다.
각 곡 천육백 석 내에 천 석은 일 석에 한 냥의 잉여금을 취했고, 육백 석은 일 석에 두 냥의 잉여금을 취했습니다.
여러 조항의 잉여금이 합쳐 만육천사백 냥인데 사라져 귀속한 곳이 없습니다.
또 그 가운데 여줄가리로 일족에게 징수하고 포흠된 것을 거둔 것이 사천여 석인데 마찬가지로 잉여금을 취한 것은 역시 법외에 해당합니다.
조사한 결과는 이와 같습니다.

이것을 이미 지난 일이라고 해서 그대로 둘 수는 없습니다.

당해 병사 심능준의 죄상을 묘당에서 품처하기를 청합니다.'

비변사에서 왕에게 건의했다.

'나라의 곡식에 농간을 부려 잉여금을 취해 자신을 살찌웠으니 비록 아전이 농간을 부렸다 하더라도 이를 엄한 법으로 철저히 해야 하는데 명색이 곤임이면서 몸소 범하기를 이같이 할 수 있단 말입니까?

더구나 낭자한 진장이 만육천여 냥이나 되었으니 백성과 나라에 병폐가 되었음은 더 말할 나위가 없고 법과 기강이 헐렁해진 것이 어찌 한심스럽지 않겠습니까?

황해도 병사 심능준을 먼저 파직하고 해부에서 잡아다 심문하여 엄중하게 처벌하게 하는 것이 어떻겠습니까?'

왕이 여짓거리며 말했다.

"그리하라."

심능준은 이규팽의 처사에 이를 갈았다.

"제 놈은 나보다 더 처먹으면서 감히 나를 개닥질 해? 어느 놈이 암까마귀이고 어느 놈이 수까마귀인지 어디 두고 보라지?

얼레빗 참빗만 품에 품고 가도 제 복만 있으면 잘 산다 했다. 내가 이놈에게 강포의 욕을 안겨주리라."

그는 학질에 시달리는 아이처럼 주먹을 쥐고 먼산바라기를 했다.

천하의 까마귀는 모두 한가지로 검었다.

심능준은 이조판서 김도희에게 뇌물을 써 파직된 지 보름 만에 평안도 병사로 승진했다.

조정에 뒷배가 약한 이규팽은 하찮은 이유로 해부에 잡혀가 엄한 심문을 받고 파직되어 고향으로 돌아갔다.

17.

헌종 10년, 갑신년, 1844년 4월 2일.

"그래 자네 왔는가?"

일부는 찾아온 제선을 위로했다.

"선생님 뵐 면목이 없습니다."

제선이 괴란해 이마에 주름을 지었다.

일부는 그런 제선을 역량하며 물끄러미 쳐다보다 천천히 차를 쳤다.

언제나 그렇듯 방안에는 침향과 오래된 서책에서 나오는 고창한 향기가 가득했다.

풍로에서 끓고 있던 뜨거운 물을 찻잔에 붓자 찻잔이 금방 온기를 머금었다. 탕수를 숙우에 붓고 다호에서 차를 조금 꺼내 다관에 넣었다.

일부는 시종 옅은 미소를 지었다.

다관에서 차가 우려지는 동안 차 솥에 다시 물을 채웠다. 일부는 제선을 위해 이른 아침에 뒷산에 올라 동쪽으로 흐르는 냇물을 길어 한 짐 지고 내려왔다.

나이가 들어도 원력은 정정했다.

다관을 들어 찻잔에 차를 부었다.

"마시게."

제선은 두 손으로 찻잔을 들고 눈을 깔아 찻물을 응시했다.

맑고 투명한 액체가 울렁거렸다.

일부와 제선이 같이 만든 차였다.

작년 이월에서 사월 사이 차나무에서 잎을 따 종다래끼에 담았다. 바닥에 대발이 깔린 시루에 찻잎을 넣고 물이 담긴 가마에 얹어 놓고 푹푹 쪘다.

쪄낸 찻잎이 식기 전에 얼른 절구에 찧어 덩어리를 틀에 박아내 대자리에 넣어 그늘에 말렸다. 차가 채 굳기 전 송곳으로 가운데 구멍을 뚫고 대꼬챙이에 꿰어 다시 불에 말렸다.

그리고 다 마른 차를 화롯불에 쬐어 장육기에 저장했다.

일부는 찻잎을 따는 것에서부터 달여 마시기까지 모든 과정이 몸과 마음을 수련하여 덕을 쌓는 행위라 했다. 몸의 수련은 차의 효능으로 달성되고 마음의 수련은 군자와 같아 사악함이 없는 차의 성미로써 달성된다고 했다.

찻물이 제선의 목을 넘어갔다.

방금까지 몸 밖의 사물로 존재했던 찻물은 제선의 입을 지나 목을 넘어가면서 제선과 하나가 되었다.

몸이 훈훈해졌다.

일부는 옆에 두었던 가야금을 끌어당겨 심방곡을 켰다. 음률은 찰나 생멸하며 시공을 초월했다.

몇 곡을 이어 연주하던 가야금을 내려놓으며 일부가 물었다.

"그래 자네 이제부터 어떻게 살 생각인가?"

"선생님, 그것을 잘 모르겠습니다. 지금은 앞길이 보이지 않습니다. 세상이 온통 캄캄합니다."

일부는 다시 보일 듯 말듯 미소를 지었다.

"자네의 마음이 캄캄한 것이지 세상이 모두 캄캄한 것은 아닐세."

"권세와 돈으로 사람을 뽑는 세상이 밝다는 말씀입니까?"

"자네가 보고 겪은 일은 세상의 겉껍질일 뿐일세. 다만 세상의 말폐만 보았을 뿐이네. 세상은 자네가 인식하고 있는 것처럼 그렇게 단순한 곳이 아닐세. 더 깊은 곳을 보아야 하네."

제선은 스승 앞이라 저절로 하소연이 나왔다.

"선생님, 저는 다행하게 선생님을 만나 무예를 익혔습니다. 그러나 이제 무예로 입신하는 길은 막혔습니다. 그렇다고 제가 농사를 짓겠습니까. 씨를 뿌릴 땅도 없고 곡식을 가꾸는 기술도 배우지 못했습니다. 살아갈 길이 막힌 저에게 세상의 깊은 곳을 바라볼 여유는 없습니다."

일부는 한숨을 내 쉬었다.

"하늘이 자네를 세상에 냈을 때는 다 그만한 이유가 있었을 것일세. 내가 보기에 자네는 고작 무관 말단이 되어 어디 먼 변방이나 오가다 죽으려 여기 온 사람은 아닐세."

제선은 일부의 말에 놀라 스승의 얼굴을 정면으로 쳐다보았다.

"그렇다면 제게 어떤 길이 남아 있겠습니까?"

"무예를 익힐 때 자네가 나에게 보였던 그 성실과 진지함으로 자네가 갈 길을 스스로 찾아보시게. 자네에게는 남다른 자질이 있네."

제선은 다시 풀이 죽었다.

"그 길이 어떤 길일지 가늠이 되지 않습니다."

일부는 수염을 쓰다듬었다.

"나는 평생 유학을 하며 살아왔네. 유학의 본령은 내성외왕이라 할 수 있네. 내성은 수기로 이루어지고 외왕은 치인으로 이루어지는 것일세.

세상의 문제를 올바로 풀기 위해 유학자는 먼저 자신의 몸을 닦아 마음이 맑고 성실해진 다음 비로소 밖으로 나서야 하네.

공자님 이후로 오랜 세월이 흐르며 새로운 세상에 새롭게 나타나는 여러 문제를 푸는 과정에서 유학도 원청 간에 많은 변화를 겪었으나 내성과 외왕이라는 본령은 계속 유지되었다네.

송 대에 들어오면서 유학은 초기의 건강한 기풍을 벗어나 점차 이론만 공소하고 실천이 부족한 나약한 학으로 변하고 말았지. 지금 이 나라에 횡행하는 유학은 성리학의 한 부분인 주문공의 주자학일세.

주자학은 성의 이치를 밝힌다면서 너무 수기에 치중해 치인을 소홀히 하는 병폐를 얻었네.

애초에 공자님이 유학을 세우신 목적은 수기를 통해 덕을 이룬 군자가 구체적인 정책으로 예악형정을 베풀어 백성을 편안하게 하기 위함이었네. 그러나 지금 선비들은 실질을 추구하기보다 여탐꾼이 되어 공소한 이론에 몰두해 허울뿐인 말잔치에 정신을 쏟고 있을 뿐일세.

지금 이 나라에 유학을 한다는 선비 중 수기가 제대로 된 사람이 몇이나 되겠는가? 겉으로는 대인의 풍모를 추구하지만 속으로는 온통 사욕에 물든 열통적은 소인배만 들끓고 있네.

말과 행실이 다르니 그들을 과연 공자님을 따르는 염의 있는 유학자라고 할 수 있겠는가? 그들이 추종하는 주문공 역시 그럴듯한 말은 많았으나 말년에 며느리를 임신시킨 패륜을 자행했던 자가 아닌가?

문밖에 나가면 보이는 것은 온통 유학을 앞세운 부패한 관리들의 작폐로 고통받고 신음하는 불쌍한 백성뿐일세. 자네가 관직을 원한 것이 근본적으로 덕을 갖춘 치인에 관심을 두었기 때문이라면 이미 부패할 대로 부패한 환로에 대한 미련은 그만 버리도록 하게.

전에도 몇 번 자네에게 일러준 것처럼 세상은 지금 큰 변화에 직면해 있네. 서쪽에서 커다란 세력이 윗손치고 다가와 청국도 그리 편하지 못한 듯하네. 세상은 큰 힘을 가진 몇몇 나라의 욕심으로 코를 떼고 있어.

이 땅이라고 여기서 예외일 수는 없겠지. 시기가 이러한데 자네에게 진정 나라를 생각하고 백성을 생각하는 염렴한 기개가 있다면 그동안 익힌 학문과 무예, 그리고 나와 나눈 여러 이야기를 바탕으로 이 시대의 문제를 해결할 수 있는 새로운 틀에 대한 사유를 개척해 보는 것 또한 하나의 의미 있는 삶이 되지 않겠나?"

제선은 송구해서 무릎을 꿇었다.

"저와 같은 부족한 사람이 감히 할 수 있는 일이 아닙니다."

일부의 목소리가 가라앉았다.

"이 사람아, 스스로 자신을 한정할 필요는 없네. 사람은 자신이 생각하는 대로 만들어지고, 세상은 사람이 열망하고 몰두하는 만큼 열린다네.

자네는 지금 비록 어려운 처지에 놓여 있으나 여기에 절망하지 말고 앞으로는 뜻을 높이 두고 생각은 깊고 넓게 하도록 노력하게."

무과에 실패하고 세상을 혐오하던 제선은 스승의 이 말 한마디에 굳었던 몸과 마음이 모래처럼 부서졌다. 제선은 알지 못했던 신선한 기운이 자신에게 다가옴을 느끼고 몸서리쳤다.

"선생님 말씀 명심하겠습니다."

일부는 잠시 간격을 두고 다시 입을 열었다.

"내가 모시는 스승께서 건강이 좋지 않다는 전갈이 왔네. 나는 이제 여기를 떠나려 하네.

나는 그동안 스승이 준 과제를 풀기 위해 여기서 노심초사했으나 그다지 진척이 없었네. 자네를 만나 작은 인연을 맺게 되었으니 이것 또한 하늘이 하는 일이겠지.

내가 지금 자네에게 해준 말을 허투루 듣지는 말게. 자네는 틀림없이 자네의 길을 다시 찾아낼 것이네. 어떤 형극이 닥치더라도 묵묵히 이겨내고 진실로 마음이 원하는 바를 따라가도록 하게.

내가 이제 여기를 떠나면 자네가 나를 찾아오지 않는 이상 우리가 생전에 다시 만날 일은 없을 것일세. 그러나 하늘이 준 각자의 길을 성실하게 가다 보면 어떤 모양으로도 부딪칠 일이 없지는 않겠지.

이 집과 이 방에 있는 서책을 모두 자네에게 남기고 갈 터이니 찬찬히 잘 읽어보면서 생각을 정리하도록 하게."

"명심하겠습니다."

"떠나기 전에 나도 자네에게 숙제를 하나 주겠네."

"말씀하십시오."

"여보게 제선이."

"예?"

"내가 자네를 불렀을 때 무엇이 '예!' 하고 대답했는가?"

"예?"

"그것을 앞으로 더욱 깊이 궁구해 보아라."

"예?…… 예!"

일부는 제선에게 그만 가보라고 손을 저었다.

"나는 당분간 충청도 연산 씨알 마을 연담 이운규 선생 곁에 머물겠다."

18.

헌종 10년, 갑신년, 1844년 여름.

제선은 마을 서당에서 훈장 일을 시작했다.

대개 훈장은 유랑하는 지식인이나 마을의 유식한 촌로 중에서 초빙하거나 선택되었다. 그러나 제선은 여덟 살부터 유학자인 아버지에게서 글을 배우기 시작해 이미 여러 문헌을 읽어 나름대로 상당한 학식을 지니고 있었다.

젊은 나이였지만 마을 사람들은 믿고 자식을 맡겼다.

대우는 양식으로 쓸 쌀과 땔나무, 그리고 계절이 바뀔 때마다 의복 정도를 받기로 했다. 대신 책 한 권을 뗄 때마다 '책걸이'를 열어 간소한 잔치를 하기로 했다.

한 해 뼈 빠지게 일해도 중 망건값도 못 모으는 동네였다.

열악한 조건이었으나 막상 수업을 시작하자 그나마 조금 여유가 있는 집들이 도르리해서 별식을 가져왔다.

학도는 열다섯에서 열여섯 살 사이 사내 일곱과 스무 살 전후 관자 셋으로 모두 열 명이었다.

학도들은 이미 『천자문』과 『유합』을 거쳐 『동몽선습』과 『격몽요결』 『명심보감』을 읽고 있었다. 제선은 그들에게 『십팔사략』과 『통감』 그리고 『소학』을 가르치고, 관자는 사서와 오경을 풀어주었다.

제선이 가르친 아이들은 당나귀 찬물 건너가듯 막힘없이 글을 줄줄 읽었다.

학도들을 가르치고 남은 시간에 제선은 스승이 남기고 간 서책을 읽었다.

일부는 여러 분야에 관심을 두었던 까닭에 경서뿐만 아니라 불도와 도가 계통의 책들도 있었고 의서와 명리학 천문지리, 그리고 무예에 관한 책들도 있었다.

송 말 명장 악비가 전한 『심의육합권』이 먼저 눈에 들어왔다. 몇 번을 반복해 읽었다.

무예를 익히던 시절 스승에게서 사람의 몸을 살리는 활법을 겸해 배웠었다. 의서도 골라 꼼꼼하게 읽었다.

이어 명리학 관련 책들도 숙독했다. 어지러운 시절을 살아야 하는 지체 낮은 인간의 운명에 대해 깊이 생각했다.

불도는 초기 불도부터 읽어 나갔다.

브라만의 시대에 무아를 주장했던 불교는 인도 전통 사유의 입장에서 매우 이단이었다. 그것이 부파불교의 아비달마를 거쳐 대승의 공과 유식으로 발전하는 과정은 장대했다.

도가는 초기부터 도교로 발전하는 과정을 모두 읽어 나갔다.

외단이 내단으로 발전하면서 동시에 여러 신들이 생겨나는 과정은 인간 사유의 커다란 대양이 이루어내는 파도였다.

해가 바뀌고 다시 봄이 왔다.

지난가을에 들어왔던 당닭 무녀리 같았던 꼬마 학도가 『천자문』을 떼었다.

책씻이하는 날이 다가왔다. 학도의 부모가 떡과 돼지고기와 술을 마련하기로 했다. 그런데 시기가 하필 보릿고개가 한창인 오월 말이었다. 틀림없이 훈장 접대가 부담될 터이다.

제선은 학도를 따로 불렀다.

"보릿고개에 책씻이가 부모님께 부담이 되지 않겠니?"

학도는 고개를 숙였다.

"사실은 그렇습니다."

"그렇다면 날짜를 늦추어야겠다."

"어떻게 그럴 수가 있겠습니까?"

"학동들이 보는 앞에서 시험을 치면 된다."

"무슨 시험입니까?"

"좋을 호 자를 여자 호로 읽고, 쌀 미자는 밥 미로 읽고, 하고자 할 욕 자는 먹고자 할 욕으로 읽으면 된다."

학도가 겸연쩍어 빙그레 웃었다.

"여럿이 보는 앞에서 그렇게 쉬운 문제를 놓쳐 일부러 시험에 떨어지라는 말씀입니까? 다른 아이들이 비웃을 겁니다."

"이 녀석아. 포대기에 싸인 영감이 있고 지팡이 짚은 손자도 있는 법이다. 이번 시험은 떨어져야 붙는 일이다.

상원사 김치가 짜겠느냐? 아니면 강릉 바닷물이 더 짜겠느냐?

부모님 마음을 편안하게 해 드리는데 무슨 방도인들 못 하겠느냐?"

학도는 공손하게 허리를 굽혔다.

그래서 책씻이는 가을 추수 때로 미루어졌다.

잠이 오지 않는 밤이면 스승이 남기고 간 숙제를 곱씹었다.

'나라는 것은 과연 무엇인가?

스승은 하늘이 여기에 나를 낸 데는 필시 까닭이 있었을 것이라 했다. 무슨 유착스러운 까닭이 있었을까?

도대체 나를 어디에 쓰려고 세상에 보냈단 말인가?

그렇다면 하늘은 내가 여기에 온 목적에 맞는 자질을 주어서 보냈을 것이 아닌가? 그렇다면 나에게 과연 어떤 자질이 숨어 있을까?

술 마시고 노름하고 말 달리고 싸우는 자질은 차고 넘친다. 그러나 알지도 못할 이유로 이젠 벼슬길도 막히고 말았다.

봄볕 있는 곳에 꽃 피지 않는 곳이 없을 터이나 나는 남들 다 하는 농사도 지을 줄도 모르고 하는 일이라고는 고작 마을 서당에서 훈장질하며 생계를 이어가는 초라한 사내가 되고 말았다. 부모도 모두 세상을 버려 의지할 사람도 거의 없고 변변한 유산도 없다.

가진 것은 병 없이 튼실한 이 몸뚱이 하나뿐이다.

과연 이 험한 세상에서 이 몸뚱어리 하나로 내가 할 수 있는 일이 무엇일까?

천고에 자취를 감추는 학이 될지언정 남의 말이나 옮기는 앵무새는 되고 싶지 않다.

스승은 내 마음이 진실로 원하는 바를 따라가라고 했다.

몸은 마음을 따라 움직이는 도구인가? 마음은 내 몸 속 어디에 숨어 있다가 수시로 드러나 나를 깨우는 기제인가? 몸과 마음이 나를 이루는 전부인가?

마음을 주재하는 얼도 있지 않은가? 마음은 얼에 따라 움직이는 도구인가?

그렇다면 얼은 과연 무엇인가? 얼이야말로 내 존재의 근원인가?'

머리가 복잡해지면 서당 뒤뜰에 나가 검을 들고 본국검 초식을 복습했다. 권법의 궁보로 몸을 풀고, 지칠 때까지 투로를 반복했다.

세월은 제선의 존재조차 잊어버린 듯 무심하게 흘러갔다.

세상에 누가 훈장 노릇이 좋다고 하였는가.

속은 연기도 없이 타 심화가 저절로 나는구나.

하늘 천 따 지 하는 사이에 청춘은 지나가고

부가 어떻고 시가 어떻고 하는 동안에 백발이 되겠네.

비록 지성으로 가르쳐도 좋은 소리 듣기는 어렵고

잠시만 자리를 떠도 궂은소리 듣기 십상이네.

손아귀의 보석과 천금 같은 자식을 맡기면서

때려서라도 가르쳐 달라는 청이 딱하기도 하여라.

근원을 알 수 없는 바람이 다시 불었다.

훈장은 그의 길이 아니었다. 겨울을 무사히 보내고 입춘을 앞두고 있던 날, 뒷산에서 갑자기 일어난 산불이 마을 쪽으로 번지더니 급기야 기슭에 있던 서당을 재로 만들고 말았다.

스승이 남긴 책도 태반이 연기가 되어 하늘로 날아가고 말았다.

19.

헌종 11년, 을사년, 1845년, 7월 16일.

윤음
'왕은 이르노라.

내가 덕이 없어 정치가 뜻대로 되지 않으므로 본디 위로 천심에 보답하고 아래로 뭇 백성의 희망에 부응하지 못했다.

다행히 근년에 소강하여 소의 간식의 염려를 조금은 풀었다.

그러나 관서는 경자년 큰 흉년을 겪고부터 애쓰고 근심하는 것이 마치 장차 거꾸러지고 떨어질 것 같아서 회유하고 보전하려는 근심이 늘 부지런했다.

이번에 청천강 북쪽에 큰물이 범람했다는 경보에 마음 가득한 두려움이 그칠 바 없다.

떠내려간 집이 사천 채나 되고 빠져 죽은 목숨이 오백 명이나 된다니 수재가 있어 온 이래 거의 처음 듣고 보는 일이다.

그러나 이것은 도백이 우선 아뢴 것에 따라 헤아린 것이니 뒤를 이어 고을에서 다시 보고하면 모든 피해는 얼마나 될지 또한 헤아릴 수 없는 일이다.

이 모든 재앙이 다 내가 여러 가지로 천지에 나타난 하늘이 내리는 꾸지람에 순응하지 못하였기 때문이니 오히려 무슨 말을 하겠는가?

아! 백성은 죄 없는 어린아이와 같아서 홍수의 근심과 기근의 고통이 없더라도 위를 섬기고 아래를 기르는 공사를 경영하느라 풍년에도 오히려 즐거움을 잊고 사는데 이제 근근이 지탱하던 백성들이 그곳을 떠나지 않고 살다가 참혹하게 물에 빠져 죽고 말았다.

가난한 집이 죄다 물바다가 되고 늙은이와 어린아이 지아비와 지어미가 거센 물결에 가라앉았다 한다.

아버지가 그 아들과 결별하지 못하고 아들이 그 아버지를 곡하지 못하고 한순간에 어지러이 흩어져버리고 말았다 한다.

요행히 보전하고 요행히 살아남은 자라 하더라도 집이 무너지고 땅이 터져 남은 것이 없고 수확을 바랄 수 없어 살아가기에 아득할 뿐이니 다시 산들 무슨 즐거움이 있겠는가?

내가 덕이 없기는 하나 뭇 백성의 위에 있으므로 무릇 우리 백성이 한번 찌푸리고 한번 신음하는 것 모두가 나와 호흡이 함께 통하는 것이니, 구중의 깊은 곳에서도 만 리의 먼 곳을 뜰 앞에 있는 듯이 잘 아노라.

유리하여 분주한 형상과 울부짖으며 슬프고 답답해하는 모양을 생각하면 내가 어찌 먹는 것이 달고 자는 것이 편안할 수 있겠는가?

일전에 보낸 위유의 사명은 곧 내가 몸소 순행하는 뜻을 몸 받은 것이거니와, 이제 어느 곳에 가 있는지 모르겠으나 내가 삼만 냥의 돈을 내어 돕는 것은 강물에 술 한 동이를 풀어 넣은 것과 같을 뿐이니 이것이 어찌 회유라고 안집하는 방도의 만분의 일이라도 될 만하랴마는, 고루 나누는 것을 걱정하고 적은 것을 걱정하지 말라는 것은 또한 성인이 가르친 것이다.

떠내려간 집이든 빠져 죽은 사람이든 막론하고 반드시 친족 인척과 이

웃 마을에서 구제하고 방백 수령이 구제해야 할 것이다.

차례로 집을 짓되 반드시 추워지기 전에 끝내고, 힘을 다하여 건져서 묻지 않은 백골이 없게 하라.

가을 곡식이 성숙하기까지는 아직 여러 달이 남았으니 하늘이 내리는 복에 힘입어 낮게라도 거두는 것이 있을 수 있다면 어찌 울음이 바뀌어 웃음이 되고 다시 예전에 살던 곳을 찾지 못할 것을 어찌 알겠는가?

아! 죽은 자는 어쩔 수 없으나, 이는 참으로 위태로운 곳에 있던 목숨이었어도 고할 데가 없던 귀신이다.

또한 내가 슬퍼하고 상심하는 마음이 저절로 벽을 돌며 방황하고 있으니, 열조의 고사를 이어받아 물가에 재단을 만들어 크게 초혼하여 제사하라.

이것이 혹 멀어서 아득하고 깊숙이 가라앉은 억울하고 답답한 넋을 위로할는지 모르겠다.

내가 여기에서 특별히 내 백성에게 널리 알려 행하게 할 것이 있다.

대저 한번 홍수나 가뭄을 당하면 흩어져 사방으로 가는 것은 만부득이한 데에서 나오는 줄 모르는 것은 아니나 마침내 밝혀 보면 헤어져 어려운 고통을 더할 뿐이니 좋은 계책이 아니다.

굶주려도 토착한 곳의 풍속에 의지하고 추워도 온 동리가 돌봄에 힘입는 것이 평소에 모르던 곳과 아주 먼 고장에 비하여 득실이 어떠하겠는가?

네 밭에서 밭 갈고 네 집에서 사는 것이니 반드시 대대로 살고 대대로 토착해 온 곳과 같은 데가 없을 것이다.

아! 너희 백성들은 내 진심에서 나온 말을 헤아려 문득 가벼이 움직이지 말고 문득 서로 들뜨지 말며 힘을 다하여 지탱해서 스스로 부질없이 어린 아이를 안고 아내를 거느리고서 길에서 낭패하는 데에 괴롭지 말라.

그러면 그 뒤에 안집하는 책임은 나에게 있으니 각각 분명히 듣고 의혹하지 말라.

근심을 나누는 신하들은 모두 나라를 몸 받는 사람이니 몸소 살피고 발로 다니며 눈으로 보고 면대하여 알리라.

요역을 줄이고 조세를 가볍게 하는 것은 참으로 백성을 편하게 하고 백성을 이롭게 하는 데에 관계된다.

일에 따라 낱낱이 적어 잇달아 아뢰는 것이 불을 끄는 것보다 매우 급하게 하고서야 비로소 조금이라도 대양하는 보람이 있을 수 있을 것이다.

스스로 잘 알아야 할 것이니 내가 여러 말을 하지 않겠다.'

왕이 낸 삼만 냥은 당상이 반을 떼먹고, 나머지에서 반은 감사가 떼먹고, 나머지에서 반은 고을 수령이 떼먹고, 나머지에서 반은 이속이 떼먹고, 나머지에서 반은 향교에서 떼먹었다.

결국 재해를 당한 백성들에게 돌아간 것은 대낮에 나온 올빼미처럼 개신개신한 왕의 말 몇 마디뿐이었다.

20.

헌종은 여색을 무척 밝혔다.

별로 할 일이 없어 매사에 청처짐한 사람이 여색에는 옻진애비처럼 해참스럽게 집착했다. 어서 원자를 낳아 종사를 튼튼하게 이루라고 외척들도 옆에서 부처를 여럿 잡아먹은 듯 홍뚱거리며 부추겼다.

여염에서 미색을 여럿 뽑아 올렸다.

헌종은 그중에 반월이란 여인을 특히 좋아했다. 반월이 개울리면 왕은 혀가 빠지고 침이 흐르는 줄도 몰랐다.

되는 집에는 암소가 자고 안 되는 집에는 계집이 날뛴다. 내탕금이 으늑하게 물 흐르듯 반월의 치마폭으로 빠져나갔다.

항간에 새 노래가 퍼졌다.

반월이냐? 왼달이냐?
네가 무슨 반달이냐?
초생달이 반달이지.

천하미색 반월아 뽐내지 마라.
삼추만 지나면 이마에 주름살 진다.
천하 장자 석숭아 뽐내지 마라.
삼 년 가뭄에 쪽박이 기다린다.

천하 횡행 손오공아 뽐내지 마라.

부처님 손바닥에 벼룩인 것을.

천하 횡재 흥부야 뽐내지 마라.

당 현종 불호령이 널 잡아간다.

헌종은 바닥난 내탕금을 충당하려 사대문을 들어오는 백성에게 입장료
를 받았다.

술 담배 참아 소 사면 호랑이가 물고 간다더니 이것은 두 눈 뜨고 쌈지를
고양이에게 털린 꼴이 되었다. 백성들은 그것을 반달세라 부르며 빈정댔
다.

21.

헌종 11년, 을사년, 1845년, 12월 12일.

밤하늘이 맑았다.

길가에 남아 있는 눈더미에 둥근 보름 달빛이 가득 배었다.

지게에 얹은 무명 두 동 무게가 기분 좋을 만큼 듬직했다.

차가운 칼바람이 마주 불었지만, 등에는 땀이 배어 흘렀다. 그래도 조금만 걸음을 늦추면 온몸에 한기가 서렸다. 쪽다리를 둘러 작대기를 잡은 손에는 이미 감각이 없었다.

경주에서 홍해로 이어진 대쪽 같은 하얀 길이 끊임없이 다가왔다.

제선은 크게 기침을 한번 해 오그라들던 기운을 모았다.

재작년 계묘년에 박만재 영감님 중매로 울산 유곡동에 사는 밀양 박씨를 아내로 맞았다. 천 리 떨어진 혼인도 실로 끈다더니 박 영감은 아버지와 할아버지 종하 어른을 모신 묘소를 돌보던 분이었다.

아내의 백옥같은 얼굴에 버들잎을 닮은 눈썹이 짙었다. 달 속의 상아와 구천의 선녀 같은 사람이었다.

그러나 아내는 시집오고 얼마 지나지 않아 얼굴에 수심이 내려앉았다. 남편이 사촌형에게 기대 사는 가난뱅이 살림이라 가녀린 여인의 시집살이가 오죽했으랴. 형님도 자기 가족을 부양하기에도 급급할 정도로 사는 게 여유가 없었다.

시집오기 전까지는 그래도 밥걱정은 하지 않고 살던 사람이었다. 이런 밑바닥 가난은 태어나 처음 겪을 터였다. 그러나 남편을 하늘로 믿고 묵묵히 어려운 살림을 꾸려주었다

말이 적고 속이 깊어 미더운 사람이었다.

무과에 실패하고 나서는 형님 얼굴을 마주 대하기도 송구했다. 형님이나 제선이나 참으로 고달픈 노릇이었다.

스승이 연산으로 떠난 후 제선은 아버지가 남긴 낡은 와룡암을 수리해 거처를 옮겨 독립했다.

허울뿐인 양반 신분은 살아가는 데 외려 거추장스러웠다. 아버지가 살아 계셨을 때는 그나마 드물게라도 찾아오던 일가붙이들이 돌아가신 후부터는 언제 그랬냐는 듯 발길을 딱 끊었다.

아버지가 평생 추구했던 고고한 학자의 청빈한 삶은 가난의 구렁텅이에 빠진 자식에게 아무런 도움이 되지 못했다.

아버지 주위에는 청아한 풀잎 냄새가 돌았다. 청빈한 선비에게서 우러나오는 품격이 있었다. 그러나 그것은 가난의 다른 말이었다.

아버지 곁에서 나던 풀잎 냄새는 반쪽 학문, 반쪽 선비에게서 나는 거짓 향내였고, 우러나오던 품격은 반쪽을 감추기 위한 위선의 몸부림이 아니었을까? 답답한 서재에 앉아 겨울이 와도 날 가는 줄 모르고 추위가 끝나도 해 바뀌는 줄 모르던 분이었다.

현실은 너무 절박했다.

제 살이라도 뜯어 먹고 살아내야 했다.

산불로 서당이 타버리자 제선은 훈장 일을 계속할 수 없었다. 가난한 동네 사람들은 다시 서당을 지을 여력이 없었다.

제선은 색주가 근처에서 무뢰배로 살아보려는 생각도 했었다. 날짐승에게는 날짐승의 말이 있고 길짐승에게는 길짐승의 말이 있지 않겠는가?

몸에 익힌 무예와 호방한 기질은 시간이 흐르면 그곳에서도 한 자리를 잡게 도와주리라. 아무리 어두운 곳일지라도 어쨌든 여러 사람이 숨쉬고 살아가는 곳인데 사방이 온통 썩은 세상에서 그곳을 부끄럽고 염치가 없는 곳이라 당당하게 나무랄 수 있는 이가 과연 있을까?

서리처럼 차가운 세상에서 막다른 벽에 부딪힌 젊음이 호박을 쓰고 돼지굴에 들어간들 누가 무어라 할 수 있단 말인가?

그러나 마음 깊은 곳에서 들리는 목소리가 무뢰배의 길을 가로막았다.

제선은 여러 생각 끝에 장삿길에서 둥지를 틀어보기로 했다.

경험도 없었고 밑천도 부족했지만, 무예로 다져진 건강한 몸을 믿었다. 세상에 나가 두루 물정을 살피며 자신이 진정으로 나아갈 길이 무엇인지 찾아보기로 했다.

무명이나 약재 등속을 파는 상회에서 등짐 지고 배달하는 일을 시작했다.

노동은 제 몸을 스스로 뜯어 먹는 작업이다.

제대로 먹지도 쉬지도 못하는 힘에 겨운 나날이 계속되자 몸에 이상이 왔다. 허리가 묵직해지더니 변이 잘 나오지 않았다. 손발이 트고 항문에

혹이 돋았다. 몸에 살이 빠지더니 피부색이 검어졌다.

그러나 견뎌 나갔다.

지금은 이토록 고통스럽더라도 장사의 밑바닥 작업을 겪어낸다면, 그래서 유통에서 이문을 남기는 어섯눈이 점차 뜨여 준다면, 장차 밑천이 크게 들지 않는 수공업품이나 소금·생선·건어물 쪽으로 손을 대 장시를 찾아다니는 길로 나설 수 있을 것이다.

오늘은 오후 늦어서 흥해 김 진사 댁에 무명 두 동을 배달하라는 지시를 받았다.

낮에 맡은 일을 마치고 초저녁에 집을 나와 부지런히 밤새 걸으면 다음 날 첫새벽이면 도착하는 거리다.

마침 보름달이 떠 도중에 길을 잃을 염려는 없게 되었다. 그믐밤엔 가끔 길을 잃었다. 엉뚱한 곳을 헤매다 약조한 시간을 어기면 고생은 고생대로 하고 질책은 질책대로 당한다. 여차 하면 삯도 받지 못한다.

평지가 끝나자 야트막한 고개가 다가왔다. 경주에서 흥해 사이에 이런 고개는 수도 없이 많다.

가파르고 긴 고개가 없는 것이야말로 고마운 일이다. 안강이나 영천 가는 길은 험한 고개가 이어져 몇 배 힘이 든다. 큰 고개를 하나 넘으려면 어찌나 용을 써야 하는지 몸에 고인 진이 다 빠져 다음 날 새벽에는 일어나기가 고통스러워 하루 일을 내북치고 싶어진다.

가르마처럼 고개를 갈라놓은 골짜기에 가늘고 하얗게 난 길을 제선은 쉬지 않고 걸어갔다. 온갖 숨탄것들이 살아내기 위해 이 길을 굼실거리며 흘러갔을 것이다.

길은 그들의 삶을 닮아 끊어질 듯 이어졌다.

고갯마루에 이르자 지게를 내려놓았다. 평평한 바위를 찾아 앉아 땀을 닦았다. 바람 소리만 없다면 사위가 물속처럼 고요한 밤이었다.

제선은 노래를 한마디 했다.

무거운 등짐 지고 이곳저곳 떠돈다.

아침에는 동녘 하늘, 저녁에는 서녘 땅.

어쩌다 병이 나면 구완할 이 전혀 없네.

사람에게 짓밟히고, 텃세 받고 괄세 받고

어디서나 숨이 지면 까마귀밥이 된다.

슬프도다. 우리 인생 이럴 수가 어찌 있소.

잠시 앉아 있자니 땀이 식어 오한이 일어났다.

등성이 바람도 골짜기 바람 못지않다. 칼날처럼 날아와 얼굴을 후빈다.

다시 지게를 짊어지고 일어났다.

내리막길은 조금 덜 되다. 그러나 방심하다가는 땅바닥이 얼굴로 올라온다. 발목이라도 삐면 며칠을 고생한다. 그래도 조금 쉬었다고 몸이 훨씬 가벼웠다.

한양 가는 길목에는 짚신 한 켤레가 다 헤질 거리를 두고 신나무라는 당목이 서 있단다. 행상들이 구멍 난 짚신을 이 당목에 걸어 놓으면 발병이 나지 않는다고 믿었단다.

짚신은 비바람에 썩어 나무 거름이 되었으리라.

보름달 되기 전엔 더디기만 하더니
보름달이 되고 나니 어찌 급히 기우는가?
서른 밤 중 둥글기는 오직 하루
장돌뱅이 인생을 저리도 닮았을까?

달이 제선을 따라왔다.
산속은 천지가 처음 생긴 날처럼 엄숙했다. 발걸음과 숨소리와 심장 뛰
는 소리가 어우러졌다. 가끔 밤 짐승 우는 소리가 멀리서 들려왔다.
밤은 소리가 지배한다. 캄캄한 공간에서 이런저런 소리가 들려왔다.
존재의 마른 대궁에 들어와 흔드는 소리.
소리는 하늘이 존재를 일깨우는, 신성해서 오히려 두려운 편지이리라.

너는 밥이다.
밥을 먹지 않으면 몸을 쓸 수 없다.
며칠 굶은 몸에서는 정신도 혼미하다.

아니면 너는 숨이다.
숨을 쉬지 않고서야 살아갈 방도가 없다.
들숨은 우주의 정기를 들여오고 날숨은 몸에 남은 독기를 빼준다.
숨은 생명이다.

그래 생명이 없이 네가 존재할 수 있겠느냐?

생명이 쇠해지면 몸과 마음도 같이 약해지느니라.

아니면 너는 감각이다.

너는 감각을 통해 세상을 인식한다.

눈은 색을 귀는 소리를 코는 냄새를 혀는 맛을 피부는 촉감을 생각은 관념을.

이 모든 인식이 너와 세계를 너의 의식 속에서 끝없이 창조한다.

그러면 너는 너만의 너와 오직 너만의 세계를 가지게 된다.

그리고 그것에 의존해 한평생을 살아간다.

아니면 너는 지성이다.

너는 너를 식물이나 동물과 구별한다.

아무리 배가 고파도 남이 발로 차 던지는 밥은 먹고 싶지 않다.

스스로 너를 존중하고 세상을 정밀하게 관찰하고 진리를 진지하게 탐구하려 한다.

아니면 너는 환희이다.

밥과 숨과 감각과 지성의 배후에서 이 모든 것을 지휘하고 종합하는, 그리하여 우주의 궁극적 존재와 통하는 신비하고 무한한 황홀한 환희이다.

소리가 그치자 칼끝처럼 파란 고요가 잠시 다가왔다.

제선은 대답했다.

내가 밥이라면 나는 밥통에 머물고 맙니다.
내가 숨이라면 나는 바람이 통과하는 작은 동굴이 되고 맙니다.
내가 감각이라면 나는 본능에 따라 사는 동물과 다름이 없습니다.
내가 지성이라면 왜 여러 지성이 모인 세상이 이렇게 혼탁합니까?
내가 환희라면 왜 이렇게 세파에 흔들리며 고통을 겪어야 합니까?

물이 산을 넘지 못하고 산 또한 물을 넘지 못했다.
새벽 냄새가 감작감작 나기 시작했다. 흥해도 이제 얼마 남지 않았다.
제선은 마지막 힘을 다해 걸었다. 피곤이 온몸을 휘감았다.
저 멀리 김 진사 댁이 보였다. 언덕을 닮은 고래등같은 기와집이 여명을
받으며 누워 있었다.
추위는 새벽이 다가오자 더 심통을 부렸다. 얼굴은 퉁퉁 부어올랐고 손
가락은 굳어 펴지지 않았다. 발이 땅에 붙지 않고 쩍쩍 떨어지는 게 신기
한 노릇이다.
대문이 가문인 세상이라 얼마나 두꺼운 나무로 만들었는지 주먹으로 대
문을 두드려도 소리가 나지 않았다. 제선은 대문 밖에서 있는 힘을 다해
소리를 질렀다. 조금 지나 늙은 머슴이 문을 열어주었다.
제선은 무사히 무명 두 동을 전달했다.
사람 좋게 생긴 늙은 머슴은 따뜻하게 데운 물을 한 잔 주었다. 제선은
대문간에서 서서 그것으로 허기와 한기를 달랬다.

무명 값을 받아 허리춤에 단단히 챙기고 밖으로 나왔다.

갑자기 피로가 가시고 속이 후련해졌다.

'그래, 노동은 이 맛으로 하는 게야.'

스스로 이미 막노동꾼을 자처하는 자신이 조금은 낯설었다.

일을 마쳐 잠시 마음이 풀어졌을까? 언제나 방심은 금물이다.

바람 한 줄기가 얼굴을 후려 패자 제선은 대문 앞에 얼어붙은 살얼음을 밟고 미끄러져 계단 밑으로 굴러 떨어졌다.

왼쪽 발목에서 통증이 일어났다.

두 손이 저절로 발목으로 향했다.

얼어 잘 펴지지도 않는 거칠고 부르튼 손가락 열 개가 문득 눈앞에 나타났다.

땀에 젖은 두루마기 소매에서 비죽 나온 눈에 익은 손가란 열 개가 그를 바라보았다.

손가락 끝에 갈라진 손톱마다 눈을 떴다.

손아! 손아! 내 손아! 그동안 이 못난 나를 위해 얼마나 고생이 많았느냐?

손가락으로 발목을 주무르자 감발이 벗겨지면서 발가락 열 개가 눈앞에 나타났다.

풀어진 짚신 사이로 얼어 푸른 발가락이 그를 바라보았다.

발가락마다 꽈리처럼 부풀어 오른 물집이 눈을 떴다.

발아! 발아! 내 발아! 그동안 이 못난 나를 데리고 다니느라 얼마나 고생이 많았느냐?

제선은 열 손가락으로 열 발가락을 주물렀다.
눈에서 흐른 눈물이 볼에서 얼었다.
그렇구나.
세상천지에 나 홀로 헤매는 줄 알았더니 그래도 나에게는 손가락과 발가락, 너희들이 있었구나. 어찌 너희들뿐이겠는가. 몸이 있었고 마음이 있었고 얼이 있었다. 나아가 부모가 있었고 스승이 있었고 아내가 있었고 이웃이 있었다.
나는 세상과 동떨어진 존재가 아니었다.
나는 결코 외로울 수가 없는 존재였다.
몸과 마음과 얼이 하나였고 나와 세상이 하나였다.
내가 없으면 세상도 없고, 세상이 없으면 나도 없었다.
모두가 하나 속에 있었구나.
모두가 하나이고 하나가 모두였구나.

어둠이 채 가시지 않은 첫새벽, 고래등같은 김 진사 댁 대문 아래 아무도 보아주지 않는 차가운 모퉁이에 주저앉아 제선은 오래 울었다.
들메끈 고쳐 맬 틈도 없이 고단한 물집을 터뜨리며 살았던 지난날을 뜨거운 눈물로 정화했다.
기운을 들여 나아가야 할 길이 저만치에서 가물가물 다가오는 듯했다.

22.

헌종 12년, 병오년, 1846년, 봄.

상업이 움을 텄다.

그동안 조정에서는 장시를 금했다. 장시가 예의지국인 나라의 권위를 떨어뜨린다고 정신 나간 소리나 하면서 농민의 수확에서 세를 받아 운영하던 나라의 재정을 신줏단지처럼 움켜잡고 놓을 줄 몰랐다.

겁이 많은 조정은 가랑니가 더 문다고 장시에 다수의 백성이 모이는 것을 꺼렸다. 장시가 도둑의 소굴이 되고 있다고 가물에 돌을 쳤다.

그러나 아무리 눈먼 두꺼비 노릇을 해도 조정이라고 가을 중 싸대듯 분주한 행상을 억제할 방도는 없었다. 보리죽에 물 탄 것처럼 언제부터인가 구황책의 하나라고 여겨 묵인하기 시작했다.

본래 장시는 초기에는 정기시로 출발해 그 수가 점차 늘어났다.

병오년 당시 전국의 장문이 천육백여 개였고 각 장문은 한 달에 여섯 번 장을 열었다. 삼사십 리 거리를 기준으로 산재해 있어 가난도 비단 가난인 행상이 두루 거치기 좋았다.

농민은 천재를 당하거나 가혹한 민역을 피하려 조정의 정사가 대통 맞은 병아리처럼 해이해지는 시기와 때를 같이해 조심스럽게 장문에 발을 디뎠다.

교통과 행정의 긴목인 큰 읍에는 대규모 향시가 섰다. 향시가 설치자 인접한 조그만 장문 중 힘에 부쳐 스스로 폐장하는 곳이 생겼다. 살아남으려면 대규모 향시가 서는 날을 피해 장을 열어야 했다.

장시는 주인이 지배했다.

주인은 객주나 여각으로 불리는 숙박업과 위탁판매, 거래알선, 금융업을 독점했다.

주인보다 한 끗 아래인 보부상은 세도가와 결탁하거나 군현이나 비변사에서 공인을 받아 포구나 장시 마당을 휘몰아 다녔다.

장시의 가장 바닥에 있었던 대다수 장돌뱅이 행상은 이러한 특권과 무관했다. 행상은 관이나 특권 상인들의 도거리를 피하며 때로는 이에 저항하면서 그들의 틈새를 파고들었다.

행상에도 구분이 있었다.

육로를 이용하면 육상, 수로를 이용하면 선상이라 불렀다. 도깨비 살림을 사는 조정은 선상에 더 많은 세금을 매겼다. 등짐이나 봇짐, 소, 말을 이용하는 육상에 비해 선상은 더 많은 상품을 더 빠르게 운송할 수 있었기 때문이었다.

선상은 활발하게 새 바닷길을 뚫었다. 서해안 험로 태안반도의 안흥량이나 장연의 장산곶을 제집 뜨락 거닐 듯했다.

육상과 선상이 취급하는 물건은 곡물을 비롯해 면포·모시·지물·금속·세공품·피물처럼 값이 나가는 물건에서부터 어물·소금·무쇠·그릇·나무제품·죽 제품같이 값이 헐한 생활필수품까지 다양했다.

대규모 장시는 소규모 장문에서 나오던 이런저런 상품을 흡수해 판을 키웠다.

부여를 비롯한 배후 평야 지역의 곡물을 모으고, 해산물을 공급했던 금강 어귀의 은진 강경포.

어물 목재와 삼남의 곡물이 모이는 동해안의 덕원 원산포.

경기도 광주 사평장과 송파장. 안성 읍내장. 교하 공릉장.

충청도 직산 덕평장. 전라도 전주 읍내장.

평안도 박천 진두장이 대규모 장시였다.

제선은 관에서 발급하는 통행증인 행장을 구했다.

양쪽에 솜을 단 패랭이를 머리에 쓰고 허리끈을 질끈 묶고 손에는 용장을 짚었다. 질빵도 튼튼한 것으로 여러 개 장만했다.

스승이 남겨 준 집을 팔고 여기에 그동안 등짐으로 모은 돈을 보탰다. 그래도 행상에 넉넉한 밑천은 아니었다.

장사는 좋은 물건을 싸게 사들여 비싸게 팔아 이익을 남기는 일이다. 이 먹는 게 장사고 속 먹는 게 만두다. 그래서 행상은 부잣집 외상보다 거지 맞돈이 더 반갑다. 밑천이 짜 자금을 빠르게 회전시키지 않으면 흑자 도산을 각오해야 한다.

제선은 자금과 물량 회전이 수월한 소금에 먼저 손을 대었다. 소금은 곡식과 함께 가장 넓게 유통되는 상품이었다.

남해안과 서해안 바닷가에서 생산된 소금은 선박으로 경강에 집결하고 여기에서 다시 강과 하천 수로나 육로를 거쳐 내륙 깊숙한 곳으로 팔려나갔다. 경강은 다루는 소금의 양이 늘어나면서 소금을 하역하는 노동자가 몰려 생계를 해결했다.

외방 포구도 주변 향시와 연결해 소금을 거래하는 거점으로 발전해 나
갔다.

제선은 향시에 나가지 않고 직접 오지 마을을 방문했다. 장시에 다니기
에는 자본이나 경험이 아직 약소했다.

병오년은 비가 잦아 소금 생산이 줄어 소금값이 조금 올랐다. 적은 양을
사 빨리 회전시키자니 발품이 많이 들었다.

가진 것이 없으면 망건 꼴도 나쁜 세상이다. 장사꾼은 오 리를 보면 십
리를 가야 한다. 제선은 아랫목에서 받은 돈을 윗목에서 세며 뛰어다녔다.

무명 등짐으로 단련된 제선이지만 하루 노동은 버거웠다. 해가 지면 온
몸이 땀으로 범벅이 된 채로 주막 봉놋방에 늘어졌다.

흉년으로 기근이 들면 가난한 농민은 곡물 대신 솔잎과 소나무 껍질을
먹었다.

여기에 소금을 같이 먹어야 부황이 들지 않는다. 소금과 함께 고추를 주
문하는 집도 있었다. 소금을 덜 쓰면서도 오래 저장하려 소금에 고추를 섞
어 두었기 때문이었다.

가난이 죄라 농민들은 대개 이월부터 팔월까지 일곱 달 동안은 하루 세
끼를 먹고, 구월부터 이듬해 정월까지 다섯 달 동안은 하루 두 끼를 먹었
다. 어떤 집은 해가 긴 여름에는 간단한 점심을 포함해 세 끼를 먹고, 해가
짧은 겨울에는 두 끼를 먹었다.

그러나 살림 형편에 따라 보통 하루 두 끼를 먹었고 부유한 사람만 하루
세 끼를 먹었다. 남쪽 지방에서는 보리나 잡곡에 쌀을 조금 섞어 먹었고,

북쪽 지방에서는 대개 조밥을 먹었다.

기근이 들면 솔잎, 소나무 껍질 외에도 느릅나무 껍질, 도토리, 칡뿌리, 쑥을 먹었다. 특히 솔잎은 쪄서 말린 다음 가루로 만들어 콩가루에 섞어 죽을 쑤어 먹었다. 솔잎 가루를 그냥 먹으면 창자에서 변이 굳어 항문에 손가락을 넣어 파내야 했다. 콩가루를 섞으면 변비를 막아주었다.

무엇을 먹든 소금을 같이 먹어야 했다.

소금은 수요가 꾸준해 제선의 주머니에는 조금씩이나마 돈이 모였다.

우기가 들 무렵이면 제선은 남해안이나 서해안의 염전에서 품을 팔며 소금 만드는 과정을 배웠다.

서·남해안은 조수간만의 차이가 크고 간석지가 발달해 동해안보다 염전이 많았다.

제선은 상현과 하현 때 바닷물이 물러간 후 소에 써래를 달아 염전 바닥을 하루에 서너 번씩 갈아엎었다. 여기에 증발이 잘 되도록 점토를 깔고 그 위에 바닷물을 골고루 뿌려 소금기가 농축된 짠 흙을 만들었다. 이 흙을 함토라 한다.

함토에 다시 바닷물을 부어 진한 소금물을 만들고 쇠나 흙으로 만든 솥에 끓이면 소금이 나온다. 이 작업을 한 달에 상-하현 기간인 열이틀 동안에 해내야 했다.

비가 오면 일을 중단했다.

비 오는 날은 봉놋방에서 서책을 읽었다.

이렇게 우기를 넘기면 다시 소금 자루를 지게에 짊어지고 오지를 다녔다.

　동해안은 간석지가 발달할 수 없어 염전을 만들기가 어려웠다. 그래서 바닷물을 직접 끓여 소금을 만들었다. 그러려면 높은 열이 필요한데 흙으로 만든 토분을 쓰면 바닥이 잘 갈라져 철로 만든 쇠분을 썼다.

　서·남해안에서는 한 번 농축한 소금물을 끓이므로 높은 열이 필요하지 않아 토분을 사용했다. 그러다 토분보다 쇠분이 수명이 길어 점차 모두 쇠분을 쓰게 되었다.

　토분에는 열이 약한 나뭇가지나 풀을, 쇠분에는 불길이 센 소나무를 땔감으로 썼다.

　동해안에서 생산하는 소금은 원가가 높아 행상들은 대부분 서·남해안으로 몰렸다. 행상들이 몰리자 포구의 주인들은 소금 유통을 중개하는 수수료로 소금 한 섬에 기존보다 오 푼이나 일 전씩 올려 받았다.

　소금 한 섬 가격은 쌀값의 반 정도인 두 냥이었으나 소금 흉년에는 값이 올라 네다섯 냥이 되기도 했다.

　이런 강남 장사 같은 이문에 눈을 뜬 세도가나 부호들이 대거 소금의 생산과 유통에 뛰어들었다.

　세상에 기름을 훔쳐 먹지 않는 쥐가 있는가? 남양 박씨 집안, 서산 이씨 집안, 암태도의 문씨와 천씨 집안에서 소금 유통으로 부를 축적해 일약 대지주로 성장했다.

　안동 김씨 일족도 질세라 눈이 벌게서 덤벼들었다. 양의 무리 속에 체신머리 없는 호랑이도 뛰어들었다. 제 감기 고뿔도 남에게 안 줄 놈들이었다. 호랑이 대가리에서 이를 잡을 수는 없었다.

　판이 커지고 힘을 가진 자들이 뛰어들면서 제선 같은 떠돌이 행상은 이문을 내기가 전보다 불리해졌다. 제선은 염전을 경영해 보려던 뜻을 거두고 다른 품목에 눈을 돌리기로 했다.

　제선은 이년 반 동안 소금 장사로 제법 돈을 모았다. 입과 주머니를 동여매고 살았지만, 가을 식은 밥이 봄 양식이 되어 주었고 이곳 눈도 제법 트여 이제는 누구 못지않은 행상으로 변해 있었다.

23.

헌종 12년, 병오년, 1846년, 5월 30일.

왕이 대신과 비국 당상을 인견할 때 영의정 권돈인이 말했다.

"죄인 김대건의 일은 참으로 놀랍습니다.

이것은 하나의 변괴로 사술이 아직도 사그라지지 않고 흉악한 무리가 갈수록 늘어나므로 참으로 너무 놀랍고 개탄스럽습니다. 만일 주선하여 이끄는 놈과 주장하여 만나는 부류가 없었다면 어찌 이국 만 리에서 살다가 어려움 없이 국경을 넘어서 여러 해 연곡 아래 숨어 지내며, 여러 도를 두루 다니고 당나라 선박에 편지를 부치기를 이처럼 전혀 거리낌이 없겠습니까?

비록 해사로 보아도 김대건이 완악함을 믿고 방자한 독기를 계속 부리니 매우 사납기 그지없습니다. 그리고 어제 해계에서 찾아 바친 서찰이 모두 양서이니 참으로 무슨 말인지 모르겠습니다.

그렇지만, 처음부터 가속에게 편지를 통하지 않고 모두 도당과 왕복하였고, 게다가 그 배에 든 지도를 언문으로 풀었습니다. 이것은 그들이 우리 풍속에 대해 이미 익숙하고 또한 내통하는 자가 김대건 한 사람만이 아님을 알 수 있습니다.

이를 끝까지 다각으로 조사해서 소굴을 없애지 않으면 또 어떤 김대건이 몰래 어느 곳에 남겨질지, 어떤 모양의 변괴가 이어져 일어날지 모르니 어찌 두렵지 않겠습니까?

포도청에서 합좌하여 과연 단서가 차차로 드러난 바가 있는지 모르겠으나 각별하게 자세히 조사하고 실정을 캐내기를 기약하여 그 연원을 없애게 하여 뿌리가 끊어지도록 해야 합니다.

그리고 개인에게 각각 물어서 기포하는 일은 끝내 지체됨을 면치 못하여 포도청의 일도 매우 개탄할 만하니 아울러 엄히 신칙하게 하는 것이 어떻습니까?"

왕이 말했다.

"연전에 양인의 옥을 끝내 모두 다스리지 못하여 지금 이 일이 있기까지 하니 매우 변괴라고 하겠다. 더구나 당선에 지도를 써 보낸 것은 참으로 헤아리기 어려우니 엄하게 포도청에 신칙하여 각별하게 끝까지 조사하여 뿌리를 뽑아 버리게 하는 것이 좋겠다."

권돈인이 다른 건을 말했다.

"신은 그저께 습의를 보았는데 여사군의 거행이 전혀 말이 되지 않을 정도로 대오가 산란하여 질서가 없었습니다. 길에서 뒤처지고 빠져나와 미리 돌아가니 거의 그 어지러움을 이기지 못하겠습니다.

삼 도 습의가 하나같이 설날 같아야 하나 그 기율 없음이 여기에 이르렀으니 이것으로 거행하면 장차 무엇으로 그 막중한 정일에 걱정이 없다고 보장하겠습니까? 당상과 낭청과 대장 된 자가 별도로 더 단속하여 뜻을 다해서 연습하였다면 어찌 이와 같을 수 있습니까?

엄히 여사청과 경조 오부에 신칙하여 능 아래에서 솔대할 때와 길가에서 배봉할 때에 혹시라도 털끝만큼이라도 가지런하지 않고 대오를 잃고 떨어지는 폐단이 있으면 당해 낭관에게 아울러 벌전을 시행하고 배왕대장과 경조당상도 중감을 면하기 어려우니 이것으로 신칙하는 것이 어떻겠습니까?"

왕이 말했다.

"여사군이 산란하고 질서가 없는 것은 크게 기율에 관계되니 신칙하지 못한 배왕대장과 경조당상은 우선 종중추고하라. 정일에 만일 가지런하지 못하여 또 이러한 폐단이 있다면 별반으로 엄처하겠으니 이 뜻을 여사청과 경조 오부에 신칙하는 것이 좋겠다."

권돈인이 또 다른 건을 말했다.

"구릉에서 역사를 시작하는 날에 능 위의 마사는 계축년부터 반달 모양으로 거두었습니다. 만약 퇴광을 열고 재궁을 모셔낼 때 혹시라도 어쩔 수 없어서 사면의 흙이 모두 훼손될 우려가 있다면 반달 모양을 추후하여 거두어 내림은 일이 매우 불편합니다.

이 때문에 신해년과 신사년은 능 위에 사면에 흙을 쌓아서 한꺼번에 받아 내어 광중에 관을 내려놓고 방회로 관의 가를 메운 뒤 관 위에 다지는 석회에 한하여 그치고서 비로소 퇴광을 열었습니다. 이번에도 신해년과 신사년의 예대로 거행하는 것이 어떻겠습니까?"

왕이 말했다.

"그리하라."

24.

헌종 12년, 병오년, 1846년, 7월 15일.

왕이 개잠을 마치고 중희당에 나가 약원의 입진을 행했다. 입진이 끝나
자 말했다.

"불량국의 글을 보았는가?"

영의정 권돈인이 대답했다.

"과연 보았는데 그 서사에는 자못 공동하는 뜻이 있었습니다. 또한 외양
에 출몰하며 그 사술을 빌려 인심을 선동하며 어지럽히는데 이것은 이른
바 영길리와 함께 모두 서양의 무리입니다."

"지난번에 말했던 김대건의 일은 어떻게 처치할 것인가?"

"김대건의 일은 한 시각이라도 지체할 수 없습니다. 스스로 사교에 의탁
하여 인심을 속여 현혹하였으니 그 한 짓을 밝혀 보면 오로지 의혹하여 현
혹시키고 선동하여 어지럽히려는 계책에서 나왔습니다.

그리고 사술뿐만 아니라 그는 본래 조선인으로서 본국을 배반하여 다른
나라 지경을 범하였고 스스로 사학을 창하였으며 그가 말한 것은 마치 공
동하는 것이 있는 듯하나 생각하면 모르는 사이에 뼈가 오싹하고 쓸개가
흔들립니다. 이를 안법하여 주벌하지 않으면 구실을 찾는 단서가 되기에
알맞고 또 약함을 보이는 것을 면하지 못할 것입니다."

"처분해야 마땅하다. 이재용의 말만 하더라도 추후에 들으니 이재용은

실제로 그런 사람이 없고 바로 현석문이 이름을 바꾼 것이라 하는데 이제 현석문이 이미 잡혔으니 이른바 이재용을 어느 곳에서 다시 잡겠는가?"

"이른바 이재용이 성명을 바꾸고 성안에 출몰한다고 하는데 추포하는 일은 진위가 가려지지 않았으니 포청의 일이 또한 말이 되지 않습니다."

"처분이 있어야 마땅하다. 내년 봄에 반드시 소요가 있을 것이다."

"내년 봄을 기다리지 않더라도 지금도 소요가 있습니다. 항간에 사설이 자못 많은데 이것은 오로지 그 글을 보지 못하였기 때문에 의혹해 현혹된 것입니다.

바라건대 빨리 그 글을 내려서 사람마다 보게 하소서. 그런 뒤에야 절로 의혹을 풀 수 있을 것입니다."

"내 생각으로는 글을 보내는 것이 좋을 듯하다. 임진년에 영길리의 일 때문에 주문한 일이 있는데 이것과 다를 것이 없을 듯하다."

"이것은 임진년과 차이가 있습니다.

영길리의 배가 홍주에 와 정박해 십여 일이나 머물렀고 그들이 교역 따위의 말을 하였으나 사리에 의거하여 물리쳤으며 또 정상을 묻고 동정을 상세히 탐지하였으므로 청국 황제에게 주문하는 일까지 있었습니다.

이번에 불량선이 외양에 출몰해 섬 백성을 위협하여 사사롭게 문답하고 그 궤서를 반드시 바치게 하려고 말끝마다 황제를 칭탁한 것은 이를 빙자하여 공갈할 계책을 삼은 데 지나지 않을 따름인데 어찌 이처럼 허황된 말을 문득 주문할 수 있겠습니까? 연전에 양인을 죽였을 때 이미 주문하지 않았는데 이제 갑자기 이 일을 주문하면 도리어 의심받을 염려가 있습니다.

바깥에서는 혹 이런 의논이 있으나 신의 생각에 주문하는 일은 실로 온당하지 못할 것으로 여깁니다. 다만 의논들이 어떠한지 모르겠습니다."

"과연 의심받을 염려가 없지 않다. 이는 반드시 조선 사람으로서 맥락이 서로 통하는 자가 있을 것이다. 그렇지 않으면 저들이 어떻게 살해된 연유를 알겠으며 또 어떻게 그 연조를 알겠는가?"

"한 번 사술이 유행하고부터 점점 물들어가는 사람이 많고 이번에 불량선이 온 것도 반드시 부추기고 유인하였기 때문이 아니라 할 수 없으니 모두 내부의 변입니다."

25.

헌종 13년, 정미년, 1847년, 봄.

먼 거리를 돌아다니면서 지역 특산물을 팔 경우, 회전이 늦으면 본전까지 잃게 된다. 대신 제때 팔면 배나 이문이 컸다.

제선은 생선 장사를 시작했다.

이번에는 외진 마을을 직접 방문하지 않고 장터를 돌았다.

여러 장터를 날짜를 맞추어 돌려니 발품이 더 바빠졌다. 땀에 비린내가 섞였다.

오 일마다 열리는 시골 향시는 물건과 놀이를 파는 장돌뱅이들의 생활 터전이자 이들의 애환이 녹는 마당이다. 제선은 하루 왕복 거리를 두고 날짜를 달리하여 열리는 장시들을 차례로 돌아다녔다. 향시는 정기적으로 일정한 장소에서 열려 구매자들을 한꺼번에 만날 수 있는 곳이다.

농민들은 바쁜 농사철에도 주변 장터에 나가면 쉽게 필요한 물건을 살 수 있었다.

제선은 난장을 트러 다니는 장사치나 개가 벼룩 씹듯 말이 많은 쇠전꾼, 이들을 따라다니는 광대패 사당패, 이들에게 텃세를 부리는 이심스런 무뢰배들과 어울려 면을 트고 회영수하며 막걸리를 마셨다.

술이 거나해지면 같이 어깨를 맞대고 노래를 불렀다.

짚신에 감발 치고 패랭이 쓰고
꽁무니에 짚신 차고 이고 지고
이 장 저 장 뛰어가서
장돌뱅이 동무들 만나 반기며
이 소식 저 소식 묻고 듣고
목소리 높이 고래고래 지르며
비가 오나 눈이 오나 외쳐 가며
실컷 물건 팔고 해질 무렵
손잡고 인사하고 돌아서네.
갑술병자 흉년이 와도
다음날 저 장에서 다시 보세.

행상은 새로운 길을 냈다.

영남은 조령 죽령을 통하는 큰길 외에 청주와 상주를 연결하는 고갯길과 괴산과 문경 사이의 이화령길이 생겼다.

함경도는 서울로 이어지는 철령을 넘어가는 대로 외에 새로 평강을 통하는 삼방길과 설운령길이라는 지름길이 트여 여기와 연결된 지선을 통해 함경도에서 잡은 명태를 황해도 평안도 강원도에 팔 수 있었다.

도로변에 주막이 들어서 주막촌이 생겨 행상들은 여기서 허기를 채우고 해진 짚신을 갈아 신으며 다음 장을 준비했다. 그들 중에는 부근의 촌락을 돌며 오 일마다 집에 돌아오는 자들도 있지만, 정월에 집을 떠나면 아예 세

밑에야 돌아오는 자들도 많아 그들이 모여 사는 동네에 같은 달에 태어난 아기들이 많았다.

등짐을 메고 사방을 떠돌다 보면 병이 나도 보살펴줄 사람이 없었다. 마침내 죽으면 땅에 편안히 묻히는 것조차 장담할 수 없었다.

장돌뱅이 가운데는 일정한 집이 없어 처자를 데리고 장삿길에 오르는 사람도 있었다. 남녀가 같은 방에 묵게 되면 중간에 발을 내리고 잤다.

보부상도 활발하게 움직였다. 보상과 부상을 합쳐 보부상이라 불렀다.

그들도 행상처럼 등에는 등짐을 짊어지고 머리에는 솜뭉치를 단 패랭이를 썼고 손에는 용을 새긴 물미장을 짚었다.

보부상끼리 오가다 만나면 먼저 절을 한 번 한다.

"보아하니 동무신 듯합니다."

저쪽에서도 절을 한 번 한다.

"허참, 같은 동무이십니다. 그려."

그러면 다시 절을 하고 서로 말한다.

"사촌의 도리에도 그렇지 못할 터인데 금일에야 노상에서 상봉하니 정의가 불밀하옵니다."

이렇게 절을 번갈아 하며 그들 보부상 조직의 윗사람인 임방동무, 집사동무, 공원동무의 안부를 물어 나가다 보면 절을 한 서른 번쯤 나누게 된다.

이 보부상 동무 간의 의리나 정리도 대단하다. 오가다 만나면 입었던 옷을 서로 바꾸어 입고 오가다 같은 주막에 머무르면 거섭안주에 한솥밥을 더불어 먹으며 동표 동상의 정리를 다진다.

연상 동무의 부인은 형수요, 연하 동무의 부인은 계수이며, 아낙들을 존중해 동무 부인의 신발도 넘어가지 않았다.

조정은 보부상을 이용하고자 전국을 망라하는 조직을 만들도록 지원했고 신분도 어느 정도 보장해 주었다. 보부상 조직은 지역 단위로 접장을 두고 상부상조하는 공제 제도를 마련해 결속을 다졌다.

접장은 투표로 선출하며 정기총회를 열어 의견을 수렴했다. 이것이 전국으로 확대 통합되면서 당시 팔도에 도접장제가 생기고 있었다.

26.

헌종 14년, 무신년, 1848년, 1월 2일.

비변사에서 전라우도 암행어사 유치숭의 별단을 보고 왕에게 보고했다.

'하나는 군·전·환 삼정을 바로 잡는 방도를 도신이 특별히 열읍 수령에게 신칙하여 성의를 다하여 수행하게 하는 일입니다.

이것은 삼정의 폐단을 통합하여 논한 것입니다. 폐단을 실로 그러하지만 바로잡는 방도는 단적으로 말한 것이 없으므로 또한 하나로 지적하여 재처할 수 없습니다.

하여간 도신에게 관문으로 신칙하여 좋은 방도로 조처하게 해야 하겠습니다.

하나는 영광의 세곡을 법성포로 이속한 후에 간사한 폐단이 거듭 생겨나고 낭비는 몇 배가 되었습니다. 이전대로 직접 납부하게 하는 것이 좋겠습니다.

금구와 태인에서 군산창과의 거리는 다른 경계를 겹겹으로 거쳐 이아치고 각종 비용도 매우 많이 듭니다. 이에 비해 금구에서 김제의 해창과 태인에서 부안의 줄포창과는 매우 가깝고 모두 세창이므로 두 곳 다 우항의 두 창으로 이봉하게 하는 일입니다.

세 군데 조창에 애초에 나누어 속하게 한 것은 법의가 있는 바이므로 갑작스럽게 의론하여 변통하기 어렵습니다. 두곡으로 농간하여 속이고 정비가 번잡한 것은 오직 어떻게 단속하고 신칙하였는가에 달려 있지 이속과 직납에 달려 있지는 않습니다.

도신더러 해읍 해진에 엄한 관문을 보내어 각별히 단속하고 인권하게 해야 하겠습니다.

하나는 열읍진의 군기를 도신과 수신에게 관문으로 신칙하여 조사하고 수리 보수하게 하는 일입니다.

이것은 불의의 사태에 대비하는 것으로 설치한 법의가 대단히 엄중한 것이었는데도 불구하고 노후되고 부서지게 방치한 것은 극히 허술한 일입니다.

다만 약간의 수리와 보수로 도리어 번거롭게 상을 청하는 것은 사체에 도리어 외람되고 융정에는 결국 실효가 없으니 도신더러 각 읍진에 각별히 신칙하여 조사하고 수리하여 유명무실한 폐단이 없게 해야 하겠습니다.

하나는 고군산 진에 옛날에는 수군 영장을 두었는데 경술년에 혁파하고 이력과를 두었다가 정묘년에 강등하여 구근과로 만들었습니다.

이에 인근 속진이 소홀히 여겨 백성이 점차로 흩어지고 배도 없는 묵어 버린 어기 터가 되고 말았습니다. 이곳에 겨우 모여 사는 피폐한 백성에게 어세 전 삼백삼십 냥을 해마다 분배하여 징수하므로 진의 모양을 이루지 못하니 특별히 그 직명을 복구시키고 억울한 징수를 견감하는 일입니다.

일이 관제의 변통에 속하니 졸연히 의론하기 어렵고 묵어 버린 어기에서 억울하게 거두는 것은 그 폐단이 없을 수 없습니다.

필시 새롭게 신설한 것을 숨기고 누락시킨 것이 없지 않을 터이니 따로 조사하여 바로잡아 함부로 징수하는 폐단을 없게 하되 어세 전을 견감해

주는 일은 경비와 관련된 일이라서 시행할 수가 없습니다.

하나는 전주 읍의 구재 천오백팔십사 결을 금재라고 보고하고 마감한 것은 백지에 억울한 징수가 될 뿐인데 신축년에 조사하여 탈면을 받은 구제 가운데 이백사십 결은 아직 귀속한 데가 없으니 이것을 실결로 올려 대신시키고 그 나머지 천삼백사십사 결은 특별히 바로잡아 신구가 서로 섞이는 폐단이 없게 하는 일입니다.

신구의 재결이 서로 섞이는 것은 유독 이 고을만 그러한 것이 아닙니다. 그렇지 않은 고을이 없다고 할 수 있습니다.

그래서 백성이 혜택을 받지 못하고 관리들이 이것으로 농간을 부려 국가의 전결은 이로 인해 날로 감소되고 백성들의 원망은 이로 인해 점점 증대합니다. 국법이 여기에까지 이르렀으니 실로 한심합니다.

다시 개간하여 경작하는 것의 누락을 조사하여 바로잡는다면 억울하게 징수하는 폐단은 저절로 없어질 것입니다.

도신에게 관문으로 신칙하여 조사 척결하여 실결로 돌리게 하고 구재 가운데 이백사십 결은 기왕 신축년에 조사했다고 하였으나 아직 귀속이 없습니다. 이것이 무슨 연유인지는 아직 알지 못합니다. 하지만 일체를 관문으로 물어 연유를 갖추어 보고하게 해서 다시 품처하게 해야 하겠습니다.

하나는 우수영의 휴번 군포 중 여조를 매 필에 한 냥 이 전씩 나누어 주었습니다. 이속에게 팔 전은 그저 먹게 하여 창고의 저축이 텅 비고 말았습니다.

이러한 일이 만연해 포흠을 추쇄하고 맡아 지키는 방도를 절로 만들어 본영과 영에 나누어 비치하였으나 도신과 수신에게 별달리 신칙하여 영원히 새 정식에 따르게 하는 일입니다.

휴번고는 군수인데 마치 사물처럼 보고 어려움 없이 잉여를 취하다가 말류의 폐해로 영속에게 포흠이 돌아갔으니 오직 놀라울 뿐입니다. 법으로 응당 감해야 하나 포흠을 추쇄하는 방도와 맡아 지키는 절차에 기왕 암행어사의 절목이 있으니 청한 바대로 도신과 수신에게 신칙하여 옛 절목을 통절하게 개혁하여 새로운 효과가 있도록 해야 하겠습니다.

하나는 법성 진의 오래된 미증곡을 십 분기에 한정하여 배납하기로 하였으나 지적하여 징수할 곳이 없어 수군의 양전 팔백열 냥을 덜어내어 받았으되 이것은 진졸의 급대여서 전량을 모두 빼앗는 것은 역시 차마 못할 일입니다.

매 등에 절반씩 차차 기한을 물리고 수를 나누어 덜어내어 거두게 하는 일입니다.

연전에 도신이 이 일로 폐단을 아뢰었으나 기한을 물리는 것이 법의 기강과 관련되어서 복계하고 불허하였는데 지금 또 번거롭게 청한 것은 외람되다 하겠으니 그대로 두어야 하겠습니다.

하나는 본도 재운의 전세와 대동미를 조창에 돌아와 정박한 배로 나누어 실어서 거행하게 하는 일입니다.

삼남의 세곡을 실어 나르기 위하여 차출한 배인 집주선과 조선은 각각 설치한 법의가 있습니다. 연전에 조선을 차용한 전례가 없지 않았지만, 그해에 임시로 시행한 것에 불과하니 항규로 영원히 만드는 것은 성급하게 의론하기 어렵습니다.

하나는 이미 기록하여 아뢴 죄인과 아직 기록하여 아뢰지 않은 죄인을 형조와 각도 도신에게 신칙하여 따로 심리하게 하는 일입니다.

서울과 외방의 심리는 응당 행해야 할 법례가 있으니 각도 도신과 형조에 신칙하여 흠휼의 정사에 힘써서 억울한 탄식이 없게 해야 하겠습니다.

하나는 각처의 목장은 영읍의 구관이 없어 세를 거두는 일에 대한 절목을 만들어 두었으니 지금부터는 목관의 전최를 도신에게 속하게 하고 토세는 지방 관아에서 세액을 책정하여 주는 일입니다.

목장은 본래 사복시의 분사로서 출척과 조종은 모두 본시에 있고 애초부터 영읍에서 구관할 수 있는 바가 아닙니다. 토세에 더 거두어들이는 폐단이 있다면 목민에게 해를 끼치는 것도 걱정할 일에 속하므로 본시에서 신칙하게 해야 하겠습니다.

하나는 열읍에서 남용하고 지출을 과다하게 하는 수령은 도신에게 신칙하여 적발해서 초계하고 장률로 시행하게 하는 일입니다.

또한 아전의 직임을 부정하게 맡기는 도촉을 하는 폐단을 일체로 엄하게 예방하는 일입니다.

이미 좌도 암행어사 별단에서 복계한 것이 있으니 이 역시 일체로 신칙해야 하겠습니다.

이렇게 하는 것이 어떻겠습니까?'

오랜만에 보고다운 보고가 올라갔다.

왕은 술과 여색에 탐닉하다 옥경이 곪더니 점차 아래로 번져 하체 일부분이 썩고 있었다. 왕은 남의 일처럼 말했다.

"그리하라."

27.

헌종 14년, 무신년, 1848년, 봄.

어물이 삭는 고린내가 구수한 창고에 제선은 탁자를 사이에 놓고 바우와 마주앉았다. 초도 물량을 잡는 자리였다.

제선은 그동안 어물 장사로 돈을 더 모았다. 두 달 간격이지만 아내에게 생활비를 보낼 수 있었다.

자금에 여유가 생기자 구매하는 어물 대금을 어음 반 현금 반으로 결재했다. 그러자 이따금 후리는 물건이 나오면 주인들은 그에게 먼저 사람을 보냈다.

제선은 부패하기 쉬운 생선보다 상대적으로 안전한 건어물로 품목을 바꾸기로 했다. 첫 거래처로 잡은 곳이 이곳 명주 사천이었다.

바우는 사천 건어물상 주인이었다. 그는 두꺼비처럼 눈을 껌벅이며 제선을 쳐다보았다. 속내를 보이지 않는 눈동자가 허공처럼 깊고 어두웠다.

제선도 바우를 마주 쳐다보았다. 노반 앞에서는 큰 도끼를 휘둘러야 한다. 범처럼 번쩍이는 눈동자에서 섬광이 이글거렸다. 바우는 계속 마주보기 부담스러워 잠시 고개를 돌렸다.

처음 거래하는 사이라 주인과 행상은 서로 간을 쳐서 상대의 인끔과 배포를 가늠해야 한다. 시시한 소리를 하면 서로 내쳐 버리면 깔끔하게 마무리된다.

팔도에 주인과 행상은 넘치도록 많다. 그러나 물건이 될 사람을 놓치면 서로가 손해를 본다. 각자 다른 자와 거래하면 그만큼 경쟁에 신경을 써야 하기 때문이다.

대개 조그만 행상들은 중간 도매를 떼어 푼돈을 벌지만, 원산지 주인을 찾아올 정도라면 이미 제법 장사 물을 먹어 경험도 있고 자본도 어느 정도 축적이 된 사람이기 쉽다.

두 사람은 마주앉아 우물고누 치수를 세듯 상대를 가늠했다.

"동해에서 나오는 물건이 여럿인데 어떤 놈을 얼마나 사렵니까?"

바우가 먼저 입을 열었다.

"처음부터 규모를 크게 잡기는 어렵습니다."

제선은 솔직하게 말했다.

"나와 거래하는 행상이 수십 명이 됩니다. 그들과 판매 지역이 겹치면 안 됩니다."

바우는 조건을 까다롭게 걸었다.

"그분들은 주로 어느 장터를 다니는지요?"

"한양을 제외하고 나라 안 장터라면 어디라도 쓸고 다닙니다."

빈틈이 있었다.

"한양은 왜 비었습니까?"

"시전상인들이 금난전권을 행사하던 곳이라 아직도 그들의 횡포가 일부 남아 있습니다."

"이미 정조대왕 말에 신해통공으로 육주비전의 금난전권은 해지되었습니다. 그들의 횡포는 맞받아 싸우면 됩니다. 그렇다면 저는 한양을 중심으로 터를 잡아 보겠습니다."

"시전상인을 맞받아 싸우겠다니, 누가 뒷배를 보아주는 사람이라도 있습니까?"

"없습니다. 그러나 장사는 뛰어다니다 보면 줄을 만들 수 있는 방도도 생기는 법입니다. 주인어른과 거래하는 행상과 부딪치지만 않으면 되지 않겠습니까?"

"예, 우리는 일단 한양을 다니는 거래처는 아직 없습니다. 그러나 함경도나 경상도 주인들과 거래하는 행상들이 한양에 적지 않을 것입니다. 시전상인들과 싸우면서 동시에 그들과도 경쟁해야 합니다."

"처음부터 배가 부르지는 않겠지요. 나는 일단 한양과 그 주변부터 치고 들어가겠습니다."

바우는 잠시 주저하는 듯 뜸을 들였다.

'이 사람은 악어 염통을 먹었는가? 표범 간을 먹었는가? 사자 다리를 먹었는가? 인물은 두목지같이 수려한 젊은이가 배포는 여불위가 형님으로 모실 정도다.

젊기에 무모한 것일까? 그러나 무모를 실천할 패기와 지혜를 속에 갖추고 있다면 문제는 달라진다. 다른 것도 그렇겠지만 장사도 사람이 우선이니까. 저 개호주처럼 이글거리는 눈동자를 한 번 믿어볼까?'

바우가 양 볼을 비틀어 두껍게 웃었다.

"좋습니다. 거래합시다. 초도 물량은 원하는 대로 드리겠습니다. 물건값은 먼저 반만 받겠습니다. 나머지는 다음 주문 때 주시면 됩니다. 내가 해 드릴 수 있는 것은 이게 다입니다."

제선은 바우의 시원한 성격과 배포가 마음에 들었다.

"좋습니다. 그럼 필요한 물품 목록은 지금 드리겠습니다. 저는 바로 한양으로 올라가 잠시 분위기를 살핀 후에 다시 내려오겠습니다. 물건은 그때 인수하지요."

바우가 쪽지를 받아보니 의외로 수량이 적지 않았다. 그는 웃으며 제선을 쳐다보았다.

"그나저나 최 형은 올해 몇이시오?"

"예 스물 하고도 넷입니다."

"음 내가 최 형보다 여섯 살이 많소. 어쨌든 잘 다녀오시오."

바우는 동생이 하나 있었다. 이름이 돌이었다.

부모가 돌림병으로 일찍 세상을 뜨자 바우는 동생을 데리고 어릴 적부터 사람이 겪을 수 있는 고생이란 고생은 모두 맛보며 자랐다. 이곳저곳 떠돌다 마지막으로 정착한 곳이 명주 사천 바닷가였다. 어렵사리 작은 고깃배를 장만했다.

바우가 아침 일찍 바다로 나가 닥치는 대로 고기를 잡아 저녁에 돌아오면, 돌이는 기다렸다가 한밤중까지 길가에서 잡아 온 고기를 팔았다. 성성한 물건을 싸게 팔자 당연하게 단골이 늘기 시작했다.

두 칸짜리 초가집을 마련하고 바우는 신부를 맞았다.

사천 어판장에서 어물전을 하는 박대팔의 장녀를 데려왔다. 그녀는 용모가 평범하고 한쪽 다리를 가볍게 절었지만 성실하고 건강했다. 바우를 보면 꽃잎처럼 웃었다.

바우가 장가들고 나서 돌이는 길가에서 고기를 파는 일을 그만두고 형과 같이 바다로 나가게 되었다. 장인 박대팔이 바우가 잡아 온 어물을 모두 자신의 어물전에서 팔아주었다. 장인은 판매한 대금을 한 푼도 떼지 않고 바우에게 보냈다. 자신의 여식을 바우가 매우 아껴주었기 때문이었다.

바우 아내의 이름은 정녀였다. 정녀는 살림을 구렁이 아래턱처럼 빈틈없이 야무지게 꾸리며 바우를 하늘처럼 받들었다.

바우는 어느덧 고깃배 여러 척을 거느리는 선주가 되었다.

아내는 아들을 낳아 주었다.

장인은 어물전 외에 건어물에 손을 대더니 곧 전국으로 판매망을 만들기 시작했다. 판이 커지자 장인은 바우를 불렀다.

바우는 고깃배를 모두 돌이에게 맡기고 장인 일을 도왔다. 바우가 의외로 장사 수완을 발휘하자 장인은 건어물 쪽을 아예 바우에게 맡기고 자신은 다시 어물전으로 돌아갔다. 그리고 사천 언덕배기에 나무를 박아 넓게 덕장을 만들었다.

해변을 바라보고 길게 늘어선 덕장에 여름에는 오징어가, 가을부터 봄까지는 명태와 대구가 하얗게 널렸다.

바닷바람에 흔들리며 태양에 구워진 어물들은 바우의 창고로 들어가 행상을 통해 전국으로 유통되었다.

제선은 한양에 올라가 장터를 돌았다.

장통방과 연화동 안국방을 돌아보았다. 종가와 이현을 거쳐 칠패에 도착했다.

상민 아낙들이 뺌 저고리를 입고 저자를 누비고 다녔다. 일반 저고리보다 한 뼘 남짓 짧아 뺌 저고리라 했는데 허리가 나오고 가슴이 거의 드러났다. 장옷으로 얼굴을 감추고 다니는 양반집 여인에 비하면 대단히 대담한 복장이었다.

양반집 여인은 저고리가 느슨 헐렁하고 저고리 끝이 둥글고 머리는 족을 내렸다. 그러나 상인의 아낙은 몸의 선이 드러나 보이게 바짝 붙은 저고리에 끝이 모났고 머리 족은 바짝 추켜 졌다.

상민 아낙들의 옷차림에서 장시의 활기가 그대로 드러났다.

제선은 도로변 주막에 들러 국밥과 막걸리를 주문했다.

인물이 좋은 제선을 보자 주모는 눈을 명주실처럼 가늘게 만들고 입맛을 쪽쪽 다셨다. 주모는 가는 허리를 돋보이려 치맛자락을 일부러 옆구리에 착 붙였다.

젊은 아낙이 허리가 가늘면 개미허리라 하여 시집을 가지 못하던 때였다. 아기가 들어앉을 자리가 없다고 무자 상으로 찍혔기 때문이다.

그러나 사내들의 시선을 끌어 먹고 사는 주모에게는 다른 세상 이야기였다.

제선이 막걸리를 갱지미에 가득 부어 죽 들이켜는데 사람들이 한 곳으로 우우 몰려갔다.

그것을 본 주모가 혀를 찼다.

"저놈들이 또 붙었네, 또 붙었어."

제선은 궁금해 물었다.

"무슨 일이 있습니까?"

주모는 아까 만든 실눈을 펴지 않고 말했다.

"상쾌 패와 물도가 패가 자릿세를 놓고 붙었소."

종가 육의전에서 제물전을 하는 상쾌의 하수인들이 일찍부터 장터 자릿세를 거두고 있었다.

상쾌는 행수원부유수 김좌근의 자금을 관리했다. 그래서 그가 장터에서 힘없는 행상들을 상대로 횡포를 부려도 좌우 포도청은 묵인했다.

여기에 왕의 묵인을 받은 물도가 패가 끼어들었다.

그러니 시도 때도 없이 두 패가 맞붙었다.

상쾌는 이전에 교사동 안동 김씨 문중 김좌근의 집 사동이었다.

김좌근의 안사람이 시장에 과일을 사러 보내면 언제나 다른 사동을 시켰을 때보다 크고 좋은 놈을 싸게 사 왔다. 사실은 상쾌가 제 돈을 보태 더 좋은 과일을 사 갔던 것이다.

이 수단으로 그는 김좌근의 신임을 얻어 집안의 재산을 총 관리하는 청지기가 되었다.

청지기가 되자 그는 본색을 드러냈다. 김좌근의 돈을 몰래 빼돌려 종가 육의전에 가장 큰 제물전을 차렸다.

상쾌는 장사 수법이 고약했다. 곶감 고지인 상주와 고산, 대추 고지인 보은과 청산에 사람을 보내 입도선매한 후 도거리해 값이 오르면 오른 값보다 조금 싸게 팔았다.

나중에는 김좌근도 여기에 출자했다. 김흥근도 끼어들었다.

상쾌는 여기서 더 나가 영세한 행상들의 자릿세까지 거듬거듬 뜯어 먹느라 이에서 신물이 배어날 지경이었다.

여기에 배가 아파 끼어든 무리가 한양의 식수와 용수를 책임진 물도가 패였다.

이들은 한양에 지역을 정해 다섯 군데 도가를 두고, 각 도가에서 물장수를 고용하여 물을 대었다. 물장수는 청계천 상류나 한강에 나가 물통에 물을 담아 날랐다.

그들 사이에는 규율이 엄격했다. 남의 지역에서 장사하다 적발되면 사사로이 벌을 받았다.

불에 단 쇠로 등을 지지는 단근질, 손의 힘줄을 끊는 단근형이 있었다. 그러나 말이 그렇다는 것이지 서로 물 터지듯 의리가 두터워 호형호제하며 잘 지냈다.

동료가 상을 당하면 장안 물장수들이 상여 뒤를 따라갔는데 정승 판서가 죽었을 때보다 행렬이 길었다.

다섯 도가 중 북청 도가가 가장 세력이 커 함경도 북청 사람이 상경하면 우선 채용해 숙식을 대주었고 장학 기금을 만들어 자식들 공부까지 시켜주었다.

명절이 되면 동소문 밖 삼선 평에서 각 도가 대항 화류회를 열었다. 무거운 물통을 메고 달리는 시합에는 할 일이 없던 왕도 참관했다.

이것이 물도가 패의 뒷배가 되었다.

관가나 세도가에서 동료를 때리거나 괄시하면 보복으로 그 지역 일대에 내림통을 했다. 물통을 내려놓고 급수를 하지 않았다.

그러면 인근 주민들의 원성이 그 관가나 세도가로 몰렸다. 궁지에 몰린 당사자가 물 도가 행수를 찾아가 큰절을 하고 빌어야 내림통을 풀었다.

정동의 물장수 하나가 서양 개에게 물렸을 때도 내림통 소동이 있었다. 서양 개가 큰절을 할 수 없어 개 주인이 직접 행수를 찾아가 절을 하고 겨우 물을 받았다.

이 북청 도가 행수 김정태가 왕의 묵인 하에 자릿세 이권에 끼어들었다.

패싸움이 커졌다.

주변에 흩어져 있던 패거리들이 우르르 제 편으로 몰려갔다. 물도가 패 머릿수가 상쾌 패를 압도했다.

기세에 밀린 상쾌 패는 품에서 단도를 빼 들었다. 물도가 패는 옆구리에 찼던 몽둥이를 꺼내 들었다. 싸우는 자보다 구경꾼이 더 마음을 조여 어떤 이는 끙끙 앓는 소리를 냈다.

이때 상쾌 패를 지휘하던 자가 앞으로 나왔다. 몸은 호리호리했으나 눈매가 뱀처럼 날카로운 사내였다.

"나는 메기라 한다. 너희 중에 가장 센 놈이 나와 한판 붙어 보자. 자신 있는 놈은 앞으로 나와 보아라."

그러자 물도가 패에서 덩치가 고래 같은 사내가 나서더니 몽둥이에 침을 발랐다. 뱃살이 겹쳐 물결처럼 출렁거렸다.

"내가 상대해 주겠다."

메기는 상대를 이미 알고 있었다.

"하마야 너는 내 상대가 안 된다. 다른 놈을 내보내라."

하마라 불린 덩치가 인상을 썼다.

"메기야 너는 그냥 골짜기 냇물로 돌아가는 것이 어떠냐?"

"하마야 너야말로 구정물이 고인 물구덩이로 돌아가는 것이 좋겠다."

말로 하는 기 싸움에 구경꾼들이 재미있어 웃었다.

메기가 웅이를 쳤다.

"지는 편이 순순히 물러가기다."

하마가 능글맞게 응수했다.

"철들자 망령부리냐? 쪽 수도 달리는 놈들이 사정을 봐줬더니 뒈져도 염도 못할 줄 알아라."

사람들이 우수수 뒤로 물러 싸울 자리를 마련해 주었다.

주막 좌판에 앉아 있던 제선도 호기심이 일어 국밥 그릇을 한쪽으로 밀어놓고 싸움판 쪽으로 다가갔다.

두 사내가 엉기는 순간 메기가 몸을 틀더니 하마 등 뒤를 돌아 하마의 오른쪽 허벅지에 칼을 쑤셔 박았다. 번갯불로 콩 구워 먹는 솜씨였다.

그러나 개구리 낯짝에 물 붓기였다.

하마는 넘어지며 몽둥이로 메기 머리통을 힘껏 갈겼다. 메기가 이겼다고 방심한 틈을 쓰러지는 와중에도 놓치지 않고 잡았다.

메기는 물개똥을 싸며 댓진 먹은 뱀처럼 정신을 놓아 버렸다. 하마가 도구대 같은 몸을 추어 기어가 몽둥이를 들어 메기의 숨통을 끊으려 했다.

구경하던 제선이 재빨리 나섰다.

"장사는 잠시만 참아 주시오."

하마가 고개를 돌려 웬 놈인가 쳐다보았다.

"내가 보기에 장사의 다리 상처가 예사롭지 않습니다. 먼저 치료부터 합시다."

하마가 허벅지를 보니 피가 분수처럼 솟고 있었다. 하마는 잠시 눈을 껌벅이더니 몽둥이를 내리고 고개를 끄덕였다.

제선은 하마를 길가에 눕히고 바랑에서 기구를 꺼내 하마의 상처를 치료했다. 찢어진 곳을 거멀못 박듯이 감싸고 약초를 발라 천으로 묶었다. 곧 피가 멈추었다.

그사이 상쾌 패는 메기를 업고 어디론가 사라져 버렸다.

치료를 마치자 제선이 하마에게 말했다.

"칼이 조금만 옆을 찔렀으면 힘줄을 잘라 평생 다리를 절 뻔했소. 그나마 다행이오."

하마가 씩 웃었다.

"까짓것 절면 저는 거지 뭐. 그러나저러나 형씨, 갑자기 어디서 나타난 거요? 다 이긴 싸움을 말렸으니 당신은 내게 빚을 졌소. 그러니 어디 가서 막걸리나 한 잔 사시오."

제선은 만류했다.

"상처에 술은 좋지 않소."

하마는 가마솥 같은 손으로 제선의 어깨를 툭 쳤다.

"사내가 좀스럽기는…. 그럼 내가 한잔 살 테니 여러 말 말고 따라오기나 하시오."

하마는 손짓으로 일행을 물리치더니 절룩거리며 앞장섰다. 두 사람은 아까 제선이 국밥을 먹던 주막으로 들어갔다.

주모가 반색을 했다. 하마는 큰 소리로 술을 시키고 자리에 털썩 앉았다.

"우리 인사나 합시다. 나는 지동철이라 하오. 사람들은 나를 하마라 부르지. 북청 물도가 김정태 행수 밑에서 물지게를 지다가 지금은 자릿세를 거두고 있소."

제선도 고개를 한 번 숙이고 나서 말했다.

"반갑소. 나는 경주 사는 최 제선이라 하오."

"형씨는 눈에서 불이 나오고 거동이 의젓한 걸 보니 보통 사람 같지는 않소. 도대체 무엇 하는 사람이오?"

"장사나 할까 해서 한양으로 올라왔소."

하마가 의아하게 제선을 쳐다보았다.

"생김새는 홍제동 인절미처럼 번드레한 양반 같은데 무슨 장사를 하겠다는 거요? 그래서 무슨 품목을 취급하겠다는 거요?"

"건어물이오."

하마는 다시 왕손을 들어 제선의 어깨를 쳤다.

"배추밭에 항상 똥을 싸는 놈은 안 걸리고 모처럼 한 번 똥 싸다가 걸린다더니 형씨는 운이 좋소. 한양에서 건어물을 하려면 나를 통해야 해."

제선이 핀잔을 주었다.

"조그만 행상이 장사하겠다는데 누구 허락이 필요하단 말이오?"

하마는 털털거리며 웃었다.

"아따, 이 양반, 보기보다 순진하기는... 일매 이마 삼첩이오. 다 그런 것이 있소. 한양에서 장사할 생각이라면 일단 술이나 한 잔 하고 나와 함께 우리 형님을 만나러 갑시다."

막걸리 한 말을 둘이 나누어 마시고 제선은 하마를 따라 북청 도가로 갔다.

행수 김정태는 억대우 같은 몸에 콧등이 우뚝 솟은 사내였다. 어떤 아낙이라도 이 사내 앞에서 한식 간에 기절하지 않으면 여자라 하지 못할 정도의 미남이었다.

하마로부터 전말을 듣자 그는 제선을 환대했다.

"조기와 명태를 빼고 다 팔아도 좋소."

"조기와 명태는 왜 안 됩니까?"

"그 물건은 우리 북청 사람이 독점하고 있소. 특히 명태는 우리와 상쾌패가 경쟁이 붙어 당신 혼자서 감당하기는 무리요. 조기는 행판중추부사 김도희가 뒷배를 댄 동막 객주 김재순과 우리가 싸우는 중이오.

당신은 이런 복잡한 싸움에 낄 이유가 없소. 다른 소리 하지 말고 내 하라는 대로만 하시오. 건어물은 품목이 다양하지 않소? 제사상에 올릴 오징어나 문어만 취급해도 이문이 넉넉할 것이오.

내 아우를 도와주었으니 당신은 오늘부터 우리 편으로 쳐 주겠소. 장시 목은 내가 좋은 곳으로 정해 줄 터이니 아무 걱정하지 마시오. 그러니 오늘 밤은 여기서 술이나 같이 마십시다."

"물 도가에서 물은 마다하고 장사에 관여합니까?"

"그런 순진한 이야기는 하지 마시오. 절을 백 채 지은 중도 지옥에 떨어지는 세상이오. 작은 골짜기에서 행인의 푼돈을 털어먹는 화적질도 관에 줄이 없으면 못 하는 세상이오.

지금은 무리가 힘이라오. 잠자리 혼자서 돌기둥을 흔들 수 없지 않소?

우리는 임금의 내탕전에 관여하고 있소. 많은 걸 알려 하지 말고 그냥 당신 장사만 하시오. 일개 행상이 나를 한 번 만나는 것은 하늘의 별 따기요. 하마 말대로 당신은 운이 좋소.

어쨌거나 앞으로 어려운 일이 있으면 하마에게 이야기하시오. 어지간한 건 하마가 다 처리해 주리다.

이러나저러나 나는 구운 게도 다리를 떼고 먹는 까다로운 사람인데 당신은 단번에 내 마음에 들었으니 참 별일도 다 있소."

술이 말통으로 나왔다.

하마가 커다란 대야에 말통 채로 술을 부었다.

탁자에는 열무김치를 가득 담은 소반을 얹었다. 그 옆에 주발을 하나 놓았다.

하마가 계란을 하나 가지고 오더니, 계란 한쪽 끝에 고추장을 발랐다. 그러더니 접시 위에 놓고 두 손을 모아 계란을 돌렸다.

"계란이 돌아가다 멈추면 고추장 바른 끝이 가리키는 자가 주발에 술을 퍼 한 번에 다 마셔야 하네."

김정태가 제선을 바라보고 씩 웃었다.

"자신 없으면 빠져도 좋소."

사내들의 우정은 대개 술자리에서 이루어진다. 제선은 고개를 끄덕이고 자세를 고쳐 앉았다.

하마가 다짐을 주었다.

"먼저 토하는 자가 지는 경기요. 여보게 제선이 정말 하겠소?"

제선은 다시 고개를 끄덕였다.

"자 그러면 한판 벌여 볼까?"

하마가 계란을 돌렸다.

계란은 쉬지 않고 돌았다.

술자리가 거나해지자 김정태가 북청 명태 자랑을 했다.

"우리 북청 신포와 신창항에서 나는 명태처럼 버리는 부위 없이 철저히 먹어 치우는 생선도 드물 거야.

살은 북어국 북어찜 북어구이 북어조림 북어부침 북어전 북어장아찌 북어저냐 북어포 북어보풀음 북어냉국을 해 먹지. 내장은 창란젓, 알로는 명란젓, 대가리로는 귀세미젓과 대가리무침을 해 먹지. 눈알을 구워 마른안주로 꼬리와 지느러미는 살짝 볶아 우려 맛국물을 내어 먹지.

조선 백성은 세상에서 명태를 먹는 유일한 족속이지.

함경도 오지에 사는 삼수갑산 사람들이 바닷가에 나와 명태를 먹으면 눈이 밝아진다고 해서 명태라고 불렀지.

이름도 가지가지일세. 북해에서 난다고 해서 북어, 말린 것은 건태, 얼린 것은 동태, 투망으로 잡은 것은 망태, 낚시로 잡은 놈은 조태, 강원도 연안에서 잡힌 놈은 강태, 함경도 연안에서 잡힌 작은 놈은 왜태, 함경남도에서 봄철에 잡힌 놈은 말물태, 노르께한 것은 황태, 정월에 잡힌 것은 일태, 이월에 잡힌 것은 이태라 부르지."

과연 북청 출신답다고 제선은 속으로 웃었다.

하마는 행수에게 질세라 여인과 상관하는 이야기를 꺼냈다.

" 제선이 자네 오늘 나한테 절을 해야 하네. 내가 밑짝의 기집동사를 풀어주겠네.

음모가 뻣뻣하고 거칠거나 사방으로 마구 뻗쳐 자란 여인과, 음순이 옥문을 덮지 못하고 아래로 처지거나, 분비물이 붉고 코를 쏘는 냄새가 나는 여인은 남자의 정기를 상하게 하므로 멀리해야 하네. 이런 여인을 한 번 안으면 좋은 여인을 백 번 안는 기력이 빠진다네.

씨가 채 여물지 않은 꽃봉오리 같고, 젖꼭지가 솟았으나 젖이 나오지 않고, 아직 음액을 배설하지 않았고, 탄력 있는 살과 비단같이 매끄러운 피부에 몸의 모든 마디가 절도 있게 갖추어져 부드럽게 움직이는 여인은 가까이하면 좋네. 자네 같은 백면서생이 이게 무슨 이야기인지 알기나 하겠나?"

술판에 웃음이 터졌다.

제선도 흥겨워 같이 웃었다. 이전에 노름판에서 무뢰배들과 어울려 술을 마시던 때를 생각했다.

그러나 지금 이들은 단순한 무뢰배가 아니다.

김정태가 흥이 나자 일어나 춤을 추며 물도가 노래를 불렀다.

"가장 좋은 것은 물과 같다
물은 만물을 잘 이롭게 하지 다투지 않으며
사람들이 싫어하는 곳에 처하니 그러므로 도에 가깝다.
그러므로 도는
낮은 곳에 거하기를 잘하고
마음 깊기를 잘하고

베풀 때는 하늘처럼 하고 말을 하면 믿음직하다.

바르게 잘 다스리고 일은 능숙하게 처리한다.

움직일 때는 시기를 잘 살피며

대저 오직 다투지 않으니 허물이 없다."

하마도 일어나 같이 춤을 추었다. 유쾌한 사람들이었다.

어느덧 제선도 술기운이 올라 불콰해졌다. 같이 일어나 춤을 추었다.

한밤중이 되자 오줌이 마려 측간에 갔다. 참았던 오줌 줄기가 길게 나갔다.

하마가 주발에 막걸리를 담은 채로 절뚝거리며 오더니, 술을 측간에 그대로 부어버렸다.

"왜 아까운 술을 측간에 붓소?"

제선이 묻자 하마가 실없는 얼굴을 했다.

"술만 먹으면 오줌이 나오니 내가 굳이 중간 역할을 해야겠나? 그래서 구태여 내가 먹느니 그대로 측간에 부어 버리는 거야."

두 사람을 서로 어깨를 잡고 웃었다.

새 말통이 몇 번이나 들어왔다.

신선은 아침에는 북해에서 놀고 저녁에는 창오에 돌아와 쉰다더니 이들이야말로 신선 같이 사는 사람이었다. 김정태가 두 손을 모으더니 말했다.

"나는 생전에 무산선녀를 한 번 품에 안는 것이 소원이라네. 초나라 혜왕이 고당에서 꿈에 만났다는 여인인데 나는 꿈은 싫고 현실에서 한번 이루었으면 좋겠네."

하마는 계속 대야에 술을 부었다.

"나는 살집이 푸짐하다는 양옥환이면 됩니다."

"야 이놈아 양옥환이는 이미 홍부가 꿰차고 달아났다. 다른 여자를 찾아라."

"그러면 부차를 녹인 서시 정도면 됩니다."

"야 이놈아 서시는 범려가 만든 첩자다. 네가 감당할 만한 여자가 아니다. 다른 여자는 없느냐?"

"있습니다. 원제 때 궁녀였던 왕소군 정도면 됩니다."

"그놈이 눈은 참 높구나. 그 여자는 흉노 왕에게 시집갔다. 다른 여자는 없느냐?"

"왕륜의 수양딸 초선이 가합니다."

"이놈이 죽으려고 환장을 했구나. 초선은 여포 마누라로 들어갔다. 다른 여자는 없느냐?"

"아이고 형님 여자 하나 구하기가 왜 이리 어렵습니까? 꿩 대신 닭이라도 잡아야겠군요. 그러면 나는 칠패 주막 능구렁이 백여우 주모면 족합니다."

"이놈이 이제야 본정신이 돌아왔구나. 내일은 우리 칠패에 점고나 취하러 가자."

계란은 계속 돌아갔다.

김정태는 제선과 의형제를 맺자고 했다. 제선은 기꺼워 고개를 끄덕였다. 하마도 끼어들었다.

김정태가 맏형 하마가 가운데 제선이 막내가 되었다.

김정태가 도원결의 하던 유비 흉내를 냈다.

"우리는 한날한시에 나지는 않았으나 죽기는 한날한시에 죽자."

술을 마시는 속도가 더 빨라졌다.

밤을 새워 마셨으나 아무도 토하지 않았다.

28.

헌종 14년, 무신년, 1848년, 봄

보릿고개가 한창 가팔랐다.

마포 여객 주인 전형수는 쌀가마 앞에서 시름시름 앓았다. 보릿고개를 대목 삼아 재미를 보려 쌀을 잔뜩 사다 창고에 쌓았다. 세도가에서 보낸 자금을 합쳐 창고가 부서지도록 쌀을 저장했다.

당연히 쌀값이 오르리라 계산했는데 여러 여객 주인들이 그만 너무 많이 사 재어 놓은 바람에 오히려 쌀값이 떨어지고 말았다.

장사꾼들은 이득에 목을 매고 사는 사람들이다.

전형수는 덜 곪은 부스럼에 안 나오려는 고름을 짜듯 얼굴을 찡그렸다. 하루 내내 방귀를 손으로 막을 대책을 궁리했다.

일단 그가 거느린 싸전 주인들을 불러 모았다. 그들에게 순번을 정해주어 하루에 한 집만 열고 나머지는 점방을 닫으라 했다. 거역하는 싸전은 차후에 쌀 공급을 끊겠다고 위협했다.

구렁이 굴에는 구렁이가 산다.

소규모 영세업자인 싸전 주인들은 전형수에게 굴복했다.

금난전권을 폐지한 신해통공 이후 시전의 행패는 많이 줄어들었다. 그러나 한양의 상품 유통을 점차 사상이 장악하자 다시 이들에 의한 도거리가 문제가 되었다. 일부 사상의 도거리는 곧 나라 안 온 백성에게 피해를 준다.

그러나 조정은 사상을 비호했다. 세도가나 고위 관료가 이들에게 돈을 맡겨 도거리로 남기는 이익을 나누어 먹었다.

일개 여객 주인인 전형수가 백성의 양식인 쌀을 가지고 제멋대로 횡포를 부릴 수 있는 뒷배가 바로 조정이었다.

며칠 후 쌀값은 배로 뛰었다. 전형수는 이 와중에 더 욕심을 내 다른 여객 주인들을 설득하더니 한양에 있는 모든 싸전의 문을 당분간 닫게 했다.

그러나 끝이 없는 잔치가 없고 튀어나온 서까래가 먼저 썩는다더라.

군관 박희성은 어젯밤 당직을 섰다.

덕분에 오늘 오전은 일이 없었다. 아침에 교대가 끝나자 동료 군관에게 여러 번 사정해 어렵사리 꾼 돈으로 쌀을 사러 가까운 쌀집으로 향했다.

처자식이 며칠 동안 거의 굶다시피 지내고 있었다. 박희성도 병영에서 이틀 동안 제대로 된 밥 구경을 못 하고 있었다.

며칠 사이 쌀값이 배로 올랐단다. 더 오르기 전에 몇 됫박이라도 사 놓아야 한다.

명색이 군관인 자신의 삶이 이렇게 궁핍할진대 아래 병졸들은 도대체 어떻게 가족을 돌보는지 헤아려 보기가 어렵다. 도대체 왜 이래야 하는지 가리산인지 지리산인지 구분이 서지 않았다.

하늘은 잔뜩 흐려 금방이라도 비를 쏟을 듯했다.

웬 군관 복장을 한 키가 작고 옆으로 떡 벌어진 사람이 혼자 큰소리로 욕을 하며 다가왔다.

눈썹차양을 하고 보니 형님 삼아 친하게 지내는 선임 군관 김용권이었다. 박희성을 본 김용권은 묻지도 않았는데 개똥 밟은 얼굴로 이마 주름을 구기더니 냅다 소리를 질렀다.

"이 똥물에 튀겨 죽일 놈들이 이제는 쌀집 문을 아예 잠가 버렸다. 내가 오늘 쉬는 날이라 아침 일찍부터 가을 중 쏘다니듯 이 주변을 모두 돌아다녔는데 문을 연 싸전이 하나도 안 보인다.

이놈들이 이제는 곱절 장사도 양에 차지 않는 모양이다. 없는 놈들만 꿩털 벗기듯 홀랑 뜯어 먹는구나."

김용권은 성질을 못 이기고 얼굴에 땀을 흘리며 씩씩거리더니 병영 쪽으로 휙 가 버렸다.

매사에 신중하여 심중을 잘 나타내지 않는 박희성이지만 김용권의 말을 듣자 속에서 슬그머니 불이 올라왔다. 살아가는 것이 몸 하나 간수하기도 고달프다.

밤새도록 당직을 선 피로가 갑자기 몰려왔다. 일은 고된데 녹을 받은 지가 석 달이 넘었다.

그러나 혹 지금쯤은 싸전 문을 열었을 수도 있다는 억지 기대를 하고 이왕 나온 길에 일단 싸전까지는 가 보기로 했다.

문이 닫힌 싸전 앞에는 사람들이 우수수 모여 있었다. 대개 입성이 남루하고 얼굴색은 하나같이 파리했다. 어떤 이는 싸전 문짝을 주먹으로 계속 두드렸다. 그러나 안에서는 요지부동 아무런 기척이 없었다.

억지 기대마저 무너지자 박희성은 굽도 접도 할 수 없어 난감했다.

오매불망 그를 기다릴 가족 얼굴이 떠올랐다.

이 일을 어쩐다지?

여기서 가장 가까운 싸전이라도 찾아가려면 걸어서 한 시간 거리이다.

용권 형님 말에 의하면 그 집도 문을 열어 놓았다는 보장이 없다.

'오늘도 아내와 같이 산에 올라 소나무 껍질을 벗겨야 하나?'

한숨이 절로 나왔다.

가까운 산의 소나무는 이미 모두 껍질이 벗겨져 허연 생살을 내놓고 있을 터. 오늘은 골이 상하고 낯이 찢기더라도 더 깊은 숲으로 들어가야 한다.

사람이 제때 끼니도 채우지 못하고도 산다고 할 수 있을까? 이것은 누구의 탓인가?

내가 못난 탓일까? 아니면 세상이 더러운 탓일까?

마포 나루에 줄지어 선 미곡 창고에는 쌀이 산처럼 쌓여 밑에서부터 썩어 가고 있을 텐데 그 쌀은 도대체 누가 다 먹어 치운단 말인가? 사람 입으로 들어가야 할 쌀이 창고 속에서 저 홀로 썩어야 한다면 이것은 세상이 잘못된 것이 분명하다.

싸전 입구 모서리에 쌀 포대를 접어 쌓은 무더기가 눈에 들어왔다.

'저걸로 그냥 불을 확 놓아 버려?'

지금 기분 같아서는 그보다 더한 일도 벌일 수도 있겠다고 박희성은 생각했다. 그러나 고작 싸전 하나를 자신과 처자식의 명줄과 바꿀 수는 없다.

박희성은 숨을 크게 들이쉬었다. 기침을 두어 번 했다.

'매사는 간주인이라.'

마음을 정리하고 모두 포기한 채 집으로 돌아가려는데 언제 다시 왔는지 김용권이 눈을 부라리며 앞에 서서 씩 웃었다. 손에 나뭇가지를 한 단들고 있었다.

"동생, 나 오늘은 그냥 집에 못 들어간다. 생각하면 생각할수록 분통이 터져 더는 참을 수가 없네. 동냥도 안 주면서 양재기를 발로 찬단 말인가? 내 이놈의 싸전을 오늘 몽땅 태워 버리고 말겠네."

박희성은 김용권도 자신과 같은 생각을 했다는 것에 잠시 실소를 지었다. 그러나 그는 박희성보다 연배에 거느리는 식솔도 더 많았다. 장남이라 부모도 모시고 살았다.

말려야 했다.

"형님, 고정하시오. 이왕 참고 사는 인생인데 우리 조금만 더 참읍시다. 사실 싸전이야 무슨 죄가 있겠습니까? 위에 있는 놈들이 먹거리를 가지고 장난치는 게 문제지요."

박희성의 만류가 오히려 김용권의 울화를 북돋아 주고 말았다.

"뭣이 어째? 자네는 뱃심도 없나? 아래나 위나 모두 한 패일세. 저 돈에 환장한 놈들에게 시퍼런 하늘이 있다는 걸 내가 오늘 보여주겠네."

김용권은 키대 큰 박희성을 밀치고 들고 온 작은 나뭇가지에 불을 붙였다. 그것을 싸전 지붕으로 던졌다.

"여러분, 쌀을 팔지 않는 쌀집이 배를 곯는 우리에게 무슨 소용이 있겠소? 차라리 태워 없애 버립시다."

짚으로 이은 지붕은 도깨비 대동강 건너듯 순식간에 불길로 덮였다.

벌겋게 번지는 불길을 보자 박희성도 무인의 결기가 살아났다. 자제심을 잃고 큰 목소리로 외쳤다.

"보시오. 쌀값이 오르는 것은 싸전 주인과 여객 주인 놈들 농간 때문이요. 이놈들이 쌀값을 배로 올리고도 성이 차지 않아 또 이 짓을 하고 있소. 이놈들의 더러운 횡포에 우리만 당할 수는 없소. 이렇게 된 바에야 오늘 한양의 여객과 싸전을 모두 불살라 버립시다."

말도 불길이 되었다.

"그럽시다. 씨발꺼."

모였던 사람들이 흥분해 얼굴이 붉어졌다.

기름을 먹인 목재로 지은 싸전은 때마침 불어오는 바람을 맞자 불꽃 너울이 되어 훨훨 타올랐다.

박희성과 김용권이 앞장서자 사람들이 그 뒤를 따랐다. 무리는 곧 수십 명으로 늘어났다.

뜨물에도 애가 선다더니 시간이 지나며 사람 수가 점점 더 늘어났다. 언제 알았는지 군영에서 평소 불만이 많던 군졸들까지 몰려와 합세했다.

결국 백 명이 넘어갔다.

"형님, 이 정도 인원이면 포도청도 우리를 섣불리 건들지는 못 할 거요. 좀스럽게 싸전을 찾아다니며 태우느니 차라리 마포로 갑시다."

박희성이 제의하자 김용권이 바로 따르는 사람들에게 외쳤다.

"여러분, 이왕 우리가 일을 벌였으니 차라리 마포로 가 강가에 모여 있는 미곡 창고를 모두 불 싸질러 버립시다. 쌀이 산처럼 쌓여 있다 한들 먹지 못하는 우리에게는 그림의 떡일 뿐이오. 그걸로 장난치는 놈들을 제대로 응징하려면 본때를 보여줘야 합니다. 모두 마포로 갑시다."

"옳소!"

"그럽시다."

몇 사람이 동의하자 나머지 사람들도 물이 흐르듯 휩쓸렸다.

한강 수로를 타고 한양에 들려면 도성에서 가장 가까운 나루가 돈의문에서 고작 십 리밖에 되지 않는 삼개 나루, 곧 마포다. 마포로 가는 길은 폭이 한 칸 남짓하다가도 갑자기 광장처럼 넓어진다.

제대로 길을 닦지 않아 누구든 밟고 가면 길이 되는 곳도 있다.

도성에서 가깝고 풍광이 좋아 안평대군의 별장인 담담정이 있었고, 세조가 반정 기도를 한 곳도 여기였다. 흥선이 야심을 감추고 기거하던 아소정도 여기에 있었다.

마포는 삼남의 물산이 집산하는 곳이기에 그 물화를 보관 중개 거간하는 객주들이 많이 모여 있었다. 이 객주들은 궁가, 세도가, 고관대작과 돈줄을 대고 있어 그들의 돈을 늘려 주고 또 필요한 물화를 대주었기에 속칭 교동대감댁 객주니 정동 옹주댁 객주니 하고 불렸다.

객주들은 자기와 거래하는 세도 길을 통해 벼슬 거간도 했다. 벼슬에 목이 마른 팔도의 백면서생들이 이 벼슬 객주를 만나러 몰려들었다.

이런저런 인간들이 모여들므로 색주가만 해도 수십 집이 번창했다.

그래서 쌀을 백석이나 싣는다는 백석 선은 주로 마포에 정박했다.

그들은 마포에 도달하자 강변에 줄지어 선 미곡 창고를 앞에서부터 차례차례 불을 놓았다.

도끼 가진 놈이 바늘 가진 놈을 못 당했다.

전형수는 이때 자신의 미곡 창고에서 여객 주인들을 모아 놓고 낮술을 마시고 있었다. 새로 지어 입은 비단 두루마기가 몸을 뒤척일 때마다 번쩍거렸다.

그는 기운이 넘쳐 제량갓을 벗고 살찐 이마를 뒤로 넘기며 잔에 채운 술을 단숨에 마셨다.

"앞으로 삼사 일만 더 문을 닫으면 곡가는 지금의 배로 뜁니다. 그러면 조금 싼 가격으로 적당하게 방출하면서 다시 분위기를 보도록 합시다."

들뜬 분위기에 술까지 거나해지자 창고 안에 웃음소리가 연신 이어졌다. 밖에서 사람들의 고함이 들리더니 이어 탄내가 안으로 새어 들어왔다.

전형수가 관가 돼지 배앓는 소리를 했다.

"객주가 망하려면 짚단만 들어오고 어장이 안 되려면 해파리만 끓는다던데 쌀 창고에 웬 분수없는 탄내인가? 이보게 밖에 무슨 일인가?"

쌀가마니를 옮기던 사인이 얼른 문을 열고 멍석 구멍에 생쥐 눈 뜨듯 밖을 내다보았다.

"어른! 불이 났습니다."

"무슨 자다가 왼새끼 꼬는 소리를 하느냐?"

전형수가 무딘 망치 튀듯 자리를 박차고 일어나 창고 밖으로 뛰어나갔다. 여객 주인들도 덩달아 밖으로 나왔다.

마포 강가는 불을 놓는 사람들로 붐볐다. 불이 붙은 여러 창고에서 불길이 화산이 터지듯 하늘로 솟았다. 검은 연기가 흐린 하늘을 가득 덮었다.

술에 취한 전형수는 잠시 이것이 꿈이라 생각했다.

'내가 여우에게 홀렸나? 벌건 대낮에 무슨 꿈이 이렇게 요사스러운가?'

그는 머리를 어지럽게 흔들어 정신을 수습했다.

문밖에 열댓이나 되는 사람들이 국상에 죽산마 지키듯 그를 바라보고 있었다. 더 많은 수의 사람들이 창고 주위를 돌며 불을 놓고 있었다.

간신히 온 정신이 돌아온 전형수는 국사당에 가 말하듯 중얼거리며 발을 동동 굴렀다. 십 리 밖에서 벌이 똥 싸는 이야기를 나누다가 대문 밖에 나서니 나병 걸린 개와 부딪친다더니….

악이 저절로 터졌다.

"이놈들아. 이 천벌을 받을 놈들아. 한강에서 뺨 맞고 서빙고에 와 눈 흘긴다더니 네놈들이 지금 무슨 짓을 하고 있는지 알기나 하느냐? 세상에 사람 입에 들어갈 쌀을 태우는 놈들이 어디 있단 말이냐?"

앞에 선 사람들이 어이가 없어 웃었다.

"이놈이 적반하장이라 정신을 못 차리는구나. 천벌은 네놈이 받아야지."

김용권이 앞으로 나와 전형수의 턱 밑을 발로 찼다. 물소처럼 큰 몸뚱이가 풀더미처럼 넘어갔다. 박희성이 다가가 전형수의 팔과 다리를 노끈으로 단단히 묶었다.

다른 여객 주인들은 도망할 길을 찾지 못해 전전긍긍했다. 평소 부리던 허세가 스러지고 소인배의 본성이 드러났다.

꿇어앉아 목숨만 살려 달라고 두 손을 모아 싹싹 빌었다. 어떤 자는 주저앉은 채로 오줌을 지렸다.

전형수의 창고도 불길에 휩싸였다. 쌀을 태운 연기가 머리를 풀고 승천했다.

겨우 목이 풀린 전형수는 묶인 채로 도끼를 베고 잔 놈처럼 땅바닥을 구르며 호령대군 북치듯 용을 썼다.

김용권이 주위를 둘러보며 물었다.

"여러분 저 물건을 어떻게 처리할까요?"

웃통을 벗어 살이 벌겋게 단 사내가 대답했다.

"도둑 묘에 잔 부을 일 있습니꺼? 고마 칵 죽이 삐립시다."

"그래 도둑놈 씨가 따로 있나? 저놈을 살려두면 또 같은 짓을 계속할 거요. 이참에 불길 속으로 확 집어넣어 버립시다."

그 옆에 서 있던 장비처럼 가시 수염을 기른 사내가 말을 받았다.

김용권과 박희성은 양쪽에서 전형수의 머리와 발을 잡아 몇 번 좌우로 흔들더니 불붙은 창고 안으로 휙 던져 버렸다. 주린 귀신 떡 먹는 비명이 들리더니 곧 잠잠해졌다.

살 타는 냄새가 풍겨 나왔다.

여객 주인들은 혼이 나가 버렸다. 그들도 차례차례 불길 속으로 던져졌다.

한 사람씩 불길 속으로 사라질 때마다 사람들은 손뼉을 치며 환호했다. 일을 마치자 모두 손을 털고 제각기 집으로 돌아갔다.

궂었던 하늘에서 가랑비가 내리기 시작했다. 가는 빗줄기는 오히려 불길의 세를 돋구었다.

마포 나루 일대는 불꽃으로 장관을 이루었고 창고 안에 가득 쌓였던 쌀들은 모두 검은 연기가 되어 구천으로 떠나갔다.

뒤늦게 포졸들이 도착했으나 정작 불을 놓은 사람들은 이미 모두 흩어진 후여서 그들도 당장은 어찌할 바를 몰랐다. 다만 아직도 모여 있는 구경꾼들을 바라보다가 굵어지는 빗줄기를 맞으며 망연히 서성거릴 뿐이었다.

뚝섬 나루에 내리자니 여각 주인 콧대가 무섭고
동호 나루에 내리자니 거간꾼 농간이 무섭고
노량 나루에 내리자니 배다리 첨지가 무섭고
마포 나루에 내리자니 분대 주모 실웃음이 무섭고
서강 나루에 내리자니 수어청 융선이 무섭다.

뚝섬 나루에는 물화를 집산시키는 여각 주인들이 세도가와 내통하여 콧대가 높고, 동호 나루에는 장안 장돌뱅이가 모여 거간하는 목이며, 노량 나루는 임금 행차할 때 배다리 핑계로 궁궐 차사들이 배를 징발 수탈하는 목이요, 마포 나루는 곱게 화장한 주모들이 간을 빼먹는 목이요, 서강은 외적 막는 병선이 진을 치고 수탈을 일삼는 목이었다.

분대 주모가 개짐을 손에 들고 실웃음 치던 마포 나루에 오늘 아비와 규환 지옥이 올라왔다.

29.

제선은 명주로 내려가 필요한 물품을 확보했다.

하마가 도와주어 장사는 자리를 잡았다. 역시 장사는 세 집을 돌아다니는 것보다 한집에 늘어붙는 게 나았다.

물건을 한 바퀴 돌리니 어느덧 여름 초입이 되었다.

제선은 다시 명주로 내려갔다.

사천 어물 창고 안에서 바우는 돌이와 심각한 표정으로 다투고 있었다. 제선은 창고 앞에서 잠시 멈추었다.

바우의 낮은 목소리와 돌이의 짜증이 섞인 말소리가 계속 밖으로 새 나왔다.

이윽고 돌이가 붉게 상기된 얼굴로 밖으로 나왔다. 그는 제선을 보았으나 고개만 숙여 인사를 차리고 바닷가 쪽으로 휙 가 버렸다.

제선이 창고로 들어가자 바우는 무언가 생각에 잠겨 있었다. 제선은 잠시 기다렸다. 조금 있더니 바우는 마음을 추스른 듯 비로소 제선을 보고 손을 흔들며 웃었다.

제선은 물품 대금 잔액을 모두 결제하고 다시 필요한 물건 목록을 바우에게 주었다. 이전에 비하면 배가 많은 양이었다.

바우는 흡족해하면서도 얼굴이 온전히 퍼지지는 않았다.

"무슨 일이 있습니까?"

제선이 묻자 바우는 아니라고 손사래를 치더니 의자에 가 앉았다.

"한양 일이 잘 풀린 모양이군요."

제선도 의자에 마주 보고 앉았다.

"쉽지는 않았습니다. 그래도 물건이 좋아 다 팔고 왔습니다."

"그래요. 고맙소."

"동생 분에게 무슨 일이라도 있습니까?"

제선이 재차 관심을 보이자 바우는 한숨을 내쉬었다.

"문을 닫아걸고 들어앉아 있어도 사단이 하늘에서 떨어진다고 하더니 우리 형제에게 그런 일이 나고 말았습니다.

사실은 며칠 전 돌이가 장가를 갔습니다. 삼척에서 어물전을 하는 김 주인의 딸을 장인어른이 소개해 인연이 닿았습니다. 제수씨 미색이 대단해서 돌이는 참 좋아했습니다. 나도 마음에 들었습니다.

그런데 돌이가 첫날밤을 치르더니 바로 집으로 돌아왔습니다. 제수씨에게 당연히 있어야 할 혈흔이 없다는 것입니다. 아무리 미색이 출중해도 규중처녀가 아닌 듯하니 그런 여자보다는 차라리 깨끗한 탯덩이와 사는 게 낫다는 겁니다.

그다음 날 김 주인이 바로 나를 찾아왔습니다. 자기 여식은 절대로 사위가 생각하는 것 같은 그런 아이가 아니라는 겁니다. 절대로 난하게 키우지 않았답니다.

이제까지 고슴도치처럼 옆에 끼고 살아서 하늘에 맹세코 다른 일이 없었다는 것입니다. 장인어른도 절대로 그럴 아이가 아니라고 혀를 찼습니다.

그래서 내가 돌이를 불러 다시 속을 떠봤지만 돌이는 지 말을 무시한다고 오히려 화를 버럭 내고 갔습니다. 참으로 난감한 일입니다."

"삼척 장터 김 주인은 저도 아는 분입니다. 그분은 성실하고 정직한 분입니다. 천도를 생각한다면 천도 끊는 일은 하지 않는다는 분입니다. 참으로 서로 입장이 묘하게 되었습니다."

"당사자인 돌이가 저렇게 완강하니 낸들 무슨 도리가 있겠습니까?"

제선은 문득 깨우치는 바가 있어 바우에게 말했다.

"이번 물량은 준비하는 데 얼마나 걸리겠습니까?"

"지난번보다 양이 많으니 삼 일은 잡아야 하겠습니다."

"알겠습니다. 그러면 외람되지만 제가 집히는 바가 있어서 그런데 그사이에 삼척에 한 번 다녀와도 되겠습니까?"

"최 형은 바쁜 분인데 집안일로 누를 끼칠 수야 있겠습니까?"

"제 생각이 옳다면 좋은 일이 있을 수도 있을 것 같아서 드리는 말씀입니다. 주인께서 허락한다면 지금이라도 바로 다녀올까 합니다."

"최 형이 그렇게까지 말씀하시니 나도 궁금하군요. 그럼 다녀오시지요."

제선은 바로 삼척으로 가 어물전 김 주인을 만났다.

그리고 주인집으로 가 대문에서부터 집안 여러 곳을 자세히 살피기 시작했다. 한참을 살피던 제선은 드디어 입가에 미소를 지었다.

제선은 김 주인에게 물었다.

"아기씨 방이 어딥니까?"

거방진 김 주인은 이 층 다락을 손가락으로 가리켰다. 다락 아래에는 가파른 사다리가 놓여 있었다.

"그 아이가 제 방에 책을 채워 놓고 시간만 나면 올라가 읽었답니다."

제선은 다시 명주로 와 바우와 마주 앉았다.
"예전에 효종 임금이 지은 시에 이런 글이 있답니다.

'가을 동산에 누런 밤송이는 벌이 쏘지 않아도 스스로 벌어지고
봄 산의 푸른 풀잎은 비를 맞지 않아도 자라난다.'

제가 김 주인 댁에 가 보니 아가씨는 다락방을 쓰고 있었습니다. 그리고 다락으로 올라가는 가파른 사다리가 있었습니다. 아가씨는 어려서부터 사다리를 타고 방을 오르내렸습니다.
제 말뜻을 아시겠지요? 타고난 연분은 몽둥이로 내리쳐도 끊어지지 않는답니다."
한참 제선을 바라보던 바우가 드디어 흥뚱거리며 웃음을 터뜨렸다. 얼굴이 벌게지도록 한참이나 웃었다.
"최 형 덕에 여러 사람이 살았습니다."
바우는 물건 대금을 받지 않았다. 이번 물량을 모두 팔고 다음번에 내려와 결제해도 좋다고 했다.

돌이 아내 이름은 설녀였다.
설녀는 이번 일로 돌이를 참새 굴레 씌우듯 손아귀에 잡아 야멸차게 돌렸다. 가당찬 돌이도 설녀 앞에서는 설설 기었다.

돌이 장인은 박대팔과 손을 잡았다. 동해안 어물전 상당수가 박대팔의 영향권에 들어갔고, 바우를 통해 전국으로 팔려나가는 건어물의 품목도 다양해졌다.

돌이도 십여 척의 고깃배를 다루는 어엿한 선주로 성장했다.

강릉에서 한양을 한 번 돌아오자면 대개 두 달에서 석 달이 걸린다. 일 년이면 네다섯 번 정도 돌 수 있다.

봄이 왔다.

바우가 제선을 집으로 초대했다. 주인이 행상을 자기 집에 초대하는 일은 매우 드물고 이례적이었다. 그만큼 두 사람은 친분이 쌓였다.

제선은 어스름 저녁에 바우와 마주앉았다. 부상의 집이라 비록 지붕을 초가로 얹었으나 실내는 넓고 아늑했다. 식탁에는 귀한 이화주와 녹파주가 놓여 있었다.

바우가 부르자 정녀가 아들을 데리고 나와 인사했다. 제선도 일어나 정중하게 고개를 숙였다.

"차린 것은 약소하나 오늘은 같이 취해 봅시다."

"저는 주인께서 평소 술을 드시지 않아 술을 못 드시는 분으로 알았습니다."

바우가 소처럼 웃었다.

"평소에 좀 자제할 뿐입니다. 좋은 사람을 만나면 나도 한 잔 대적할 만한 주량은 됩니다."

"저를 댁으로 부를 때에는 무슨 특별한 이유가 있을 것 같습니다."

"내가 마음으로 존경하는 분을 모셨는데 무슨 이유가 필요하겠습니까? 이렇게 와 주신 것만으로도 고마울 따름입니다."

"보잘것없는 사람입니다. 특별히 중요한 말씀이 없다면 그럼 저도 마음 편하게 마시겠습니다."

술잔이 돌면서 두 사람은 저녁 삼아 안주를 먹었다.

바우가 말했다.

"내 이야기를 좀 해도 되겠습니까?"

"예 저도 듣고 싶습니다."

바우는 단숨에 술잔을 비웠다.

"내가 여기까지 온 것은 모두 장인어른 덕이랍니다."

"어물전 박 주인 말씀이지요?"

"예, 그렇습니다. 장인어른은 저에게 딸을 주시고 저를 여기까지 이끌어 주셨습니다. 장인어른은 내 친아버님과 다름이 없습니다. 우리 형제는 이 제 세상에 부러운 것이 없습니다. 이것은 모두 장인어른의 배려 덕분이랍 니다."

"정을 베푸신 장인어른이나 그것을 고맙게 여기는 주인이나 다 훌륭한 분이십니다."

"그런데 얼마 전 새로 부임한 강릉 부사가 딴지를 걸어왔습니다. 돈을 보면 배 속의 아이도 기어 나오는 세상이라, 나 역시 장사를 하는 처지라 이전 부사에게도 일정한 인정이 없었던 건 아닙니다.

우리가 감당할 수 있는 선에서 일긴하게 책정된 금액이어서 서로가 불 만이 없이 지냈습니다.

그런데 이번 부사는 그동안 받던 액수의 열 배를 요구하고 있습니다. 조정에 돈을 주고 산 벼슬이라 자기도 임지에 있는 동안 본전을 뽑아야겠지요. 그러나 이번 액수는 우리가 장사로 남기는 이문을 훨씬 상회합니다."

제선은 무어라 할 말이 없었다. 묵묵히 술만 마셨다.

"그것뿐만 아닙니다. 그놈은 색을 좋아해 내 제부가 미색이 있다는 소문을 듣고는 제 첩으로 들이려 합니다.

동생은 화승총을 여러 자루 샀습니다. 동생이 부리는 선원이 백 명이 넘습니다. 여차하면 관가로 쳐들어가 부사를 쏴 죽여 버리겠답니다.

내가 직접 거느리는 행상만 해도 수십 명이 있습니다. 동생과 내가 마음만 먹으면 그놈은 죽은 목숨입니다.

그러나 성질대로 한바탕 드잡이해 놈을 징치한다 해도 금방 또 다른 놈이 그 자리를 채울 것이고 사실상 조정도 그놈들과 한통속이니 이것은 근본적인 대책이 아닙니다."

제선도 입을 열었다.

"관법에 따르면 맞아 죽고 불법에 따르면 굶어 죽는다고 하지 않습니까? 주인만 당하는 일이 아닙니다.

제가 전국을 돌며 장사를 해 보니 나라 안의 백성 대부분이 부패한 관리들에게 고통을 당하고 있었습니다. 그들은 세도가에 줄을 대고 돈으로 관직을 사 부임해 오기 때문에 그들의 가렴주구를 일반 백성이 막아낼 방도는 없습니다.

부패를 장려하는 몸통이 바로 조정이기 때문입니다."

술이 모두 비자 이번에는 천리찬을 안주로 아랭이가 나왔다.

"귀한 술이 나왔군요."

제선이 감탄했다.

바우는 붉어진 얼굴로 소처럼 웃었다.

아랭이는 소주를 일컫는 우리말인데 배앓이나 감기를 앓을 때 약으로도 썼다. 술꾼이 술 생각이 나면 뱃속이 거북하다느니 감기 기운이 돈다느니 하고 곧잘 핑계를 대는데 그래서 술 핑계를 아랭이 핑계라고도 했다.

아랭이는 무척 독했다. 『경국대전』에는 약으로 쓰는 외에는 소주를 마시지 못하게 법으로 금하고 있다. 소주를 너무 마시고 속이 타 죽은 사람이 많았다.

관수용 소주를 내리는 내섬시 소주방의 지붕 위는 그 술기운으로 까마귀나 참새가 모이지 않았다. 사람들은 소주에 얼음 몇 조각과 약간의 꿀을 타 마시거나 물에 희석해 마셨다.

집에서 증류한 소주는 맛이 담백해 좋았다.

바우의 주량도 제선 못지않았다. 두 사람은 고래처럼 술을 들이켰다.

분위기가 분위기인지라 술병은 비는데 마시는 술에 비해 두 사람 다 취기가 덜 올랐다.

"물론 장인어른과 협의해 부사가 제시한 조건에 맞서 타협을 볼 겁니다. 우리를 아주 죽여 버리면 저들도 손해잖습니까? 살려 놓아야 계속 뜯어 먹을 것 아닙니까?"

"제가 도움을 드릴 바가 없어 미안합니다."

"그래요. 그건 그렇고 이번에는 최 형 이야기를 한 번 들어봅시다. 최 형은 장사에 목을 건 사람으로 보이지 않습니다. 다른 큰 뜻을 품고 사는 것

같은데 내가 잘못 보았습니까?"

"저는 어리석고 보잘것없는 사람입니다. 그저 세상 물정을 익히려 여기저기 떠돌고 있을 뿐입니다."

바우가 뚱한 얼굴을 했다.

"그러니까 나에게 속을 풀지 않겠다는 말씀이시오?"

"그게 아니라 주인께 비하면 제 이야기는 감히 꺼내 놓기도 부끄럽습니다."

"괜찮소. 말이 입을 부린다오. 내가 최 형을 믿고 부사 욕을 거나하게 했는데 최 형이 나에게 무슨 이야기인들 못 하겠소?"

"착한 말은 천 리 밖에서도 들어주고 악한 말은 만 리 밖에서도 멀리한다 했습니다. 주인께서 그리 권하시니 제 이야기를 해보겠습니다.

제 아버님은 유학을 공부하는 선비였습니다. 아버님 밑에서 어려서부터 경전을 읽었습니다. 저는 재가녀 자식이라 문과에 응시할 수 없었습니다. 그러나 무과는 치를 수 있었습니다.

저는 아버님이 소개해 준 분을 스승으로 모시고 무예를 익혀 무과 초시에 나갔습니다. 그러나 알 수 없는 이유로 초시에서 뽑는 명단에도 들지 못했습니다.

이후로 스승의 말씀에 따라 장사를 하면서 새로운 길을 모색하고 있습니다. 잘못된 세상을 비판하는 경륜이 있는 분들을 찾아가 그분들의 의견을 경청하고 있습니다.

그러나 그동안 이곳저곳을 떠돌아다녔으나 장사로도 안정을 취하지 못하고 뜻있는 분들에게 지도도 받지 못하고 있습니다."

"내가 오늘 드디어 사람 같은 사람을 만났구만,"

바우는 안채를 향해 소리쳤다.

"여보! 여기에 아랭이를 동이 채 갖다 주시오."

자지 않고 기다리던 부인이 힘진 사내를 시켜 술동이를 통째로 가지고 나왔다.

제선은 송구해 자리에서 일어났다. 바우는 다정스럽게 아내에게 말했다.

"우리는 오늘 밤을 새워 마실 터이니 당신은 먼저 자리에 들어 쉬시오."

다음 날 아침 바우는 제선에게 힘들게 돌아다니지 말고 자신의 밑으로 들어와 일을 도와주면서 뜻을 키워나가면 어떻겠냐고 제의했다. 제선은 완곡하게 거절했다.

바우는 드러나게 아쉬워했다.

"대관령에서 수련하는 도사를 한 분 알고 있습니다. 한양 가는 길목이니 언제 한번 만나보시오. 혹 도움이 될지 모르겠소."

30.

헌종 14년, 무신년, 1848년, 겨울.

제선은 대관령 길을 올라갔다.

겨울바람이 따갑게 얼굴을 훑었다. 가파른 고갯길에 숨이 찼다. 고개가 아무리 높아도 흰 구름은 가볍게 넘어간다.

뒤에는 등짐을 진 사내 일곱이 제선을 따라왔다. 그들은 바우가 챙겨준 건어물을 짊어졌다.

바우가 소개해 준 도사를 만나러 가는 길이었다. 바우에게 소개를 받고도 장사에 정신이 팔려 한참 세월이 지났다. 이번에는 일부러 시간을 냈다.

고개는 동해 쪽에서 오르는 길이 가파르고 굴곡이 더 심하다. 굽이가 무려 아흔아홉 개나 휘어져 등성이까지 사십 리 가까운 거리다. 입구에서 마루까지 사철 내내 바람이 거세다.

중간쯤 오르자 고랭지 채소와 씨감자 밭이 넓게 펼쳐진 너머로 작은 초막이 보였다.

제선은 발걸음을 재촉했다.

도사는 확 트인 마당 앞 바위 위에 앉아 호흡에 열중하고 있었다. 그러더니 혼자 노래를 불렀다.

"통발은 물고기를 잡으려는 수단이니
물고기를 얻으면 통발은 잊는다.
올무는 토끼를 잡으려는 수단이니
토끼를 얻으면 올무는 잊는다.
말은 뜻을 잡는 수단이니
뜻을 얻으면 말은 잊는다.
나는 어디서 말을 잊은 사람을 만나
그와 말을 나눌 수 있을까?"

제선은 일행을 멀찌감치 떨어뜨리고 가만히 도사가 수련을 끝내기를 기다렸다.

얼마 후 도사는 눈을 뜨더니 바위에서 내려왔다. 머리가 서리가 내린 듯이 하얗게 물들었다. 눈썹이 일매져 얼굴 표정이 엄숙해 보였다. 하얀 수염이 가슴까지 내려왔다. 그러나 얼굴은 주름 하나 없고 피부가 아이처럼 팽팽하게 빛났다.

제선은 도사의 나이를 짐작할 수 없었다.

"선생이 사천 주인이 이야기하던 그 사람입니까?"

제선은 허리를 굽히고 인사했다.

"예 그렇습니다."

"들어갑시다."

도사는 방으로 제선을 안내했다. 이렇다 할 가구도 없는 조그만 방이었다. 도사는 다탁에 앉아 차를 쳤다.

"도사께서는 무슨 공부를 하고 계십니까?"

"양생을 수련하고 있습니다."

"양생이라는 것이 무엇입니까?"

"유한한 내 몸을 영원한 몸으로 바꾸는 일이지요."

"사람의 본질을 물질로 보는 건가요?"

"그렇다고 볼 수 있고 아니기도 합니다."

"유한한 몸을 영원한 몸으로 바꾸려면 어떤 수련을 해야 합니까?"

"청결한 음식을 먹고 복식 호흡을 합니다."

"저는 도가가 노자의 무위자연을 추구하는 것으로 알고 있었습니다."

"그것은 우리 수련의 한 과정이라 하겠습니다."

"노자의 무위자연은 어떤 뜻입니까?"

"사물이나 사태를 있는 그대로 바라보는 것입니다."

"무위자연으로 가려면 어떤 공부가 필요합니까?"

"사물이나 사태를 판단할 때 감각이나 본능에 의존하면 욕심이 일어납니다. 욕심은 다툼을 일으키고 다툼은 분쟁을 일으킵니다.

모든 사물과 사태에는 대립 면이 있어 이것들이 서로를 향하면서 변화가 일어납니다. 그러므로 어느 쪽이 올바르고 어느 쪽이 그른지 기준을 세우기가 어렵습니다. 사람들은 대개 어느 한쪽에 가치를 둡니다.

사물이나 사태를 균형 잡힌 시선으로 보기 위해서는 대립 면을 넘어서 만물의 근원으로서의 도가 필요합니다. 도는 만물의 기준이 되므로 감각으로서는 파악할 수 없고 언어로도 표현할 수 없습니다. 도를 깨닫기 위해서는 언어와 개념을 떠나 도와 합치될 수 있는 수련이 필요합니다.

그것이 허심입니다. 허심이 무위자연으로 가는 공부입니다."

"마음을 비우기 위해서는 어떻게 해야 합니까?"

"빛을 누그러뜨리고 티끌과 하나 될 때까지 감각을 사용하지 않습니다. 현명한 이를 존중하고 진귀한 물건을 귀하게 여기고 욕망이 나타나는 것을 경계합니다. 앎이 없고 귀하게 여기는 바가 없고 욕심이 없는 경지를 이루면 허심이라 하겠습니다. 허심을 이루면 도가 그 안에 있습니다.

사물은 깨닫고 보면 저것 아닌 것도 없고 이것 아닌 것도 없습니다. 이쪽에서 보면 모두가 저것이고 저쪽에서 보면 모두가 이것입니다. 스스로 자기를 저것이라고 한다면 알 수 없지만 스스로 자기를 이것이라고 한다면 알 수 있습니다.

그러므로 저것은 이것에서 생겨나고 이것 또한 저것에서 비롯됩니다. 이것과 저것은 나란히 함께 생깁니다. 삶이 있으면 죽음이 있고 죽음이 있으면 반드시 삶이 있는 것과 같습니다.

세상은 상대적으로 보면 비교적 선명하게 드러나지만, 그것은 언어의 세계로 한정됩니다. 언어로는 세상을 바로 표현하기가 어렵습니다. 우리는 그런 방법에 의존하지 않고 모두 허심의 조명으로 비추어 봅니다.

그리고 커다란 긍정의 세계 가운데 안주합니다. 거기서는 이것이 저것이고 저것 또한 이것입니다. 저것도 하나의 시비고 이것도 하나의 시비입니다. 이것과 저것이 그 대립을 없애 버린 경지를 도추라 합니다. 도추는 원의 중심에 있으면서 무한한 변전에 대처할 수 있습니다. 그러므로 시비를 내세우는 것은 밝은 지혜를 가지는 것만 못합니다."

"도라는 것을 좀 더 설명해 주십시오."

"도는 보아도 보이지 않고 들어도 들리지 않고 더듬어도 만져지지 않습니다. 도의 형상은 황홀하여 그 가운데 형상이 있고 그 가운데 물상이 있습니다. 그윽하고 아득하여 그 가운데 정밀함이 있습니다.

욕심을 버리고 티끌과 하나가 되면 매사를 무심하게 처리할 수 있습니다. 매사를 무심하게 처리하면 그 일을 자신이 했다는 생각이 없으므로 대가를 바라지 않습니다. 그러므로 그 공은 늘 자신과 함께 있습니다. 이러한 삶은 도와 통합니다."

"도는 허심에 있고 허심은 감각의 문을 닫는 수련이 필요하다고 했는데 이 뜻을 잘 모르겠습니다. 감각의 문을 닫는다면 의식주를 소홀하게 되고 그러다 보면 생존조차 위험에 빠뜨릴 수 있지 않겠습니까?

또한 인간이 다른 사람과 함께 살아가는 세상에서 감각을 닫는다고 해서 그것을 완전히 차단할 수도 없는 노릇입니다. 그러므로 살아가면서 일상의 여러 사태에 직면하였을 때 마음의 본래 상태를 유지하는 힘을 기르느니만 못합니다."

도사는 한숨을 내쉬었다.

"그곳에서 우리의 대화는 끊어집니다. 내가 보여드릴 게 있습니다."

도사는 일어나더니 흙이 담긴 작은 항아리를 가져왔다. 거기에 꽃씨를 한 알 심었다. 물을 조금 뿌리고 나더니 옆에 서서 조용히 자세를 정리했다.

준비되자 도사는 손을 앞으로 내밀어 자신의 기운을 항아리에 보내기 시작했다. 항아리에서 김이 솟더니 흙이 들썩거리면서 아까 묻은 씨앗에서 싹이 터 올라왔다.

신기한 일이었다.

싹은 자라 줄기가 생기고 잎이 우거지더니 이윽고 꽃을 피웠다. 제선은 꽃에서 풍겨 나오는 향기를 맡았다.

도사가 제선을 돌아보았다.

"내가 만든 이 사태를 이해할 수 있습니까?"

제선은 고개를 저었다.

두 사람은 다시 자리에 앉았다.

"하나 더 보여드리겠습니다."

도사는 눈을 감고 조용히 명상에 잠겼다. 조금 있으니 도사의 몸이 공중으로 뜨기 시작했다. 방바닥과 천장 사이에서 한참을 머물다가 깃털처럼 사뿐하게 자리로 내려왔다.

"이것은 이해가 됩니까?"

제선은 고개를 저었다.

"이야기만 듣고 설마 했던 것을 오늘 실제로 보게 되었습니다. 놀랍습니다."

도사는 이런 사태를 보여 주면서도 표정은 태연했다. 숨소리도 고요했다.

"내가 외우는 글귀를 하나 들려드리겠습니다.

'이제 당신과 함께 아무것도 없는 경지에 놀면서 나와 남의 대립을 떠나 만물과 하나가 되어 끝이 없는 도에 대해 다시 말해 보겠소.

당신과 함께 사사로움을 버리고 편안하고 고요하게 시원하고 깨끗하게 만물과 조화되어 유유히 놀아 보겠소.

그러면 마음이 밖의 사물로 인해 동요하지 않고 허공처럼 비워져 자연을 따라 움직여 무엇에 집착하지도 않고 머물지도 않는다오.

아무리 큰 지식으로 이 경지를 들여다보아도 한계를 찾을 수 없지요.

사물을 사물로 있게 하는 이러한 도는 사물과 떨어져 있지 않고 모든 사물 속에 골고루 스미어 있소. 한쪽은 가득 차고 한쪽은 텅 비어 보여도 진정으로 가득 차거나 텅 비지 않고, 한쪽에 쇠약하고 한쪽은 활발한 듯 보여도 진정으로 쇠약하거나 활발한 것은 없습니다.

처음과 끝이 없는 무한한 순환을 깨달으면 처음과 끝은 사라집니다. 현상계에서 쌓이고 흩어지는 모습도 도의 시각으로 보면 실제로 쌓이고 흩어지는 것이 없습니다.'

어떻습니까? 나는 변화가 심한 세속의 일은 잊어버렸습니다. 밖을 향하는 관심을 내 안으로 가지고 왔습니다.

오늘도 나는 나를 지켜보며 그 속에서 세상을 봅니다."

"대단한 경지입니다. 그렇다면 지금 하고 계시는 양생은 어떤 방법을 씁니까?"

"내 몸의 단전에 기를 모으는 것이지요."

"어떻게 기가 모입니까?"

"호흡을 통해서입니다."

"잘 이해가 되지 않습니다."

"도가에서 도교로 이어지면서 양생을 위한 긴 연구가 있었습니다.

'나는 보지 않고 듣지 않으며 알지 못한다. 신은 몸을 벗어나지 않고 도와 영원히 함께한다. 나와 천지는 일기를 나누어 다스리며 스스로 근본을 지킨다. 장생의 도를 모르면 몸은 모두 걸어 다니는 시체와 같을 뿐이니 도에 뜻을 두고 오직 장생을 바란다.'

그 긴 연구 과정을 한 번 들어보시겠습니까?"

"예."

도사는 기침을 한 번 하고 말문을 길게 열었다.

"도가의 기공 양생은 첫 번째로 사람을 중시하고 생명을 소중히 합니다. 이것을 '중인귀생'이라 합니다.

'내 목숨은 내게 달린 것이지 하늘에 달린 것이 아니다. 환단과 금액을 제조하여 억만년을 누리리라.'고 갈홍은 설파했습니다.

북송 장백단은 내단을 제창했습니다.

'대약을 수련하는 데는 쉬움과 어려움이 있고, 나로 말미암는 것도 있고 하늘로 말미암는 것도 있다. 약은 같은 부류의 기를 만나면 바야흐로 상을 이루고 도는 조용한 가운데 자연과 하나가 되며 한 알의 신령한 단이 뱃속으로 들어오면 비로소 나의 목숨이 하늘로 말미암지 않는 것임을 알게 되리라.'

인간의 주체적인 능동성을 충분히 발휘하면 건강과 장수를 진취적으로 탐색하고 추구하며 자신의 생명이 자유로울 수 있는 길을 파악할 수 있다는 것입니다.

두 번째로 몸과 마음을 하나로 봅니다. 이것을 '형신통일'이라 합니다.

'무릇 사람이 태어날 때 하늘은 정을 내고 땅은 형을 내는데 이 둘이 합해짐으로써 사람이 된다. 마음은 정으로, 몸은 기로 구성된다. 생각하고 또 생각하라. 그래도 생각이 뚫리지 않으면 귀신이 소통시켜 줄 것이니 이는 귀신의 힘이 아니라 정기가 지극하기 때문이다. 내면의 마음이 안정되면 귀와 눈이 총명해지고 사지가 견고해지니 정이 머무를 수 있다. 공경하여 그 집을 깨끗이 하면 정이 저절로 찾아올 것이다.'

『관자』「내업」에 있는 말입니다. 이는 정기를 신체 밖에서 독립적으로 존재하는 것으로 파악해 정신과 형체를 통일적으로 바라보지는 못했습니다.

『순자』의 「천론」에 이르러 '형체가 갖추어지면 마음이 생겨난다.' 하여 마음이 형체에 의존하는 관계임을 긍정했습니다.

한 대 환담은 이러한 관계를 촛불로 비유했습니다.

'마음이 형체에 깃들어 있는 것은 초에 불이 타는 것과 같다. 기가 다하여 죽는 것은 초와 불이 모두 타 버린 것과 같다.'

즉 사람의 몸이 죽으면 마음도 사라진다는 것입니다.

위나라의 젊은 천재 왕충은 환담의 설을 발전시켰습니다.

'사람이 사는 것은 정기 때문이니 죽으면 정기는 없어진다. 정기를 이루는 것은 혈맥이다. 사람이 죽으면 혈맥이 고갈되고 혈맥이 고갈되면 정기는 없어진다.'

이어 남북조의 범진은 왕충의 설을 받아들여 신멸론을 주장했습니다.

'형체는 마음의 바탕이고 마음은 작용이다. 형체는 마음의 바탕에 해당하고 마음은 형체의 작용이 된다. 마음의 바탕에 대한 관계는 날카로움이 칼날에 대한 관계와 같다. 형체가 작용에 대한 관계는 칼날이 날카로움에 대한 관계와 같다. 날카로움은 칼날이 아니고 칼날은 날카로움이 아니다.

그러나 날카로움을 버리면 칼날이 없고 칼날을 버리면 날카로움이 없다. 칼날이 없는데도 날카로움이 존재한다는 말을 듣지 못했는데 어찌 형체가 사라졌는데 마음이 존재할 수 있겠는가.'

『태평경』에도 비슷한 말이 있습니다.

'무릇 사람의 신을 섬기는 사람은 모두 천기에서 신을 받고 천기는 그것을 원기에서 받는다. 신은 기를 타고 다닌다. 그러므로 사람에게 기가 있으면 신이 있고 신이 있으면 기가 있으며, 신이 떠나면 기가 끊어지고 기가 끊어지면 신도 사라진다. 그러므로 신이 없어도 죽고 기가 없어도 죽는다.'

'형신통일'의 기초는 물질이고 물질은 마음을 결정지으며 마음은 물질을 떠나 독립적으로 존재할 수 없습니다.

형체는 곧 죽음을 주관하고 마음은 곧 삶을 주관합니다. 이 둘은 항상 합하면 길하고 떨어지면 흉합니다. 마음이 없으면 죽고 마음이 있으면 사는 것이니 마음과 형체가 항상 합하여 하나가 되면 오래 살 수 있습니다. 마음이 흩어져 몸에 모이지 않는 것을 근심하면서도 오히려 생각에 따라 마음을 이리저리 떠돌게 합니다.

그러므로 진인은 세상 사람들에게 마음이 몸과 하나가 됨을 지키도록 가르칩니다. 쉬지 않고 하나를 지키면 마음이 저절로 오며 이에 반응하지 않는 것이 없고 온갖 병이 저절로 없어지니 이것이 바로 장생구시의 방법입니다. 초기 양생 수련가들의 이런 말은 모두 형체와 마음이 상호 의존한다는 점을 긍정하고 있습니다.

당에 들어오면 오균도 같은 말을 했습니다.

'무릇 사람이 태어남은 일기를 나누어 받아 몸이 된다. 이는 마치 한 국가를 부여받는 모습과 같으니 기가 있으면 그것을 보존하고 신이 있으면 거기에 머무른 다음에야 편안할 수 있다.

몸은 도를 담는 그릇이니 이것을 알고 수련하는 사람을 진인이라고 부른다.

어째서 사람들은 신을 얻고서도 그것을 지키지 못하고 기를 얻고서도 그것을 모으지 못하며 정을 얻고서도 그것을 되돌리지 못하는가. 스스로 이것들은 내던져 버리고서 어찌 천지가 도와주지 않는다고 원망하는가.

『황서』에 말하기를 사람은 기를 쌓음으로써 몸이 생겨난다. 태를 보존하고 정을 소모하지 않으면 천수를 다 누릴 수 있다고 했는데 그 의미가 분명하다고 했다.

『음부경』에서 말하기를 겨울을 나는 풀은 파서 뒤집어도 죽지 않지만, 뿌리를 드러내면 상해를 입는다. 불은 나무에서 일어나지만, 재앙이 발생하면 반드시 나무를 태워 버린다. 정은 몸에서 생겨나지만, 정이 고갈되면 몸이 죽는다고 했다.

사람의 기와 정과 신은 탁해지기는 쉽지만 맑아지기 어렵고 어두워지기는 쉽지만 밝아지기는 어렵다. 이런 사실을 잘 알고서 수련한다면 실로 장수할 것이라고 했다.

그러므로 형과 신을 항상 생각하고 길러라. 사람들은 스스로 여색 소리 냄새 맛으로 감각을 즐겁게 하고 이것으로 뜻을 미혹시키며 이것으로 마음을 어지럽힌다.

이 네 가지는 몸을 망치고 도에 역행하며 육신을 망가뜨리는 것으로 몸을 잃게 되는 근원이다. 이 몸을 잘 지키지도 보양하지도 못하면서 단지 남는 재물로 제단을 만들고 부처를 주조하며 길에서 읊조리고 귀신에게 기도하여 몸을 튼튼히 하려는 것은 마치 물이 끓지 못하게 아궁이에 땔감을 집어넣고, 천을 이어 실을 만들려 하는 것과 같다. 이런 일들이 어찌 가능하겠는가.'

그러므로 형과 신은 서로 의존하고 마음과 몸을 하나로 봅니다.

세 번째는 성명과 형신은 서로 통하므로 같이 수련해야 합니다. 이것을 '성명쌍수'라 합니다.

남종의 소정지가 말했습니다.

'무릇 도는 성과 명일 뿐이다. 명은 생명이고 성은 만물의 시작이다.

무릇 심장은 해와 같고 신장은 달과 같다. 해와 달이 합하여 변화를 이루는데 천번 만번 변화해도 여전히 없어지지 않는다.

그렇다면 신장은 곧 신선의 도인가. 적연부동하니 대개 강건중정한 순수한 정이 머물러 있다. 이것이 바로 성이 기대는 바이고 명의 뿌리이다.

심장은 부처의 도인가. 감이수통하니 대개 희로애락애오욕이 머물러 있다. 이것이 바로 명이 기대는 바이고 성의 근본이다.

이 만물이 무성히 자라나지만 결국 각자 그 근본으로 돌아가고 근본으로 돌아가면 고요해지고 고요하면 명을 회복한다. 이치를 궁구하고 성을 다하면 명에 이르게 되는 것이니 이렇게 하면 성명의 도가 완성될 것이다.'

북종의 왕중양도 여기에 동의했습니다.

'성은 신이고 명은 기이다.'

북종은 성을 중시해 성에 관한 논의가 풍부합니다. 그들은 대부분 성을 정신의 선천적 본원이나 절대 불변의 본체를 가리키는 것으로 생각하고 진성 진심 원신 등으로 불렀습니다.

왕중양은 이 진성은 어지럽지 않고 어떤 인연에도 구애되지 않으며 오지도 않고 가지도 않으니 이것이 바로 장생불사라고 했던 것입니다.

원에 들어와 이도순은 남종과 북종의 학설을 융합해서 성명론을 저술했습니다.

'성은 선천의 지극한 신으로 일령을 말한다. 명은 선천의 지극한 정으로 일기를 말한다. 성의 조화는 마음에 달려 있고 명의 조화는 몸에 달려 있다.

견해와 지식은 마음에서 나오는데 사고하고 생각하는 것은 마음이 성을 부리는 것이다. 움직이고 응답하는 것은 몸에서 나오는데 말하고 침묵하고 보고 듣는 작용은 몸이 명을 얽어매는 것이다.

명에 몸의 얽어맴이 있으면 삶과 죽음이 있고 성이 마음의 부림을 받고 있으면 오고 감이 있다. 이로써 몸과 마음은 정과 신의 거처이고 정과 신은 곧 성명의 근본임을 알 수 있다.

성은 몸이 없으면 서지 못하고 명은 성이 없으면 존재하지 못하니 이름은 비록 둘이지만 이치는 하나이다. 사람들은 홑음 홑양으로는 모두 큰일을 온전히 이룰 수 없다는 사실을 알지 못한다.

명을 닦는 사람이 성을 밝히지 못하면 어떻게 영겁의 윤회를 벗어날 수 있겠는가. 견성하려는 사람이 명을 알지 못하면 나중에 어디로 돌아가겠는가.

선사가 말하길 금단을 수련하면서 성을 알지 못하는 것이 첫 번째 병이다. 또 단지 진성만 닦고 단을 닦지 않는다면 영원히 음령에 머물 뿐 성인에 들기 어렵다고 했는데 참으로 옳은 말이다.

훌륭한 수행자는 성과 명을 함께 닦는다. 먼저 계정혜를 지켜 마음을 비우고 그런 후 정기신을 연마하여 몸을 보존한다.

몸이 편안하면 명의 기틀이 영원히 튼튼하고 마음이 텅 비고 맑으면 성의 근본은 원만하고 밝다. 성이 원만하고 밝으면 오고 감이 없고 명이 영원토록 튼튼하면 삶도 없고 죽음도 없다.

그리하여 혼연히 완정한 깨달음을 이루어 곧장 무위로 들어가면 성과 명이 모두 온전하고 형과 신이 모두 요묘하게 될 것이다.'

유가와 불가에서는 대부분 심성 수양만 말할 뿐 정을 단련하고 기를 단련하는 방법에 대한 언급은 드뭅니다.

도교 양생에는 명공이 더 들어 있답니다.

네 번째는 역으로 수련하여 거슬러 근원에 이릅니다. 이것을 '역수반원'이라 합니다.

'우주가 손안에 있고 모든 조화가 내 몸에 나타난다.'고 『음부경』에서 말했습니다.

인체를 하나의 소우주로 보고 인체는 우주 대천지와 그 본체가 같고 운행 법칙이 같으며 생성 과정이 같다는 것입니다.

따라서 우주론에 유비 추론함으로써 인체 생명의 발생 본원과 그 순서를 탐구한다면 단을 수련해 신선이 되고 생사를 벗어나는 도를 찾아낼 수 있다는 것입니다.

이 주장은 노자 『도덕경』의 '도는 일을 낳고 일을 이를 낳으며 이는 삼을 낳고 삼은 만물을 낳는다.' 하는 말에 근거합니다. 태초의 형체도 없고 모양도 없는 도로부터 진원일기가 생겨나는데 이것이 바로 도는 일을 낳는다고 말하는 것입니다.

진원일기가 분화하여 상대적 두 성질인 음양이 되고 음양이 합하여 제 삼의 체를 만들어 내는데, 이것이 순행으로 바로 삶이 있으며 죽음이 있는 그리고 끊임없이 생성 작용을 하는 조화의 도입니다.

또는 『도덕경』의 근원으로 돌아가 명을 회복한다는 말에 근거하여 내단의 도는 바로 만물이 순행하는 도를 거꾸로 돌리는 데 있다고 생각했습니다. 그리하여 힘껏 노력하여 만물이 셋인 정기신이 되게 하고 셋을 다시 변화시켜 둘인 기와 신이 되게 하며 둘을 다시 하나 곧 신으로 복귀시키고 하나를 도로 돌아가게 하는 것입니다.

이것이 바로 천지의 조화로운 운행과 음양 변화의 오묘한 기틀을 빼앗아 마침내 다시 본원으로 돌아가 영원히 영생에 머무는 방법입니다.

'『황정경』에서 선인과 도사는 신을 지닌 것이 아니라 정을 쌓고 기를 모아 진인이 된 것이라고 했다. 마음속에 삼가 잘 합장하면 정과 신이 돌아와 노인도 다시 건강해질 수 있다.'고 원의 진치허가 말했습니다.

'정기신혈은 삼요 즉 도생일 일생이 이생삼 삼생만물로 돌아가고 동서 남북은 모두 한 집안이다. 정은 영근을 기르고 기는 신을 기른다.'고 순양 조사가 말했습니다.

'근래에 수련하는 자들은 신기에 의존하는데 신기가 편안하지 않으면 헛되이 고생만 한다. 신은 성이고 기는 명이니 신이 밖으로 달리지 않으면 기는 저절로 안정된다.'고 조진인이 말했습니다.

'만약 신이 밖으로 나가면 곧 거두어들여라. 신이 몸속으로 돌아오면 기는 저절로 돌아온다.'고 허정선사가 말했습니다.

'이 신은 사고 작용만 하는 신이 아니다. 원시천존과 서로 비견될 수 있다.'고 백진인도 말했습니다.

이러한 논의는 결국 정기신 세 가지에 대한 것입니다. 이 세 가지가 서로 감응하여 순행하면 사람이 생겨나고 역행하면 단이 생성됩니다.

순행이라는 것은 무엇이겠습니까?

'일은 이를 낳고 이는 삼을 낳고 삼은 만물을 낳는다. 그러므로 허가 변하여 신이 되고 신이 변하여 기가 되며 기가 변하여 정이 되고 정이 변하여 형이 되며 형은 곧 사람이 된다.'고 진치허가 말했습니다.

그러면 역행이라는 것은 무엇이겠습니까?

'만물은 삼을 머금고 삼은 이로 돌아가며 이는 일로 돌아간다. 이 도리를 아는 사람은 신을 편안히 하고 형을 지키며 형을 기르고 정을 단련하며 정을 쌓아서 기로 변화시키며 기를 단련하여 신에 합일하며 신을 단련하여 허로 돌아가게 한다. 이렇게 하면 곧 금단이 완성된다.'고 역시 진치허가 말했습니다.

도교는 연양을 가장 중시하는데 연은 정을 단련하고 기를 단련하는 것을 가리키고 양은 성을 기르고 신을 기르는 것을 가리킵니다. 습정이라 부르기도 합니다.

연양은 일정한 수련을 거쳐 수명을 연장하고 나아가 장생의 경지에 도달하기를 희망합니다. 이를 위해 정공 동공 기공 외단 내단 방중 같은 방법들을 행합니다.

정공은 성을 기르고 덕을 쌓는 수련이고, 동공은 신체를 건강하게 하는 수련법이고, 기공은 호흡을 단련하는 수련법이고, 방중은 성생활의 위생술이고, 외단은 단약을 복용함으로써 장생을 추구하는 방법이고, 내단은 도교 양생 수련 공부의 종합입니다.

조의진은『원양자법어』에서 이것을 설명했습니다.

'도는 오직 텅 빈 곳에 모이니 내단과 외단은 본래 둘이 아니다.

수련법에서 내단과 외단으로 나누어지는 것은 인연이 다르기 때문이다. 그들의 효용은 서로 다르기는 하지만, 그러나 도에 나아간다는 점에서는 같다.

이른바 내라는 것은 본래부터 자성과 법신이 갖추어져 있어 밖에서 빌리지 않아도 저절로 참되다. 이러한 내면을 수련하는 방법은 정을 다스려 성으로 돌아가고 성을 다스려 본원으로 돌아가는 것이다.

유위의 행위는 무위에서 나오는 것이니 증득한 바가 없는 증득이 참다운 증득이다. 태가 완성되어 신화가 이루어지면 육신을 벗고 신선의 세계에 오르게 된다.

하나의 신령스러운 진성을 금단이라 부르니 지수화풍 사대로 이루어진 몸을 화로로 삼아 환을 제련한다고 구결에서 말했다. 이것이 진일이고 현일이고 내단으로 불리기도 한다.

이른바 외라는 것은 잠시 빌린 색신으로서 훼손되는 것을 피할 수 없으니 반드시 외부의 약에 의존해야만 점차 참된 몸으로 변화된다. 이런 외부의 약을 연단하는 방법은 해와 달의 정기를 취하고 건곤의 조화를 빼앗는 것이니 이 약 숟가락을 입에 넣기만 해도 정욕이 순식간에 사라진다.

몸의 뼈와 살이 모두 융화되어 육체와 정신이 모두 오묘해지면 나는 낮에 하늘로 승천해 옥청궁에 초대된다. 목액은 본래 단사로부터 나오니 목액을 금으로 제련하면 환단이 된다고 구결에서 말했다.

단을 다시 금으로 변화시키고 금을 녹여 액체로 만들면 이것이 환단이고 금액이며 또 외단으로 불리기도 한다.

그러므로 신선이 되고자 하는 사람은 지극한 요체를 얻어야 하는데 그 요체는 정을 아끼고 기를 운행시키며 대약을 복용하는 데 있다. 비록 행기라고 말해도 행기에는 수십 가지의 방법이 있으니 그 핵심은 환정보뇌에 있다. 비록 복기라고 말해도 복기에는 백여 가지의 방법이 있으니 그 핵심은 태식에 있다.'

양생을 연구한 도교의 긴 역사를 이렇게 간략하게 줄여 말했습니다. 어떻습니까?"

묵묵히 듣고 있던 제선이 조용히 대답했다.

"이것은 개인의 장생을 위한 사유입니다."

도사는 빙그레 웃었다.

"그렇습니다. 우리는 그 이상을 바라지 않습니다."

"실례되는 질문이지만 선생님은 연세가 얼마나 되었습니까?"

"나는 이제 겨우 백오십 살이라오. 선배들에게 비하면 어린아이와 다름

없지요."

제선은 일어나서 도사에게 큰절을 올렸다.

방을 나와 짐꾼들이 기다리는 곳으로 가며 생각했다.

'도사는 어지러운 세상을 바꾸기에는 너무 자신의 안으로만 들어갔다. 몸을 양생하여 신선이 된들 그것은 개인의 영역에 한정될 뿐이다. 그렇다고 바깥세상이 변하지는 않는다. 모두가 신선이 될 수는 없기 때문이다.

나라는 것은 타인과 세상과의 관계에서 드러나는 존재이다. 세상을 도외시하는 사유는 나와 세상을 위한 진정한 변화를 이룰 수 없다.'

그러나 사람의 몸에 관한 연구가 마음과 대비되어 정밀하게 진행된 것에 대해서는 이전에 훈장을 하면서 읽었던 도가의 여러 책과 또 자신이 익혔던 무예의 경지와 관련해 그 의미를 인정하지 않을 수 없었다.

31.

헌종 15년, 을유년, 1849년, 4월 10일.

중희당에서 약원이 입진했다.

도제조 권돈인이 헌종에게 말했다.

"신이 초하룻날에 인정전에서 문안드린 뒤 이제야 비로소 등연하여 천안을 본즉 옥색이 여위고 색택이 꺼칠하시니 아랫사람의 심정이 불안하기 그지없습니다. 근일에는 주무시는 일이 어떠하십니까."

왕은 염병에 까마귀 소리를 들은 사람처럼 얼굴이 부스스하게 부었다.

"이번에 괴로운 것은 처음부터 체기가 빌미가 되었고 별로 다른 증세는 없었다. 근일 이래로 체기가 자못 줄었고 잠도 조금 나아졌다."

권돈인이 다시 말했다.

"근일 중외의 여정은 상후가 점점 회복되는 것을 살피지 못하므로 아직도 초민하고 걱정이 박절하다 합니다. 여정은 그러할 듯합니다."

왕이 말했다.

"잘 알지 못하니 괴이할 것도 없겠다."

권돈인이 조바심을 냈다.

"근일 조리하는 탕제를 대내에서 드시므로 바깥에서는 드시는 것이 무슨 처방인지 몰라서 우려가 적지 않으니 약방의 사체로 말하면 이것이 어찌 말이 되겠습니까. 이 뒤로는 다려 드리고 지어 드리는 것이 모두 탑교에서 나온다면 사체가 당연할 것이고 여정의 답답함이 쾌히 풀릴 것입니다."

"그렇다. 탕제는 탑교를 내겠다."

왕이 허락했다.

권돈인이 다시 주의를 주었다.

"약방의 입시는 다른 입시와 달라 전부터 와내에서 편복으로 하시는 예가 있습니다. 오늘은 동풍이 좋지 않은데 어찌하여 옮겨 계십니까. 옥체가 노동하시면 맥후도 안정되지 않아 맥도를 상세히 살피는 데에 방해됩니다."

왕은

"그렇다."

하더니 돌아누웠다.

권돈인은 사월 한 달 내내 거의 매일 입진했다. 왕의 환후는 불안했다.

어느덧 유월에 접어들었다.

병세는 심상치 않았다. 유월 초부터는 약원에게 명해 번갈아 입직시켰다.

유월 육 일은 아침부터 약원에서 세 제조와 시임 원임 대신과 각신이 모두 입직했다.

왕의 병세가 점점 위독해지더니 오시에 창덕궁 중희당에서 승하했다.

순조의 손자이자 요절한 효명세자의 외아들로 덕종이 대리청정 중 병으로 요절하고 할아버지 순조가 건강이 급격하게 악화해 서둘러 왕세손으로 책봉되었다가 불과 여덟 살로 조선 최연소 왕으로 즉위하고 십오 년이 지나니 올해 나이 이십삼 세였다.

대왕대비는 즉시 소복으로 갈아입고 구전으로 하교하여 권돈인을 원상으로 삼았다.

"하늘이 어찌하여 우리에게 차마 이렇게 한단 말인가?"

대왕대비는 소리 내어 울며 이 말을 반복했다.

영중추부사 조인영이 옆에서 흐느끼며 넋두리를 했다.

"오백 년 종사가 어찌 오늘에 갑자기 이렇게 될 줄 알았겠습니까."

이 말을 듣자 대왕대비는 더 소리 내어 울었다.

"슬픔을 당하는 것이 어찌 이토록 지극한가."

조인영이 달랬다.

"바라옵건대 너그러이 억누르소서."

행판중추부사 정원용이 옆에서 거들었다.

"신들이 복이 없어 이런 무너지는 아픔을 당했으니 하늘과 땅이 망망합니다. 무슨 말로 우러러 위로하겠습니까마는 이제 종사가 매우 위험하니 신민이 바라는 바는 오직 우리 자성 전하이십니다."

권돈인도 머리를 조아렸다.

"신들은 불충하기 이를 데 없는 몸으로서 질긴 목숨이 끊어지지 않고 늙어 흰 머리가 되어 이런 무너지는 변을 당하니 슬프기 그지없습니다. 이것은 모두 신들의 죄입니다."

조인영은 한술 더 떴다.

"국운이 어찌 이렇게까지 되었습니까."

보다 못한 행판중추부사 박희수가 달랬다.

"극진히 너그럽게 억누르소서."

어느 정도 분위기가 잡히자 좌의정 김도희가 도갓집 강아지처럼 재촉했다.

"종사의 대계는 한시가 급합니다. 바라옵건대 빨리 하고하소서."

대왕대비가 알아듣고 말과 울음이 반반이 되어 울먹이면서 하교했으나 목소리가 너무 작아 대신들이 알아듣지 못했다.

정원용이 다시 재촉했다.

"종사의 대계가 급하옵니다. 바라옵건대 너그러이 억누르고 분명하게 하교하여 신들이 상세히 듣게 하소서. 이는 막중하고 막대한 일이므로 말씀만으로는 받들 수 없습니다. 바라옵건대 문자로 써서 내리소서."

대왕대비가 허리춤에서 종이쪽지를 꺼냈다.

"여기에 문자로 쓴 것이 있소."

정원용이 쪽지를 받아 읽더니 다시 물었다.

"연세가 지금 몇입니까."

"열아홉이오."

조인영을 비롯한 대신들이 정중하게 허리를 굽혔다.

"종사의 대계가 이제 이미 정해졌으니 아주 경행입니다. 이는 지극히 중요한 일이니 군총의 얼마간을 먼저 정하여 보내서 본제를 배위하는 것이 좋을 듯합니다."

대왕대비가 허락했다.

"먼저 배위를 보낸다는 것은 과연 좋다."

정원용이 다시 말했다.

"이 일은 지극히 중대하므로 신적을 받들고 가서 공경히 전하고 공경히 받드는 것이 실로 예절에 맞습니다. 이제 내리신 자교를 정원을 시켜 삼가 정서하게 하여 자성께 입람한 뒤 도로 내리시면 채여를 받들고 의장을 갖추어 신들이 배종하여 가서 공경히 전하는 것이 마땅하겠습니다."

"사체가 과연 아뢴 바와 같으니 그렇게 하라."

정원용은 대신들 앞에서 자교를 읽었다.

"이원범을 종사의 부탁으로 삼는다. 종사의 부탁이 시급한데 영묘조의 핏줄은 금상과 강화에 사는 이원범뿐이므로 이를 종사의 부탁으로 삼으니 곧 광의 셋째 아들이다."

정원용이 읽기를 마치자 대왕대비가 다시 하교했다.

"봉영하는 의절은 전례에 따라 거행하라."

좌의정 김도희가 대왕대비의 눈치를 살피며 말했다.

"이제 하교를 받자옵건대 종사의 부탁이 이미 정해졌으니 아주 경행스럽기 그지없습니다. 삼가 생각하옵건대 신왕이 서무를 밝게 익히는 방도는 오로지 자성 전하께서 수렴하여 이끄시는 가르침에 달려 있습니다. 바라옵건대 빨리 전교를 내려 뭇사람의 심정에 답하소서."

비로소 대왕대비의 얼굴이 펴졌다.

"신왕은 나이가 약관에 가깝고 나는 나이가 예순이 지나고 또한 이미 정신이 혼모하였은즉 이제 어찌 다시 이 일을 논하랴마는 나라의 일이 지극히 중한데 이미 미룰 곳이 없으니 애써 따르겠다."

대왕대비의 목소리에 힘이 들어갔다.

"수렴 절목은 해조를 시켜 전례에 따라 거행하게 하라. 그리고 봉영하기

전에 병조 도총부의 당상 낭관이 삼영문의 군교를 거느리고 먼저 가서 호위하라. 봉영하는 대신으로 정 판부사가 가라. 봉영하는 승지로는 도승지가 가라."

돌미륵이 웃을 노릇이었다.

이로써 자리에 있던 사람들의 기득권은 보장되었다. 그들은 모두 만족해 거산했다.

원범은 사도세자의 후손이다.

사도세자는 정실부인 혜경궁 홍씨 이외에도 후궁을 여럿 두었는데 그중 숙빈 임씨와의 사이에서 아들 은언군을 가졌다. 그러나 은언군은 정조 시절 역모에 연루되어 일가가 모두 강화도 교동으로 귀양 갔다.

사십여 년이 지나 유배에서 풀려 한양에서 살기 시작했고 그다음 해에 원범이 태어났다. 즉 원범은 사도세자의 서자인 은언군의 손자이다.

원범은 열네 살까지 한양에서 자랐다. 그런데 큰형 명이 역모를 꾀하다 발각되어 연좌제로 둘째 형 경응과 함께 삼 형제가 다시 강화로 유배 갔다. 여기서 오 년 동안 나무를 베면서 살았다.

그를 왕으로 세우기 위한 행렬이 왔을 때 원범은 두려워 산속으로 도망갔다.

유월 초아흐레 새 임금이 인정문에서 즉위했다.

열여덟 살 먹은, 문자를 모르는 무식쟁이였다.

가게 기둥에 주련이라더니 사위할 때 면복을 갖추었다.

예방 승지가 내시와 더불어 대왕대비전의 합문 밖에 나아가 대보를 내주기를 청하여 빈전에 봉안했던 대보를 받아 인정문에 납시하자 백관들이 행례했다. 이어 교서를 반포했다.

당월 열이레부터 왕대비나 대왕대비가 어린 임금을 대신하여 정사를 보살폈는데 신하들이 언구럭 부리는 것을 피하여 주렴을 드리우고 염교를 내렸다.

왕이 김병국의 종매를 비로 맞아 김문근이 국구가 되었다.

순조 때에는 김조순이 헌종 때에는 김조근이 국구로 있었다. 순조에서 철종까지 삼 대를 안동 김씨 가문에서 비가 나왔다.

32.

헌종 15년, 을유년, 1849년, 여름.

일부는 스승이 있는 연산으로 돌아와 스승의 환후를 보살피면서 다시 숙제를 풀기 위해 노력했다.

'『주역』으로는 흰 그늘을 풀 수가 없다. 『주역』은 우리 것이 아니고 중국 주나라의 역이기 때문이다.

『주역』은 한족이 고대 중국의 사유에 섞여 있던 북방 샤머니즘 요소를 뽑아내면서 독자적 철학으로 완성시킨 것이다. 그들은 이 흐름을 타고 북방 유목계를 소인으로 몰아 숙청했다.

남의 것을 가지고 우리 문제를 풀려고 한 것은 잘못이었다. 스승이 다물을 언급했을 때 다 그럴 만한 이유가 있었다. 그것을 깨닫지 못하고 있었다.

이제부터 우리 것을 찾아보자.'

일부는 일세를 바꾸어 고대 선가를 찾아 들어갔다.

'아득한 옛날 땅 끝을 막았던 사방의 벽이 무너져 세상은 아홉 개의 주로 갈라졌다.

하늘은 세상을 모두 덮지 못하고 땅은 만물을 다 싣지 못했다.

불길이 맹렬하게 타올라 꺼지지 않고 물은 끝없이 넘쳐흘러 멈추지 않았다.

맹수가 선량한 사람을 잡아먹고 매와 독수리는 남녀를 가리지 않고 붙잡아 갔다.

이때 여와가 오색 빛이 나는 돌을 다듬어 하늘을 고치고 큰 거북의 다리를 잘라 사방 끝에 세웠다.

그리고 검은 용을 죽이고 화로의 재를 쌓아 올려 넘치는 물을 막았다.

하늘이 다시 푸르게 되고 사방 끝이 제자리를 잡고 넘친 물이 마르자 세상은 안정되었다.

교활한 맹수들을 잡아 죽이자 마을에 선량한 백성들이 되살아났다.'

일부는 오랜 옛날부터 북방 샤머니즘의 영향을 받은 고대 우리 민족의 사유 구조 안의 우주론에서 태극은 태극이로되 안에 음양동정을 포함한 천지인 삼재사상, 곧 삼일태극을 찾아냈다.

삼일태극은 태극이라는 한 근원적인 기운이 셋을 포함하면서 하나 노릇을 하는데 음양과 동정을 이미 포함했다. 생명, 물질, 영적 세계는 서로의 꼬리를 물고 이어져 있으며 동시에 모두 드러난 차원과 숨은 차원의 두 차원을 가진다.

숨은 차원은 드러난 차원에 개입하여 추동·비판·수정하고, 드러난 차원 즉 물질적이고 가시적 차원이 흩어지기 시작할 때 그것을 대체하면서 표면으로 올라온다.

삼일태극이 일상에서 일어나는 현상이 엇이다. 엇은 양극 대치 관계를 넘어서는 전체적인 시각에서 나온다.

엇은 엇갈리는 것이다. 비뚜로 혹은 뒤로 돌아가고 서로 겹치기도 한다. 하나가 다 끝나지 않았는데 다른 하나가 다시 시작한다.

활동하는 무라고 할까? 창조하는 자유라 할까?

엇은 갈아엎는 것이다. 다시 개벽이다. 상놈과 양반의 신분이 없어지고 여자와 남자의 차별이 없어진다.

또는 엇은 박자이다. 삼 박과 이 박이 합치면 엇박이 된다. 엇박은 혼돈 박이다.

두 박자는 균형과 절제, 질서와 평형, 고정과 느림, 그리고 가라앉는 것이다. 그러므로 두 박자의 세계는 『주역』이다.

『주역』은 혼돈한 세계에 질서를 부여하기 위해 음과 양의 대립을 다룬다. 대립한 것 사이에는 대립성과 동시에 통일성과 보완성이 있다는 것이 역의 이치이다. 이것은 평화로운 시기에 맞는 사유체계이다.

세 박자는 동요와 혼란, 혼돈과 변화, 장소이동과 빠름, 그리고 타오르는 것이다. 세 박자는 천지인 사상의 원리이다.

금목수화토의 오행의 벼리가 천이고 오행의 질료가 지이다. 천과 지 사이의 기 즉 생명이 인이다. 이것들은 서로 서로의 꼬리를 물고 이어진다.

몸의 내단전을 정기신 셋으로 보는 사유 역시 삼태극에서 나왔다. 정력 기운 신명이 사람의 몸 안에서 서로의 꼬리를 물고 엇갈리는 것이다.

삼일태극이야말로 어지러운 시기를 풀어낼 수 있기 위해 고대에서 빌려올 사유 체계가 아닌가?

『주역』은 다른 말로 표현하면 比(비)이다.

比(비)는 이것과 저것 사이의 반대나 일치를 다룬다. 인간의 삶 속에서 비는 역사가 된다. 역사란 개인들의 집합된 삶에 어떤 의미를 주어 체계화한 것이다. 그래서 비는 날카롭다.

삼태극은 다른 말로 표현하면 興(흥)이다.

興(흥)은 이것과 저것 사이의 모순이나 화해 밑에 숨어 있는 차원이다. 흥은 신, 신명, 신바람, 신내림, 그리고 영적인 대개벽의 혼동으로 통한다. 그래서 흥은 부드럽다.

다물은 흥이 앞에 있고 비가 뒤에 온다. 이른바 興比(흥비)이다.

부드러운 흥과 날카로운 비가 이어지면 큰 각성이 일어난다. 이른바 覺非(각비)이다. 나의 무궁함과 세계의 무궁함을 함께 깨닫는 것이 각비이다.

흰 그늘을 흥비에 대입하면 비라는 어둠을 흥이라는 영성적이고 감성적인 큰 신바람으로 교체한다는 뜻이 된다. 즉 숨은 차원이 드러난 차원으로 개시되는 것이다.

흰 그늘.

그래, 흰 그늘은 후천개벽이다.

허공에 『주역』의 육십사 괘가 거꾸로 흔들렸다. 양이 다스려지고 음이 춤추었다.

괘들은 서로 섞이더니 점차 사라졌다.

그 자리에 다른 문양이 서서히 나타났다. 삼일태극이 분화하기 시작했다.

하나에서 셋으로 셋에서 아홉으로 아홉에서 스물일곱으로, 그리고 드디어 팔십일로 나뉘었다.

그렇다. 그 문양은 질서 이전의 근원적 혼돈에서 만물이 현현하는 모습을 드러내고 있었다.

일부는 문득 공자의 말이 떠올랐다. '終萬物始萬物莫盛乎艮(종만물시만물박성호간)'* 간방은 동쪽이니 바로 이 땅을 이른 말씀이었다.

바뀌는 우주의 새 원형이 허공을 통해 다가왔다. 그 문양은 삼일태극도였다.

풍물과 판소리와 민요가 들리고, 걸뱅이 굿과 각설이 타령이 탈춤과 함께 어울렸다.

일부의 입에서 탄식이 터졌다.

"후천개벽은 세상에서 가장 천하고 어두운 곳에서부터 일어나리라."

태극은 역과 같아서 모든 기운이 모여들고 나가는 곳이며 만물이 생성하고 모습을 바꾸는 곳이다. 태극은 세계가 모두 바뀌는 곳이며 또한 모든 것이 완결되는 곳이었다.

"흰 그늘이 우주의 중심을 바꾸는구나."

그랬다.

흰 그늘의 흰은 바로 신이었다. 흰 그늘은 혼돈적 질서 역동적 균형 기우뚱한 균형, 비평형의 평형을 초월한다.

"神化律呂(신화율려)로구나!"

---

* 세상의 만물이 모두 끝나고 새로운 만물이 피어날 때 간방보다 더 치열한 곳은 없다.

神化(신화)는 물질이나 생명 세계에 한정되지 않고 신령한 질서와 거룩한 신비의 세계까지도 인간의 삶 속에 드러나도록 조직한다.

일부는 율려를 여율로 바꾸었다.

"일은 삼이고 삼삼은 구이고 구구 팔십일이로다."

그는 연담에게 인가를 받았다. 며칠 후 연담은 숨을 거두었다. 일부는 김광화와 함께 스승의 몸을 화장했다.

그리고 그간의 깨달음을 체계를 잡아 정리하기 위해 김광화가 근거지를 두고 움직이는 계룡산으로 같이 떠났다.

33.

헌종 15년, 을유년, 1849년, 여름.

제선은 어렵사리 천주학을 하는 정복식이라는 사람을 만났다. 제선만 보면 오줌을 지리던 칠패 주막 주모가 생색을 내며 은밀하게 소개해 주었다.

때가 때인지라 천주학을 하는 사람들은 자신이 드러나는 것을 두려워했다.

삼각산 기슭, 정복식의 집 대청에 앉아 제선이 가져간 수박을 잘라 두 사람이 같이 먹었다. 정복식은 머리를 시원스럽게 밀고 입술이 두꺼워 편안한 인상을 주었다.

제선이 물었다.

"야소라는 사람을 어떤 사람입니까?"

"그런 사람이 실제로 있었는지는 나도 잘 모릅니다."

"실재했던 인물이 아니라는 말씀입니까?"

"실재했을 수도 있고 만들어졌을 수도 있습니다."

"무슨 말씀입니까?"

"나는 사실 이전에 중이었소. 조부님 때부터 천주학을 받아들였으나 조부님께서 기해년에 교난으로 참수된 후로 부친은 천주학을 버렸소. 집에 있던 성경도 아궁이에 넣어 태워 버렸답니다.

부친 말씀으로는 조부는 당시 포졸에게 잡힐 것을 예측하고 「상재상서」란 글을 지어 우의정 이지연에게 올렸답니다.

그 글에서 조부님은 천주학이 조금도 그릇된 학이 아님을 변호하고 주자학의 허례허식을 통렬하게 논박했다고 합니다. 그러나 조정은 외면했답니다.

부친이 돌아가시자 나는 머리를 깎고 절에 들어가 불도를 공부했소. 그러나 절도 내 마음에 들지 않아 환속해 농사를 짓다가 우연히 천주학을 하는 사람을 만나 성경을 얻어 집에서 아무도 모르게 혼자 공부했소. 그런데 성경에 나오는 야소란 사람이 불도의 부처와 닮은 곳이 많아 처음에는 황당했소."

"야소가 부처를 닮았다는 말입니까?"

"그렇소. 잘 들어보시오. 부처와 야소가 태어난 이야기는 그들이 태어나 살았던 땅의 다름을 좇아서 전개 방식은 다르지만, 대강은 같습니다.

그들은 멀고 높은 하늘에 존재하는 신의 화신으로 특별한 사명을 가지고 이 세상에 내려오기 위하여, 남자의 씨를 받지 않고도 순결한 여인의 몸에서 태어났다는 것입니다. 야소를 낳은 마리아나 싯다르타를 잉태한 마야 부인은 남녀 교합 없이 순결한 몸에서 구세주를 탄생시켰습니다.

그리고 두 어린 구세주의 사명을 예고하고 인도하는 역할을 천사들이 맡습니다. 불경과 성서에는 구세주 탄생 직후 천사들의 노래와 예언이 기록되어 있습니다. 또 현자들이 경배한다는 이야기도 같습니다.

『마태복음』을 보면 야소는 폭군 헤롯 왕의 분노를 피해 잠시 이집트로 갑니다. 그러나 불도에는 그런 이야기는 없습니다. 왜냐하면 싯다르타의 부친이 바로 통치자였기 때문입니다. 그러나 싯다르타와 마찬가지로 갓난아기의 몸으로 태어난 힌두교의 신 크리슈나는 가족이 칸사 왕의 복수를 피해 피난 가야만 했습니다. 칸사 왕은 어떤 갓난아기를 크리슈나로 착각해 죽이지만 이 이야기는 『마태복음』의 기록과 놀라울 정도로 흡사합니다.

싯다르타와 야소가 영적인 깨달음을 얻고 가르침을 펴기 전까지 살았던 인생도 비슷합니다.

불경과 성경에는 두 사람의 어린 시절 이야기가 간략합니다. 그러나 모두 그들이 미래에 펼쳐나갈 인생과 밀접한 관계가 있습니다.

어린 싯다르타는 어느 날 나무 아래에 앉아 금식을 하며 고요한 명상 상태를 체험함으로써 속세를 떠난 상태에서 찾아오는 행복과 기쁨을 알게 됩니다. 싯다르타는 이 금식 기간 동안 악마에게 유혹을 받습니다.

야소는 열두 살 때 예루살렘 성전에서 학자들과 장시간 토론을 벌여 예리한 통찰력으로 히브리 학자들을 놀라게 함으로써 뒷날 자신이 펼쳐 나갈 인생을 어느 정도 드러내 보입니다.

야소는 요단강에서 요한에게 세례를 받은 후 바로 사막으로 가 사십 일 동안 금식과 고행을 합니다. 이것은 싯다르타가 깨달음을 얻기까지 육년 동안 실천한 혹독한 금식과 고행과 비슷합니다. 야소도 사막에서 악마의 유혹을 받습니다.

두 사람이 받은 유혹은 내용이 비슷합니다.

악마는 자신의 말에 따르면 온 세상의 통차자가 되게 해주겠다고 유혹하고 또한 돌을 떡으로, 산을 황금으로 바꾸어 보라고 시험합니다.

싯다르타는 악마의 유혹을 운명과 선한 공덕의 배경으로 물리치고 야소는 히브리 경전에 나타난 하나님의 말씀을 배경으로 물리칩니다.

믿음에 의해 기적이 나타난다는 생각은 천주학과 불도가 같습니다.

부처의 제자가 물위를 걸었다거나 야소의 제자 베드로가 물위를 걸었다는 이야기는 배가 등장한다거나 스승의 가르침이 배경으로 등장하는 것까지 비슷합니다.

싯다르타가 깨달음을 얻고 고향으로 돌아오자 출가 전의 부인인 야소다로 공주가 달려와 그의 발아래 엎드려 눈물로 발을 적셨다고 경전에 씌어 있는데, 야소가 어떤 집에 앉아 있을 때 죄를 지은 여인이 향유를 담은 옥함을 가져와 야소의 발치에서 울며 그 눈물로 발을 적시고 머리카락으로 씻은 후 발에 입 맞추고 향유를 부었다고 『누가복음』에 씌어 있습니다.

부처와 야소는 당대의 사상과 격렬하게 충돌했습니다. 두 사람 모두 자신들이 태어난 고장에서 배척당했고 기득권을 가진 기존의 지도자들로부터 미움을 받았습니다.

부처는 어떤 신분을 가진 사람이라도 같이 식사하기를 원하면 기꺼이 초대에 응했고 야소는 죄인이나 창녀와도 함께 밥을 먹었습니다.

두 사람 모두 사람 각자의 마음의 순결을 중요하게 보았습니다.

부처의 『법구경』이나 야소의 「산상수훈」에 나오는 가르침을 내용이 참으로 유사합니다.

지상에 내려온 신의 화신의 이야기를 완성하려면 승천이라는 기적이 필요합니다.

부처가 열반에 들어간 것도 일종의 승천이겠지요. 야소도 육체가 부활

한 이후 잠시 지상에 머물다가 구름을 지나 하늘로 올라가 하느님 오른쪽에 앉습니다.

이렇게 두 사람의 이야기에는 비슷한 내용이 많습니다.

야소는 부처님이 열반에 들고 오백 년이 훨씬 지나 나온 사람입니다.

당시 야소라는 사람이 정말 실재했는지는 나로서는 알 수 없습니다.

그러나 실재했다면 분명히 유대 사람이겠지요.

우리처럼 힘없는 작은 민족이었던 유대는 오랜 역사 속에서 항상 외세에 시달렸습니다. 그러다 보니 그들은 이기적이고 화를 잘 내고 돈을 좋아하는 신을 만들었고 자기들이 만든 그 신에게 구세주를 보내주기를 염원했습니다. 유대의 역사를 적은 기록이 구약입니다.

구약에 보이는 인간의 모습은 신의 노예 그 이상은 아니었습니다.

당시 유대는 로마라는 큰 나라의 지배를 받았습니다. 유대 민족이 가혹한 로마의 지배에서 벗어나려는 노력이 아주 없지는 않았습니다.

열심당이란 조직은 무력으로 로마와 충돌했습니다. 요한은 요단강 가에서 백성들을 일깨웠습니다. 백성들은 구세주를 기다리며 굴욕과 가난을 견디고 있었습니다.

그들 중 어떤 이가 인도로 가 불도를 배워 가상의 인물에게 부처의 이야기를 씌워 구세주 야소를 만들었을 수도 있습니다. 또는 이집트로 가 농사를 배운 어떤 사람이 이집트의 태양신 신화를 가져다 가상의 인물을 만들어 구세주 야소를 만들었다는 이야기도 있습니다.

야소가 실재했든 실재하지 않았든, 그 당시 유대 백성은 야소 같은 인물을 목마르게 기다렸을 것입니다."

"그렇다면 성경에 기록된 야소를 우리가 어떻게 이해해야 합니까?"

"최초의 성경은 야소가 죽고 나서 이백 년 가까이 지나서야 나온 『누가복음』입니다. 그 이후로 여러 복음서가 다투어 나왔습니다.

한 사람이 죽고 나서 오랜 시간이 지난 후에 나온 기록들이 얼마나 그 사람의 일생을 정확하게 묘사할 수 있겠습니까? 다만 기록하던 당시에 직면한 여러 문제를 풀기 위한 방편이 많이 들어갔을 것입니다.

나는 그래서 성경이 야소가 죽고 난 이후 유대인이 전설처럼 전해지던 이야기를 부풀려 기록했던 글과 그 주변 지역에 성행했던 여러 영적인 수도를 하던 사람들의 영향을 많이 받았으리라고 짐작합니다."

"야소라는 인물이 실재했건 실재하지 않았건 성경은 지금 우리에게 전해지고 있습니다. 성경을 앞세운 천주학도 이미 우리 땅에 들어왔습니다. 그러면 천주학의 가르침을 한마디로 말한다면 무엇이라고 하겠습니까?"

"사랑입니다."

"어떤 사랑입니까?"

"하느님께서 사람에게 내리는 은총과 사람과 사람 사이의 사랑입니다."

"하느님은 누구에게 은총을 내립니까?"

"지상에 있는 모든 사람입니다."

"그런데 하느님의 은총을 받는 모든 사람에게 왜 차별이 생깁니까?"

"사람과 사람이 서로 사랑하지 않아서입니다."

"그것은 왜라고 생각합니까?"

"사사로운 이익에서 벗어나지 못하는 사람들이 있기 때문입니다."

"그러면 천주학은 이 문제를 어떻게 해결하려 합니까?"

"우리는 하나님이 인간을 창조했다는 성서의 말을 중시합니다. 처음 하나님이 인간을 만들 때 인간은 모두 평등한 존재였습니다. 그러나 역사 속에서 지배자와 피지배자가 생기며 차별이 고착되고 말았습니다.

우리는 하나님이 인간을 평등하게 창조했다는 성경의 가르침으로 돌아가 이것으로 차별을 운명으로 생각하고 굴종하는 사람들을 깨우치려 합니다. 깨우친 사람들은 서로 사랑할 것입니다.

그리고 하나님께서 착한 일을 하는 사람에게는 상을 주고 악한 일을 하는 사람에게는 벌을 줍니다. 나는 이것을 굳게 믿습니다."

"좋은 말씀입니다. 사람 사는 세상에서 무엇이 선이고 무엇이 악인지는 구태여 물어보지 않겠습니다. 하나님이 상을 주고 벌을 준다는 말은 상을 받고 벌을 받아야 하는 인간에게는 너무 일방적인 처사로 보일 수 있습니다. 하나님의 은총에 의지한다는 생각은 타력에 의존한다는 것인데 그런 생각은 불도의 미륵신앙과 비슷합니다."

"타력과 자력을 굳이 구분할 필요는 없습니다. 타력을 받으려면 개인에게 충분한 자력이 있어야 합니다. 자력이 준비되지 않은 사람에게 타력이 들어갈 수는 없습니다."

"내가 듣기에 서양 오랑캐가 청국을 침탈하면서 먼저 야소교 신부를 보내 내부 사정을 정탐하게 했다고 합니다. 이것을 어떻게 생각합니까?"

"아무리 좋은 학이나 도라도 체계가 서고 조직이 커지면 타락하기 일쑤입니다. 더구나 비대해진 조직이 정치 세력과 야합하면 처음의 건전한 사유는 실종되고 점차 정치의 하수인으로 전락하고 맙니다. 당신은 천주학의 말폐만 지적해 하는 말씀입니다."

갑자기 날이 어두워지더니 우레 소리가 들렸다. 물비린내를 품은 바람이 불어오고 먹장구름이 하늘을 덮더니 소나기가 쏟아지기 시작했다.

"오늘 좋은 말씀을 잘 들었습니다. 선생님의 원대하고 선한 뜻이 하루라도 빨리 이 땅에서 꽃이 피었으면 좋겠습니다.

내가 보기에 나라에서는 지금 당장 신분제를 풀 생각은 없어 보입니다. 또 조상에게 제사를 금하는 일도 천주학 교리와 우리 풍속이 잘 절충하는 방법이 없는지 신중하게 고민하셔야 할 것입니다.

이나저나 나라에서 천주학을 심각하게 경계하고 있으나 아무쪼록 몸을 잘 살피셔야 합니다."

"고맙소이다."

제선은 대청에서 일어났다. 허리를 깊이 숙여 정복식에게 고마움을 표현했다.

장터로 돌아오며 제선은 생각했다.

'천주학에는 하나님이 사람과 외따로 떨어져 하늘 저편에 산다. 그 하느님이 지상에 사는 모든 사람의 일거수일투족을 살피며 관여해 상을 주고 벌을 준다는 생각은 신화와 같아 사람을 하나님의 노예로 삼는 시대에 처진 교리이다.

이미 돌처럼 고착된 세상의 차별을 넘어 사람과 사람의 진실한 사랑을 이끌어 내기에는 너무나 공허하다.

천주학은 불도의 한 부분인 미륵신앙의 아류에 불과하다.'

힘을 길러 약한 자를 침탈하는 서양 오랑캐들이 천주학을 신봉한다는 점에서 더 믿음이 가지 않았다.

34.

헌종 15년, 을유년, 1849년, 가을.

이근수는 충청도 홍주 사람이다.

허우대가 듬직하고 짙은 눈썹 아래 두 눈이 부리부리했다. 누가 보아도
잘생긴 사내였다. 목소리도 탁한 수리성이 우렁찼다.

몰락 양반인 아버지가 천주학을 하다 상주 감옥에서 옥사했으나 다행히
적지 않은 재산을 남겼다. 근수는 상주 고을 수령을 죽여 아버지의 원수를
갚으려 했다.

관아를 치기 위해서는 힘을 길러야 했다. 안동으로 가 이 포수에게 포술
을 배웠다.

적당한 기회를 잡지 못하다 무과에 응시해 급제했다.

이후 이름을 홍이라 바꾸었다. 임직을 기다리던 중 영주군 풍기에 있는
외가에 들렀다. 여기서 허생관 노인을 만났다. 허생관은 삼 일을 연이어
근수를 찾아와 관상과 수상을 봐 주었다.

마지막 날, 허생관은 일어나 근수에게 큰절을 했다.

"당신은 하늘로부터 나라를 위해 큰일을 할 명을 받고 태어났습니다. 당
을 일으킨 곽분양이나 한 고조를 도와 진을 멸망시킨 장자방과 같은 상입
니다."

근수가 놀라서 같이 절을 하며 물었다.

"어르신 말씀이 과하십니다."

허생관은 엎드린 채 고개를 들고 정색으로 다시 말했다.

"머지않아 서양 대국이 천하를 소란하게 하여 우리를 심하게 해칠 것입니다. 그들의 일지는 모두 짐승이나 다름이 없습니다. 서쪽의 서양을 누르고 북쪽의 만주족을 막고 무지막지한 조정을 일깨워 백성을 살리는 일은 당신이 입맷상이 되어 시작해야 합니다.

원하건대 당신은 스스로 사랑하여 이 늙은이가 하는 말을 노망이라 여기지 말고 충심을 다해 백성을 위해 애를 써 주시오."

노인이 워낙 진지하게 말하므로 근수도 얼떨결에 그만 '예' 하고 대답하고 말았다.

"당신은 앞으로 허다한 풍상을 겪을 것이오. 그러나 반드시 성공하게 될 것입니다. 나는 이미 늙어 그것을 보지 못하고 죽는 것이 한이 될 뿐입니다."

허생관은 노안에서 굵은 눈물을 뚝뚝 떨구었다.

보름달이 밝으니 구황 타러 가기 좋게 생겼다.

근수는 노인의 말을 전적으로 믿지는 않았으나 자신이 앞으로 살아갈 길을 가리키는 하나의 계시로 삼았다. 근수는 이때부터 사소한 은원에 집착하지 않고 세상을 위해 자신이 할 수 있는 일을 깊이 고민했다.

이름을 필제로 바꾸었다.

그 역시 당시 왕조 말기에 만연한 부패에 대해 염증을 느끼고 있었다. 홍주로 돌아온 후 앞날을 깊이 숙고한 끝에 환로를 포기했다.

근수는 무력을 통한 혁명을 꿈꾸었다. 우선 작더라도 직접 자신의 세력을 키워 나가기로 마음먹었다.

그는 재산을 모두 정리한 엽전 꾸러미를 자루에 담아 어깨에 메고 조령으로 들어갔다.

조령은 경상도 문경과 충청도 괴산 경계를 이루는 고개다. 이화령 북쪽 이십 리 못 되는 지점부터 신선봉과 조령산 사이에 송림이 우거졌고 특히 송림 가운데 박달나무가 군집해 있는 곳에 화적이 자주 출몰한다는 풍문이 있었다.

고개 아래 주막에서 입시를 하고 자개바람처럼 씩씩하게 고개로 올라갔다. 필제가 일부러 자욱길을 골라가며 조령 중간쯤 오르니 과연 박달나무 숲이 무성했다. 그는 엽전 자루를 내려놓고 길가 평탄한 바위에 앉아 화적이 나타나기를 기다렸다.

한나절 내내 기다렸으나 아무런 기척이 없었다. 필제는 풀밭에 누워 코를 골면서 자는 척했다. 그러다 자몽해져 정말 잠이 들었다.

이윽고 해가 져 어둑어둑해지자 숲에서 부시럭거리는 소리가 나더니 사내 몇이 불쑥 튀어나왔다. 모두 손에는 박달나무 몽둥이를 들어 거벅스러웠다.

잠이 깬 필제는 천천히 일어나면서 궁시렁댔다.

"대낮부터 계집 궁둥이만 두드리고 있었나? 왜 이제야 나타나는 거요? 오늘 밤을 여기서 새우는 줄 알았잖아?"

그들은 웬 허우대가 멀쩡한 젊은 놈이 엄한 소리를 하자 미친놈이 지랄을 한다고 눈이 둥그레졌다. 필제는 엽전이 든 자루를 들어 그들 앞에 던지며 소리쳤다.

"이걸 모두 바칠 터이니 나도 한패로 넣어주시우."

사내들은 일단 필제를 포박하여 산채로 데리고 갔다.

골을 여러 구비 지나 시오리 길을 오르자 비탈이 심한 바위 언덕에 조그마한 굴이 보였다. 굴을 지나자 넓은 평지가 나타났고 그곳에 산채가 있었다.

필제를 끌고 가던 사내 중 하나가 품에서 쇠뭉치를 꺼내더니 뒤에서 필제의 뒤통수를 갈겼다. 필제는 정신을 잃고 땅바닥에 엎어졌다.

얼마 후 필제가 정신을 차려보니 자신은 두 손목과 발목이 밧줄에 감긴 채 대청이 넓은 집 마당에 엎어져 있었다. 대청에는 두목인 듯한 사내 둘이 나무로 만든 의자에 앉아 있었고 마당에는 졸개들이 모여 웅성거리며 그를 쳐다보고 있었다.

뒤통수에서 뻐근한 통증이 느껴졌다.

"한패가 되려는 사람에게 이게 무슨 행패냐?"

필제가 고개를 들어 꾸짖었다. 안 그래도 큰 목청이 화가 나자 산채가 무너질 듯 우렁찼다.

그러나 저쪽도 만만치 않았다.

"이놈이 간이 배 밖에 나왔구나. 이놈아! 네가 관에서 보낸 간자라는 걸 우리가 모를 줄 알았느냐?"

키가 어즈버니 필제와 비슷해 보이는 자가 기세 좋게 을러댔다. 나이가 삼십 대 중반쯤 되었는데 인물이 수려해 산적 두목이라기보다는 기생집 기둥서방이 어울려 보였다. 먹물이 들어갔는지 목소리에 절도가 있었다.

"관의 앞잡이가 전 재산을 털어 가지고 왔겠소?"

필제가 한 수 접었다.

두 두목은 서로 마주 보고 웃었다. 키는 작으나 옆으로 떡 벌어진 자가 일어나더니 댓돌을 건너 필제에게 다가와 간을 보았다.

"돈이야 관에서 받아왔겠지. 이놈은 쌍판이 물엿처럼 희번드레해서 양반 찌끄러기 냄새가 난단 말씀이야."

필제가 같이 빈정거렸다.

"양반은 양반인데 한물간 양반이라 탈이지."

"한물간 양반도 양반인데 어째 화적질을 하려고?"

이제야 좀 이야기가 통한다 싶어 필제가 목소리를 낮추었다.

"내가 다 이야기할 터이니 일단 나를 좀 풀어 다오."

웬걸, 땅딸보가 그 말을 듣더니 오히려 딴소리를 했다.

"이놈이 여기가 제집 안방인 줄 아는구나. 새재는 장대 끝에 매달린 대구포에 온 동네 쉬파리 모이듯 관가 끄나풀이 오가는 곳이다. 감히 누굴 속이려 하느냐? 야들아! 이 더러운 놈을 때려 죽여 버려라."

옆에서 대기하던 졸개 두엇이 기다렸다는 듯이 몽둥이를 들어 필제를 마구 두들겼다. 필제는 매를 못 이기고 얼마 되지 않아 죽은 듯이 축 늘어졌다.

키 큰 두목이 의자에서 일어났다.

"됐다. 그놈을 씻겨서 내 방에 데려오너라."

신고식을 마친 필제는 조령 화적패에 들어갔다. 자신이 무과에 합격했다는 것을 밝히지는 않았다. 위를 잘 모시고 동료를 잘 다독거리며 은인자중하며 분위기를 살펴보기로 했다.

　산채 규모는 의외로 컸고 마치 병영처럼 엄중하게 질서가 잡혀 있었다. 외곽에 마을을 형성해 그들의 가족을 돌보며 올빼미네 집처럼 푸지게 살고 있었다.

35.

철종 1년, 경술년, 1850년, 봄.

제선은 잠시 말미를 내 북청 도가에 들렀다.

김정태는 재미있는 놀이가 생겼다며 데설궂게 웃었다.

"여보게 동생, 우리와 한 번 어울리지 않겠나?"

"무슨 좋은 일이라도 있습니까?"

"암, 있다마다. 꿀맛 같은 재미가 쏠쏠하다네."

"그래, 도대체 무슨 일입니까?"

하마가 나서서 생색을 내며 말했다.

"한양의 높은 벼슬아치 집안 청상과부들이 계를 하나 만들었다네. 자기네끼리 청상계라고 부르지. 이들보다 지체가 조금 못한 과부들끼리 만든 백상계도 있다네.

이 두 계 계원들이 한 달에 한 번 곗날을 정해 만나는데 뚜쟁이 할미에게 시켜 건장한 젊은 사내를 불러와 접대부를 시키는 거야.

그 뚜쟁이 할미가 형님과 동업을 하게 되었지. 형님이 물을 나르던 건장한 사내들을 과부들 곗날에 보내주었어. 여기에 관한 실무를 내가 맡은 거야.

내가 사내들을 거느리고 출장을 나가는데 고것들 육덕에 내 뼈가 삭는 중이다."

제선도 빙그레 웃었다.

"형님이 출세하셨구랴."

"암 출세했지. 과부들이 그날 짝이 된 사내가 마음에 들면 아예 자기 집으로 데려가 벽장 속에 감춰 두고 허구헌 날 재미를 보는 거야. 아무리 고기 맛이 좋아도 나는 벽장 속에는 못 들어가네만.

처음에는 과부들끼리만 모였는데 시벌시벌 소문이 나 여염집 마님들이 곗돈을 두 배로 내겠으니 계에 끼워달라고 몰려왔어. 과부들이 사양할 턱이 없지. 그래서 이 사업이 제법 번창하는 중일세."

"과부들은 그렇다지만 여염집 마님들이 그래도 되겠습니까?"

하마가 목소리를 죽였다.

"이 사람아. 청상, 백상계 대장이 누군지 아는가?"

"누구입니까?"

김정태가 나섰다.

"김좌근의 첩 나합이란다. 나합이 요즘 내 물건 맛에 빠져 제정신이 아니다. 이년이 나주 기생 출신인데 남자 호리는 데는 백 년 묵은 여우가 꼬리를 사릴 정도다.

늙은 김좌근이가 하초에 무슨 힘이 남아 있겠나. 색골인 나합이를 칠십 먹어 자위진 노인 좌근이가 감당할 수가 없지.

나합이가 김좌근이 주변에 벼슬하는 놈들을 이불 밑으로 끌고 들어가 해가 똥구멍까지 솟도록 맛을 본다더니 그것만으로는 부족했던 모양이야. 좌근이 아들 병기에게도 자처 침을 흘리고 있어.

식객들은 물론이고 참판 조연창이도 불러 몇 번 데리고 놀았던 모양이고 그 밑에 있는 놈들은 부지기수로 불려 갔다더군.

거시기를 불끈 세운 놈들이 송파나루까지 줄을 설 지경이라지. 그런데 그놈들은 나합이 맘에 쏙 들지는 못했던 모양이야.

그래서 내가 요즘 아주 본때를 보여주는 중이다. 나합이 무산선녀보다 한 끗발 밑이지만 잠자리 맛은 감질나게 좋다네. 어때, 자네도 한 번 나합이 맛을 보지 않겠나?"

제선은 고개를 저었다.

"형님 나는 빼주시오. 장사하기도 정신이 없소. 그런데 나합이 사람 이름입니까?"

"나주 기생 양 씨가 김좌근이와 국정을 논해 방백과 수령들이 그녀 손에서 놀아나다 보니 창자가 없는 소인배들이 그 여자를 나주 합하라 부르다 그냥 나합이라 굳어진 게지.

그나저나 그 기가 막힌 맛을 안 보겠다니 고상하신 샌님이 오죽하겠나? 나중에 후회하지나 말게."

하마가 다시 나섰다.

"이 과부들이 무식하고 힘 좋은 사내만으로는 성이 차지 않았던 모양이야. 대가리에 먹물이 있고 행색이 반들반들한 젊은 서생도 주문하는 거야.

그 일도 이 형님이 맡았지. 시골서 과거를 보려고 공부하러 한양에 올라온 서생이 어디에 유숙하고 있다는 정보가 오면 장정을 여럿 보내 납치하는 거야. 이들만으로는 머릿수를 못 채워 밤중에 노상 납치도 하네.

한양 사는 어떤 서생이 친구를 만나고 인정이 넘어 들어오는 걸 종가 이문에서 기다리다가 자루를 덮어씌워 잡았지. 그걸 둘러메고 과붓집 뒷문으로 들어가 방에다 넣어준단다.

처음에는 어리둥절해 있다가도 곱게 치장한 여인이 사향 내를 풍기며 방에 들어가면 고자가 아닌 이상 사양하는 서생은 없어. 그래 놓고 우리는 하녀 방으로 들어가는 거야.

모두가 밤새 수고를 해 노곤하지만 파루를 알리는 북소리가 들리면 마무리 작업을 한다. 다시 동방 누룩 뜬 듯 하초에 힘이 없어 허우적거리는 서생을 자루 속에 넣어 어젯밤 납치했던 곳으로 운반해다가 풀어 주는 거야.”

김정태가 웃으며 말했다.

“한 번은 대낮에 나합이와 한참 재미를 보는데 하녀가 김좌근이 왔다고 알려주는 거야. 허겁지겁 옷을 주워 입었으나 방을 빠져나갈 시간이 없었어.

좌근이가 방에 들어오자 노련한 나합이 바로 나를 좌근이에게 관상쟁이라 소개하는 거야. 내가 요즘 유명한 관상쟁이 모모라 하며 영감은 아직이 사람에게 관상을 보지 않았냐고 물으니 멋도 모르는 좌근이 손뼉을 치며 웃지 않겠나.

나는 졸지에 관상쟁이가 되어 김좌근이 관상을 봐주고 빠져나왔네. 혀에 종창이 나는 줄 알았네.”

세 사람은 파안대소했다.

“형님, 참 대단하시오.”

김정태가 웃음을 그치고 말했다.

“자네는 그런 재미를 모르고 사니 참 안타까운 일이야. 나합이 감창소리가 얼마나 사족을 오그라뜨리는지 자네는 상상도 못할 게야.

한 번 거사를 치르고 나면 오히려 내 몸에 힘이 펄펄 남아도는 데야 더 말해서 무엇하겠나?

남녀 간의 교합도 서로 궁합이 잘 맞으면 사는 데 큰 기쁨을 주는 법일세. 세상을 사는 법에 무슨 정답이 있겠냐?

동정호 칠백 리라네. 자네는 너무 인생을 진지하게 보아서 탈이지.

물론 세상에는 자네 같은 사람이 꼭 필요하기는 하지. 나도 그것은 인정하네.

자네는 내가 존경하는 아우일세. 그래서 내가 자네를 이렇게 챙기는 거 아닌가?

말이 나왔으니 하는 말인데, 상이야 자네 상이 일품이지. 김좌근이 같은 소인배의 상과 자네를 어떻게 비교할 수 있겠나? 사내로서 자네 같은 인물은 보기 드물지.

어쨌든 각자가 좋아하는 삶을 열심히 살아보는 거다. 사는 게 뭐 별거겠나? 나처럼 열심히 방아를 찧어 우리 북청 사람들을 살펴주는 것도 좋은 인생이지.

내가 나합이를 주물러 상쾌 패가 더는 장터에서 자릿세를 못 받게 했다. 김좌근이보다 나합이가 더 힘이 센 거야.

그건 그렇고 내가 자네가 오면 소개해 주려고 보부상 몇 사람을 챙겨 놓았네. 한양 인근에서 활동하는 발이 넓은 사람들이니 한 번 만나보게. 우리 북청 도가와 보부상은 한편일세. 모두 흥선 영감 줄을 잡고 있네."

제선은 일어나 김정태에게 고개를 숙였다.

"형님 고맙습니다. 그렇게 하겠습니다."

제선은 하마를 돌아보고 말했다.

"일전에 칼을 휘두른 메기가 형님을 한번 만나고 싶어 합니다. 성미는 거실거실하지만 심지가 있는 사람이니 한번 만나 보는 것도 좋겠습니다."

하마가 웃었다.

"알겠네. 내가 먼저 전갈을 보내도록 하겠네."

36.

제선은 이럭저럭 한양과 인근 장터에서 건어물로 자리를 잡았다.

입춘이 지나자 집에 다녀올 생각을 했다. 깨끗한 집을 하나 짓고 가재도구를 새로 장만할 돈을 준비했다.

장사에 바빠 집을 자주 둘러보지는 못했지만, 가장이 없는 가정을 잘 지켜내는 아내가 고마웠다. 이따금 보내는 돈을 아껴 아내는 두 아들과 함께 무탈하게 살고 있었다.

아내를 생각하면 동시에 어머니 모습이 겹쳤다. 안타깝기는 모두 마찬가지이다. 어머니는 제선이 열 살 때 제선과 누이동생을 남겨 두고 병으로 세상을 떠났다.

불과 나이 사십이었다. 누이동생은 몇 년 전 부산 사는 김진구에게 시집 갔다.

'지금만 같아도 어머니를 좀 더 유복하게 모실 수 있었을 터인데…….'

제선은 노구전에 엿을 붙인 한숨을 쉬었다.

제선은 복장을 홀가분하게 차리고 등에 봇짐을 맸다.

경주로 내려가는 길에 연산에 들렀다. 스승이 일러준 대로 연담 선생의 집을 찾아갔으나 연담 선생은 이미 돌아가셨고 집을 지키고 있던 아낙이 일부 선생은 계룡산으로 내려갔다고 알려주었다.

제선은 연산을 떠나 이천을 거쳐 음성에 이르자 여기서 길이 편한 청주로 가지 않고 괴산과 정촌을 가로지르는 지름길을 택했다. 이 길은 시간을 절약할 수 있으나 중간에 조령을 넘어야 했다.

　세상은 어수선한 가운데 조금씩 변하고 있었다.

　일단 과부 집 굴뚝같던 신분제가 좀 느슨해졌다. 조정은 너울 쓴 거지처럼 공명첩을 발매했다. 이 통에 돈을 주고 벼슬을 사고 거짓 족보를 만들어 양반 행세를 하는 부유한 농민과 상인이 녹비에 가로왈 하고 몰락한 양반은 누이네 집에 어석술을 차고 갔다.

　적서 차별과 노비에 대한 핍박도 조금은 누그러졌다.

　신하는 왕을 누를 정도로 기가 살아 동지 때 개딸기 바라기가 일상이 되었다.

　이들이 눈먼 개 젖 탐하듯 이득을 거머쥐려 허구헌날 닭싸움만 했다. 여기서 지는 양반은 상민과 노비로 떨어지기도 했다.

　세도가의 횡포는 여전했다.

　그들은 알짜 벼슬을 독차지하는 것도 모자라 온 나라의 방백과 수령 자리를 팔아먹었다. 벼슬자리는 제각각 값이 매겨져 있었다.

　돈을 주고 벼슬을 산 벼슬아치들은 동태나 북어나 임기 삼 년 동안 본전을 뽑아야 했지만, 임기를 채우기도 전에 후임자에게 쫓겨나기 일쑤였다.

　과거가 비리로 얼룩진 것은 이미 오래전부터이고, 나라에는 법도와 기강이 눈먼 고양이 갈밭 매듯 휘청거렸다. 암행어사는 동풍 맞은 익모초처럼 지방관과 결탁해 눈 오는 날 개 싸다니듯 돌아다녔다.

　이것도 모자라 세도가들은 고리대금을 했다. 채권에 대한 소송이 급증하자 백성들은 빌린 돈을 갚지 못해 과년한 여식을 첩으로 보내거나 스스로 노비가 되었다.

김조순은 철종의 장인으로 자하동에 살다가 교동으로 이사했다. 그는 왕 아닌 왕이었다.

김조순이 죽고 그의 아들 유근과 좌근 그리고 손자 병기까지 교동에 살았다.

전동에 사는 김문근도 철종의 장인이었으나 그의 아들 병필이 아직 나이가 어려 조정에 나가지 못했다. 대신 조카 병학과 병국이 정사에 참여했다.

이들이 같이 권세를 휘둘러 백성들은 한양하면 전동과 교동으로 알았다.

왕은 문자를 몰라 온갖 상소나 공문서를 읽지 못했다. 그저 안동 김씨가 하자는 대로 눈먼 말 타고 벼랑을 갔다. 아무 생각 없이 술에 젖어 늙은 중 먹 갈 듯이 후궁 품에서 꼼지락거리며 세월을 보냈다.

안동 김씨는 풍양 조씨, 반남 박씨, 한양 조씨, 풍산 홍씨, 연안 이씨 문중을 들러리로 끌어들여 하찮은 벼슬을 인색하게 안겼다. 이들은 감지덕지해 침 먹은 지네처럼 안동 김씨에게 협조했다. 돼지도 얼굴을 붉힐 일이었다.

벼슬아치들은 도둑이나 다름없었다.

그들은 관리가 되기 위해 세도가에 바친 돈과 임기를 채운 후 벼슬을 올리기 위한 뭉칫돈을 만들기 위해 건공대매로 백성들을 쥐어짰다. 백성들이 용을 써 조그만 재산을 모아 보았자 관리들이 알면 무슨 수를 써서라도 모두 빼앗아갔다.

관리들도 뒤로 돈놀이를 해 고리채를 감당하지 못하는 백성의 어린 딸을 이자 대신 강제로 데려갔다. 막 피어난 고운 난초꽃이 무더기로 돼지우리 속으로 내던져졌다.

관리들은 고량진미도 맛을 못 느꼈으나 백성들은 겨죽만 보아도 별미라 했다.

백성들은 차라리 생활비나 담뱃값 이상으로 재산을 모으려 하지 않았다. 그저 쓰러져 가는 단칸 초가집에 소박한 살림 도구만 있으면 만족하고 살았다.

그러나 그러한 삶마저 용납되지 못했다. 향촌은 무너지고 있었다.

백성을 학대하기는 쉬워도 하늘을 속이기는 어렵다. 농민들이 주축이 된 크고 작은 민란이 곳곳에서 일어났다. 백성들은 괴서와 방문으로 양반 관료들을 비방하고 저주했고, 초적과 화적이 되어 부당하게 재물을 축재한 자들을 징치했다.

한발이 몇 년째 겹쳐 기근과 질병이 퍼지자 기우제와 주술 행위가 전국에 만연했다. 게다가 서양 오랑캐에 대한 소문으로 백성들은 동요해 방황과 혼란 속에 하루하루를 보내고 있었다.

괴산에서 조령 넘어가는 초입에 선 주막에 들어가 돼지 수육을 안주로 막걸리를 두어 사발 마셨다. 몸이 확 풀어졌다.

술청에 열 명이 넘는 사람들이 여기저기 앉아 있었다. 술청은 넓어 활기가 넘쳤다. 술 마시는 객을 접대하는 젊은 아낙의 입술이 해당화처럼 붉었다. 그녀들은 꽃바람을 날리며 술과 안주를 날랐다.

오뉴월에 피는 잇꽃으로 화즙을 내어 굳히면 고약처럼 되는데 이를 홍떡이라 했다. 홍떡을 가루 내어 잿물로 홍색소를 분리시켜 입술에 발랐다.

홍떡 한 가래면 기방미색 한 죽을 살 정도로 홍떡은 기방 기생들을 건공잡이할 수 있는 귀물이었다.

그 귀물을 이 주막 아낙들은 연지 바르듯 쓰고 있었다.

주모가 제선에게 다가왔다.

"조금 더 기다리다 스무 명쯤 모이면 유인막 포수와 같이 고개를 넘으면 됩니다."

으슥한 재를 넘을 때 호환과 산적을 방지하기 위해 산 아래 유인막을 지어 놓고 행인 열 사람이나 스무 사람을 모아서 포수로 호위시켰는데 이를 유인막 포수라 했다. 재를 넘는 행인들에게 재넘이 돈을 받았기에 유인막 포수의 수입은 쫀쫀했다.

그러나 짐이 크면 짐이 크다고 재넘이 돈을 불려 받고 아이 밴 여인이면 태아 몫으로 반액의 돈을 더 받아 행인들의 불만을 샀다. 그래도 평범한 이들이 재를 무사히 넘으려면 포수가 필요했다.

조령 화적패가 유인막 포수와 주모를 고용해 한 패로 장사했다.

제선은 주모에게 술값을 치르고 숲 사이로 난 외길로 홀로 들어섰다. 화적 몇 명 정도는 제선의 안중에 없었다.

얼마 걸어가자 외마디 새소리가 나더니 중턱까지 몇 번 더 들렸다. 제선은 걸음을 천천히 하여 주변을 잘 살폈다.

새소리가 문득 그치더니 왼쪽 사시나무 덩굴에서 사내 여러 명이 부스럭거리며 나왔다. 대부분 사십 대는 넘어 보였으나 앞서 나오는 사내는 이십 대로 팔팔한데 허우대가 멀쩡했다.

"산중 군자님들 행차하셨습니까?"

제선이 선수를 쳤다. 앞서 오던 사내가 호기롭게 웃었다.

"겁이 없는 녀석이로다. 살이 아프다고 곤장이 사정을 봐주겠느냐? 죽으면 입만 썩지 않을 놈이로다. 이 어른이 기분이 좋을 때 봇짐이나 내려놓고 그냥 네 갈 길로 가거라."

"그렇게 못 하겠다면?"

제선이 여유 있게 웃자 사내는 등짝에서 검을 뽑아 들었다. 짙은 눈썹 밑에 부리부리한 두 눈이 서글서글 웃었다.

"그렇다면 매운맛을 보여주는 수밖에."

다른 사내들은 슬슬 뒤로 물러나 재미있는 구경이라도 하려는 듯 빙글거렸다. 대부분 길손은 이때쯤이면 대개 봇짐을 내려놓고 줄행랑을 치거나 드물게는 다리가 땅에 붙어 오줌을 지린다.

제선은 옆에 선 나뭇가지를 꺾어 작대기를 만들었다.

"그럼 어디 한 수 배워 볼까?"

길손이 의외로 배포를 보이자 눈치가 참새 방앗간 찾는 것보다 빠른 사내는 조금 주춤했다. 황소같이 커다란 눈에 놀라는 기색이 떠올랐다. 첫수가 잘 먹히지 않는 것은 상대에게 믿는 구석이 있기 때문일 것이다.

그러나 동료들이

"어이 필제! 맛 좀 보여줘라."

하고 보채는 통에 무언가 미심쩍지만 한판 드잡이를 붙지 않을 수 없게 되었다.

필제는 검 끝을 앞으로 쑥 내밀고 몸을 왼쪽으로 비틀었다.

제선은 익숙한 지경대적세로 작대기를 오른쪽 어깨까지 들어 올렸다. 제선의 자세를 본 필제는 갑자기 얼굴에 핏기가 싹 가셨다. 이와 비슷한 자세를 한 길손에게 혼이 난 기억이 떠올랐기 때문이었다.

갑자기 필제는 검을 내리며 겸연쩍게 물었다.

"자네 혹시 일부 선생님을 아는가?"

뜻밖에 젊은 화적의 입에서 스승이 거론되자 제선은 작대기를 거두었다.

"자네가 선생님을 어떻게 아는가?"

필제는 재빨리 등에 칼을 꽂더니 십년지기를 만난 듯 입을 크게 벌리고 호탕하게 웃었다.

"그야 내가 선생님 제자이기 때문이지."

"이놈아 거짓말하지 마라. 선생님께서 너 같은 제자를 둘 리가 없다."

필제는 능청을 떨었다.

"아! 내가 억지로 청을 드렸지. 물론 선생님은 승낙하지 않았지만…. 그렇지만 마음으로 삼은 스승도 스승이라네."

분위기가 완전히 풀려 버렸다.

제선은 작대기를 풀숲에 던져 버렸다.

"선생님은 언제 여기를 지나갔는가?"

필제가 가까이 다가왔다.

"작년 가을이었지 아마. 계룡산으로 가신다고 했던 것 같아. 그나저나 우리는 같은 스승을 모신 사이인 것 같으니 내가 자네를 건둥반둥 보낼 수는 없네.

어떤가? 크게 바쁘지 않으면 우리 산채에서 오늘 밤 술이나 한잔 하고 내일 아침 떠나면 안 되겠나?"

스승이 여기를 지나가며 이들을 만났다는 이야기에 제선은 마음이 동했다.

슬쩍 농을 쳤다.

"자네는 얼굴이 백면서생같이 허여멀쭉한데 술도 마실 줄 아는가?"

필제의 입이 함지박만큼 벌어졌다.

"걱정도 팔자군. 좀스럽게 굴지 마라. 형님들도 너를 반겨 주실 게다."

늦은 오후 김용권의 대청에 술상이 차려졌다.

걸귀를 잡아 삶았다. 박희성이 김용권과 마주 보고 앉았고 제선과 필제가 마주 보고 앉았다.

"일부 선생님도 여기서 하룻밤 주무시고 가셨네."

겁겁한 김용권이 먼저 말을 꺼냈다. 그러자 박희성이 넘실 웃었다.

"그날 낮에 길을 가던 선생님께 필제가 겁도 없이 덤볐다가 한 합에 이마빡이 터져 버렸지.

하하하! 그래도 필제는 넉살도 좋게 선생님을 산채까지 모시고 왔지 뭐야."

"보통 사람이 아니다 싶어 제가 무릎을 꿇고 애걸복걸해서 모셨지요."

필제 얼굴이 붉어졌다.

김용권이 자리를 주도했다.

"자, 우리 오늘은 한잔 마십시다."

넷은 막걸리를 한 사발씩 단번에 들이켰다. 잔을 놓자 김용권이 말했다.

"우리가 누가 알아주기를 기대해서 여기서 이렇게 사는 것은 아닐세. 모두 피치 못할 사정들이 있지. 그러나 일부 선생님은 우리 처지를 인정해 주셨네.

자네가 음, 필제는 자네와 연배가 비슷하겠지만 우리는 삼십이 훌쩍 넘은 사람이니 그냥 자네를 자네라고 부르겠네. 자네가 일부 선생님의 제자라니 모르긴 해도 깊은 뜻을 가슴에 품고 사는 사람이 분명할 걸세.

서로 흉중의 일은 천천히 풀기로 하고 오늘은 그냥 우리가 친해 보자는 의미에서 맘껏 마시고 싶은데 어떤가?"

제선도 마음을 풀었다.

"저는 한갓 장사치에 불과합니다. 오늘 처음 뵈었지만 두 분도 단순한 산 사람은 아닌 듯합니다. 이 형도 아까 검을 든 자세를 보니 왜검의 격식이 있던데 역시 예사 사람은 아니라는 생각이 듭니다.

이러나저러나 스승님 덕에 이렇게 좋은 분들을 알게 되어 기쁩니다. 저도 오늘은 흠뻑 취해 볼까 합니다."

술잔이 어지러이 돌아갔다.

김용권은 충청도와 경상도를 넘나들며 악명을 날리던 양반집을 턴 이야기를 시작했다. 박희성은 옆에서 중요한 대목마다 거들었다.

마포에서 미곡 창고에 불을 지른 이야기도 나왔다.

제선은 묵묵히 술을 마시며 그들의 이야기를 들었다.

일부 부패한 양반 부호들을 징치하면 주변에 경계가 되고 속은 좀 풀릴지언정 갈 데까지 간 조정의 고질적인 부패를 고칠 근본적인 방법은 아니다. 이런 작은 저항은 개국 이래 수도 없이 일어났었다.

그리고 이렇게 건무른 일이 만연하면 결국 중앙 권신들의 지목을 받아 포도청이 움직이거나 마지막에는 군대를 끌어들이게 될 것이다.

지역의 소규모 화적 집단으로는 훈련된 관군의 상대가 될 수는 없다. 그렇다고 나라 안에 모든 화적 집단을 연계하기에는 각 무리의 규모나 지향하는 바에 다름이 있을 것이고 비밀을 유지하기도 쉽지 않을 것이다.

설령 어떻게 연계가 성공하더라도 이들을 하나로 묶어 행동을 통일할 수 있는 명분이 나와야 하고 이것을 바탕으로 나라를 경영할 새 틀이 제시되어야 한다. 이들이 하는 일이 결코 의미가 약하지는 않으나 이러한 지역적이고 산만한 거사로 백성들의 삶을 개선할 궁극적 해결책으로 삼을 수는 없었다.

잎을 몇 장 떼어 낸다고 나무가 죽을 리는 없다.

가지를 몇 개 잘라낸다고 나무가 죽을 리는 없다.

뿌리를 잘라내야 한다.

다음 날 아침 일찍 제선은 산채를 떠나 경주를 향했다.

필제가 산 밑까지 배웅했다.

"이보게 제선이. 자네도 세상을 바꿀 뜻이 있는 듯한데 어떤 방법으로 해 나갈 계획인가?"

제선이 필제를 바라보았다.

"자네도 알다시피 세상에는 악질이 가득 차 백성이 언제나 편안할 때가 없네. 자네는 어떤 방법을 택했는가?"

"나는 무력을 사용하려 하네."

"산중 화적 몇 사람으로 나라를 뒤집을 수 있겠나?"

"우리를 만만하게 보지는 말게. 형님 두 분은 한양에 근무하던 군관 출신이네. 세상이 더럽다 보니 군 내에도 불만이 높아 일단 누가 일어나 거사에 불을 붙이면 호응할 수 있는 군인들이 얼마든지 있다고 하네.

그 일을 산채 두 분 형님이 맡고 있다네. 형님들은 수시로 한양을 다니며 병영 사람들과 접촉하고 있네. 그리고 사실은 나도 일전에 무과에 합격한 경력을 가진 사람일세."

"나는 자네와 다른 방법을 찾고 있네. 자네처럼 무력으로 거사하는 것은 차선이라 보고 있네. 사람들의 희생도 클 뿐 아니라 설령 거사가 성공한다 해도 지키기가 쉽지 않을 것일세.

지금 서쪽에서 강한 세력이 몰려와 청국도 그들에게 굴복하였네. 그들은 싸우면 이기고 치면 빼앗아 이루지 못하는 일이 없네.

청국이 멸망하면 우린들 무사하겠는가. 그들은 자네들의 무력으로는 도저히 감당할 수 없는 화력을 가지고 있네.

어쨌든 조만간 그들이 이 땅으로 몰려올 텐데 자네는 과연 무슨 수로 막아낼 것인가. 나라를 지키고 백성을 편안하게 하는 계책이 시급한 때일세. 나는 백성들의 의식을 깨어나게 하여 스스로 강해지게 하는 방법을 찾고 있네."

"이보게 제선이. 자네는 정말 대단한 사람이군. 말마다 뼈가 들어 있어 과연 일부 선생님 제자답군. 화약이 없어도 폭죽을 일으킬 사람일세.

자네의 방법은 내가 감히 할 수 있는 일이 아니네. 자네만이 할 수 있는 일일세."

"내 아버님은 천명이 곧 사람의 본성이라 강조하셨네. 지금 세상에서 일어나는 모든 혼란의 원인은 사람과 집단의 사사로운 이기심이니 이를 해결하는 근본이 되는 방법은 천명에 따라 서로 어울려 사는 도를 실천하는 길뿐일세."

"어렵군. 자네의 해결책은 나에게는 어려운 길일세. 어쨌든 우리가 가려는 길의 방향은 같아 보이네.

그러세. 나는 내 방법대로 해 나갈 터이니 자네는 자네 방법을 잘 찾기 바라네."

"필제, 자네는 대단한 사람일세. 잘 살펴 뜻하는 바를 이루게. 종이란 치는 자의 힘에 맞춰 응분의 소리를 내는 법일세.

서로 열심히 살아 보세. 우리 필요한 일이 있으면 서로 연락하도록 하세.

자네 혹시 한양에 올라갈 일이 있으면 북청 도가 김정태 행수를 찾아가 보게. 내가 형님으로 보시는 분이라 내 이름을 대면 괄시는 하지 않을 걸세. 어쩌면 자네에게 도움을 줄 사람일지도 모르겠네."

"그렇게 하겠네. 그런데 나는 을유년생인데 자네는 어떤가?"

"나는 갑신년생일세."

"하하하! 그러면 우리는 자치동갑이군. 내가 한 살 어리나 자네가 동의한다면 앞으로 친구로 사귀고 싶네. 자네 생각은 어떤가?"

"고마운 말일세. 그렇게 하세."

굳게 맞잡은 두 손이 오래 흔들렸다.

그리고 두 사람은 헤어졌다.

사시나무 사이로 빠져나가는 바람을 보고 산 뻐꾸기가 오래 울었다.

37.

철종 1년, 경술년, 1850년, 봄.

김정희가 「인재설」을 지어 유학하는 자들을 엎어 비판했다.

"하늘이 인재를 내리는 데 있어서 애당초 남북이나 귀천의 차이가 없으나 누구는 이루고 누구는 이루지 못하는 경우가 있는 까닭은 무엇인가?

모든 사람이 아이 적에는 흔히 총명한데 겨우 제 이름을 기록할 줄 알 만하면 아비와 스승이 첩괄로 그를 미혹시키어 종횡무진 끝없이 광대한 고인들의 글을 보지 못하고 한번 혼탁한 먼지를 먹음으로써 다시는 그 머리가 맑아질 수 없게 되는 것이 그 첫째이다.

그리고 다행히 청년이 되었더라도 머리가 둔하여 민첩하고 통달하지 못하여 아무런 보람도 없이 어렵사리 시장을 출몰하다가 오랜 뒤에는 기색조차 쇠락해져 버리니 어느 겨를에 제한된 테두리 밖을 의논할 수 있겠는가? 이것이 둘째이다.

사람이 비록 재주는 있다 하더라도 또한 그의 생장한 곳을 보아야 한다. 궁벽하고 적막한 곳에서 생장하여 산천과 인물을 통해 크게 드러나지 못하고, 높고 웅장함과 그윽하고 특이하고 괴상하고 호협한 일들을 직접 목격해 보지 못함으로써 마음이 세련된 바가 없고 흉금이 풍만해지지 못하여 이목이 이미 협소함에 따라 수족 또한 반드시 굼뜨게 되는 것이니 이것이 그 셋째이다.

이상의 세 가지가 사람을 재력이 꺾여 다해서 비통한 지경에 이르게 하는 것이 왕왕 이와 같다.

그러므로 나이 많은 고루한 유생도 문이 꼭 없을 수는 없으나 귀로는 많은 것을 듣지 못했고 눈으로는 많은 것을 보지 못하여 촌스럽고 고루한 지식만을 내놓게 되니 천하의 광대한 문에 비유한다면 어찌 다시 문이 있다고 할 수 있겠는가?

문의 묘는 남을 따라 흉내나 내는 데에 있지 않다.

자연의 영기가 황홀하게 찾아오고 생각하지 않아도 이르러 와서 그 괴괴하고 기기함을 어떻게 형용할 수 없는 것이다."

38.

철종 1년, 경술년, 1850년, 여름.

양사에서 합계를 올렸다.

"아! 통탄합니다.

나라의 기강이 비록 점차 해이하고 작은 변이 비록 겹쳐 생긴다고는 하지만 어찌 김정희처럼 지극히 흉악하고 또 요사한 자가 있겠습니까?

대개 그는 천성이 간독하고 마음 씀이 삐뚤어졌는데 약간의 재예가 있었으나 한결같이 정도를 등지고 상도를 어지럽혔으며, 억측하는 데 공교했으나 나라를 흉하게 하고 집에 화를 끼치는 데서 벗어나지 않았습니다.

대대로 악을 행하여 그 아버지에 그 아들이요 몰래 나쁜 무리와 체결하여 귀역과 같았으니 세상에 끼지 못한 지 또한 이미 오래입니다.

그의 아비인 추탈 죄인 김노경은 관계된 바가 어떠하며 그의 죄가 어떠한데 그 무리가 수사에서 벗어나고 그 몸이 섬에 유배되는 데 그친 것이 이미 실형입니다.

연전에 사유 받아 돌아온 것은 선대왕의 살리기를 좋아하는 성덕에서 나온 것이니 그가 만약 조금이라도 사람의 마음이 있고 조금이라도 신하의 분의가 있었다면 진실로 마땅히 돌아가 선롱을 지키며 움츠려 조용히 살다 죽어야 합니다.

그런데도 오히려 다시 방종하여 거리낌 없이 제멋대로 날뛰었습니다.

삼 형제가 강교에 살면서 성안에 출몰하여 묘당의 사무를 간여하지 않음이 없었고 조정의 기밀을 갖가지로 염탐하며 반연의 길을 뚫어 액속과 체결하였으니 정적이 은밀하여 못한 짓이 없었습니다.

이에 평생 생사를 함께 하기로 맹세한 권돈인과 합쳐 하나가 되어 붕비를 굳게 맺어 어두운 데서 종용하여 그의 아비를 믿고 복종해 역명에서 벗어나기를 꾀하고 온 세상을 겸제하여 국법을 농락했습니다.

심지어 권돈인은 공공연히 추켜 말하면서도 꺼리는 바가 없었으니 이는 이미 하나의 큰 변괴입니다.

비록 이번의 일로 말하더라도 더할 수 없이 엄중한 조천의 예에 감히 참섭하여 형은 와주가 되고 아우는 사령이 되어 가는 곳마다 유세하여 헌의에 함께 참여하기를 요구했습니다.

비록 중론이 올바른 데로 돌아가 계책이 끝내 이루어지지 않았으나 말이 유전되어 열 손가락으로도 지적함을 가릴 수가 없게 되었습니다.

아! 그가 경영하고 세워 보인 것은 패악한 논의를 힘껏 옹호하여 반드시 나라의 예를 무너뜨리고 사람의 귀를 현혹하려 한 것이니 그 마음에 간직한 것은 길 가는 사람들도 알 수 있습니다.

이런데도 그러한 병통을 명시하여 어지러운 싹을 통렬히 꺾어 버리지 않는다면 또 어떤 모양의 놀라운 기틀이 어떤 곳에 숨어 있을지 모릅니다.

생각이 여기에 미치니 어찌 떨리고 한심하지 않겠습니까?

또 그가 이른바 체결했다고 하는 액속은 바로 오규일과 조희룡 부자입니다.

하나는 권돈인의 수족이 되고 하나는 김정희의 복심이 되어 깊고 엄한 곳을 출입하면서 사찰한 것은 무슨 일이겠으며 어두운 밤에 왕래하면서 긴밀하게 준비한 것은 무슨 계획이겠습니까?

빚어낼 근심이 거의 수풀에 숨은 도둑과 같아 장래의 화가 반드시 요원을 이룰 것이니 어찌 미천한 기슬의 유라 하여 미세한 때에 방지하여 조짐을 막는 도리를 소홀히 하겠습니까?

청컨대 김정희는 빨리 절도에 안치하고, 그의 아우 김명희와 김상희에게는 아울러 나누어 정배하며, 오규일과 조희룡 부자 역시 해조가 우선 엄히 형문하여 실정을 알아내어 쾌히 정률을 시행하소서."

비답.

"김정희 형제의 일을 그와 같이 논단하는 것은 너무 과중한 데 관계되니 모두 윤허하지 않는다.

끝의 세 사람의 일은 저처럼 비천한 무리에게 어찌 이처럼 장황하게 할 필요가 있겠는가?

번거롭게 하지 말라."

39.

철종 1년, 경술년, 1850년, 겨울.

강화도는 뱃길이 뜸해 며칠을 기다려 간신히 배에 올랐다.
겨울 바다는 사나웠다. 제선은 바닷길은 처음이라 뱃멀미를 했다.
기진맥진하여 강화도에 내렸다. 강화도는 작은 섬이 아니었다. 어렵사
리 수소문해 소개받은 사람을 겨우 찾았다.
산 아래 언덕배기에 깔끔하게 지어진 세 칸 초가집에서 모습이 사슴을
닮은 청수한 선비가 나와 제선을 맞았다.

며칠 전, 칠패 장터에 메기가 나타났다.
제선은 오랜만에 만나 반갑기도 하고 또 그가 무슨 일을 저지를지 몰라
두렵기도 했다. 그사이 메기는 몸에 살이 좀 올라 있었다. 눈이 작아지고
하관이 미끈해졌다. 그래서 그런지 모습이 전처럼 차갑지 않았다.
메기는 제선을 보자마자 허리를 숙였다.
"형씨, 오랜만이오. 진작 찾아왔어야 했는데 늦어서 미안하오."
제선도 마주 인사했다.
"그래 그간 별고 없었는지요?"
"장터에서 자릿세나 거두어 먹고 사는 놈이 무슨 별일이 있겠소? 형씨가
나를 살렸다는 것을 나중에 알았소. 어떻게 보답하려 했으나 알다시피 형

편이 여의치 않았소. 하마와 싸운 이후 나는 상쾌 패를 떠났소."

하마 몽둥이에 맞아 생긴 상처 자국이 이마에 희미하게 남아 있었다.

제선이 이마를 쳐다보자 메기는 겸연쩍게 웃었다.

"내 칼에 찔리고도 몽둥이를 휘두르는 친구는 처음 보았소. 그 친구는 대단한 친구요. 얼마 전에 그 친구가 일부러 나를 찾아오지 않았겠소?

싸움 끝에 정이 든다더니 우리는 단번에 친구가 되었소. 나는 지금 하마 일을 돕고 있소. 정태 형님과 하마는 형씨 이야기를 자주 하더군.

그건 그렇고 형씨는 양명학이란 학을 들어보았소?"

"양명학이라고요? 아직 모르고 있습니다."

"지금 세상에서 배척을 받아 강화도에서 겨우 명맥을 이어가는 학문이오. 형씨 같은 사람에게는 도움이 될지도 모른다는 생각이 들어 자하고자 이렇게 찾아왔소. 내 배다른 형이 그 학을 하고 있으니 한번 만나볼 의향이 있다면 소개해 주겠소."

제선은 메기의 두 손을 잡았다.

"내가 별로 한 일도 없는데 이렇게 도와주니 정말 고맙소. 내가 꼭 찾아 뵙겠소. 그리고 언제 동철이 형님과 같이 한 번 만납시다. 형씨와도 잘 지내고 싶소."

"그럽시다. 내 이름은 이영규라 하오."

메기, 아니 이영규가 소개해 준 선비가 바로 항제 이광신이었다.

"양명학이라는 것은 어떤 학문입니까?"

"주자학을 정자와 주자의 학문이라는 뜻으로 정주학이라 부릅니다. 양명학은 명나라 사람 왕수인의 호가 양명이어서 그렇게 부릅니다. 다르게는 주희와 같은 송 시기에 살았던 육구연과 명의 왕수인의 학문이라는 뜻으로 육왕학이라 부르기도 합니다."

"그렇다면 유학의 한 갈래입니까?"

"그렇습니다. 주자학의 한계를 넘으려는 과정에서 나왔습니다."

"양명학이 주자학과 다른 것은 무엇입니까?"

"주자학이 시대 변화를 담아내지 못한 채 공리공담에 빠지면서 이에 작을 넘어 나온 것이 양명학입니다."

"양명은 어떤 사람이고 어떻게 이 학을 완성했습니까?"

"그는 이 세상이 오직 내 마음에 있다고 했습니다. 이 말은 내가 만물을 이해하는 근본이라는 뜻이지요.

그는 처음 임협에 들어갔고, 기사에 탐닉했고, 문장에 빠지고, 신선도에 빠지고, 불교에 빠졌다가 오여필의 문인 누량을 만난 후에 유학으로 다시 돌아왔습니다. 세상을 넓게 본 사람입니다.

그도 일찍이 주자를 공부했습니다. 당시 주자학은 관리가 되려는 사람이 꼭 해야 할 공부였거든요. 이때 양명이 가장 중요시한 주제는 격물이었어요.

주자가 강조한 격물은 사물의 이치를 나의 지력을 통하여 깊게 연구한다는 의미입니다. 양명은 이 말에 따라 뜰의 대나무를 바라보며 칠 일을 탐구했습니다. 그러나 아무 소득도 없이 오히려 병에 걸리고 말았습니다.

사실 주자가 사물의 이치를 탐구한다고 한 것은 대나무 같은 자연물을 대상으로 한 말이 아닙니다.

참된 효의 실천은 무엇인가, 또는 마음은 어떻게 구성되어 있는가와 같은 도덕과 인륜 질서에 대한 문제였습니다. 서로 바라본 방향이 달랐던 것이지요.

격물의 궁극적 목적은 마음을 밝히는 것인데, 사물의 이치를 아는 데만 매진하다 보면 정작 마음을 밝히는 공부는 소홀하게 됩니다. 주자는 이를 염려해 이치를 간구하는 과정만 설정하지 않고 마음을 깨어 있게 하는 거경의 과정도 중시했습니다.

그러나 시간이 흐르면서 주자의 의도와는 다르게 학자들은 독서를 통한 궁리 공부만 강조했습니다. 그 결과 주자학은 아는 것은 많아도 그것을 실천하는 힘이 없는 허약한 학으로 전락했습니다.

양명은 국정을 농단하던 환관 유근의 잘못을 지적하다 황제의 분노를 사 한때 용장으로 귀양 갑니다. 이 기회를 이용해 용장에서 정좌 수행으로 격물의 문제를 깊이 탐구했습니다.

정좌 수행은 흐린 흙탕물을 가만히 놓아두면 맑은 물이 되는 이치와 같습니다. 나를 맑게 비워 두면 그 공간으로 타력이 자연히 흘러 들어오는 이치이지요.

양명은 어느 날 자정 무렵 갑자기 마치 격물의 문제에 대해 누가 이야기하는 듯한 목소리를 들었습니다. 그는 자기도 모르게 소리를 지르며 자리에서 벌떡 일어났다고 합니다. 격물의 참된 의미는 외부가 아닌 자신의 내면에서 발견될 수 있다는 생각이 불현듯 떠올랐습니다.

'나의 본성은 성인이 되기에 충분하다.

그런데 이제까지 나는 외부 사물에서 이치를 구하는 실수를 범하고 있

었다.'

내 본성이 성인이 되기에 충분하다는 뜻은 주자학에서는 공부가 완성된 상태를 의미합니다. 그런데 양명은 공부가 완성되기 이전에 이미 나의 본성이 성인이 되기에 충분하다는 것을 깨달았던 것입니다.

'몸을 주재하는 것이 마음이고, 마음이 발하는 것이 바로 의념이며, 의념의 본체가 바로 앎이고, 의념이 있는 곳이 바로 사물이다.

만약 의념이 부모를 섬기는 데 있다면 부모를 섬기는 것이 바로 하나의 사물이다.

의념이 왕을 섬기는 데 있다면 왕을 섬기는 것이 바로 하나의 사물이다.

의념이 백성을 어질게 대하고 사물을 사랑하는 데 있다면 백성을 사랑하고 사물을 사랑하는 것이 바로 하나의 사물이다.

그래서 마음 밖에 이치가 없으며 마음 밖에 사물이 없다.'

『중용』에서 말하는 '성실하지 않으면 사물이 없다.'는 것과 『대학』에서 말하는 '밝은 덕을 밝히는 공부는 다만 뜻을 성실하게 하는 것이며 뜻을 성실하게 하는 공부는 다만 하나의 격물.'이라는 것을 깨닫게 된 것입니다. 여기에서 양명은 양지를 이야기합니다.

'양지는 정감이나 사려가 아직 발현하지 않은 평형 상태이고, 확 트이어 크게 공정한 것이고, 적연하여 움직이지 않는 본체로서 사람마다 똑같이 갖추고 있다.

다만 물욕에 어둡게 가려지지 않을 수 없으므로 반드시 학문을 통해 그 어둡게 가려진 것을 제거해야 한다.'

이로써 그에게 사물은 마음 밖에 존재하지 않고 자신의 마음과 하나가 되었습니다.

일찍이 나도 내 마음으로 시험해 보니 기쁨과 성냄, 근심과 두려움이 느껴져서 발현하는 데에 비록 기질을 극도로 움직일지라도 내 마음의 양지가 일단 깨달으면 곧 다 풀려 사라져 꺾였습니다."

"이치에 맞는 말씀입니다."

"영왕의 난을 평정했음에도 무제 측근의 모함을 받는 고난 속에서 양명은 사상마련법을 만들고 치양지를 내놓았습니다. 치양지는 외부 세계의 모든 사물과 사건에서 양지를 실현하는 것입니다. 오직 양지만을 믿고 만나는 모든 사물과 사건에서 옳은 것은 취하고 그른 것을 버리는 수련 방법입니다.

주자의 수련법은 거경궁리인데 거경의 자세로 만물의 이치를 터득하는 것입니다. 그러나 이 과정의 이해나 실천이 여간 어렵지 않습니다.

이에 비해 양명의 치양지는 하늘의 이치 즉 양지가 인간의 마음속에 보편적으로 갖추어져 있다고 보고 이것을 닦기만 하면 누구나 지선의 경지에 도달할 수 있다는 가르침입니다. 내 마음이 궁극적 진리이므로 주자처럼 수많은 외부 사물에 붙잡힐 필요가 없어 오직 마음에만 집중합니다.

자신의 마음이 진리가 되었으니 오직 이것으로 사물과 마주합니다. 어떤 복잡한 방법도 필요하지 않고, 진실한 마음만으로 눈앞의 아무리 복잡한 사물이라도 해명할 수 있습니다."

"양지는 사람에게만 있습니까?"

"아닙니다. 성인의 양지는 구름 하나 없는 파란 하늘의 해와 같고, 현명한 사람의 양지는 엷은 구름이 떠 있는 하늘의 해와 같으며, 어리석은 사람의 양지는 먹구름이 덮인 하늘과 같습니다.

만물에도 양지가 있습니다. 사람의 양지가 바로 풀 나무 기와 돌의 양지와 같습니다. 천지도 사람의 양지가 없다면 천지가 될 수 없습니다. 양지라는 하나의 기운을 공유하였기에 서로 통합니다.

양명은 치양지 수양을 위해 항상 마음에 의로움을 쌓고, 만나는 모든 사물과 사건에서 양지를 주인으로 옳고 그름을 판단하면 양지가 환하게 밝아져 서로 편안하게 하고 서로 기르고 사사롭고 이기적인 데 가려진 것을 제거하고 모함하고 질투하고 다투고 성내는 습성을 일소하여 대동 사회에 이른다 했습니다.”

“그러나 내 마음이 뜻하는 곳만 따르다 보면 감정적으로 되기 쉬워 어떤 경우 오히려 잘못된 판단에 이르게 되지는 않겠습니까?”

“바로 보셨습니다. 방금 지적한 문제점 때문에 양명학은 양명이 죽고 좌우로 갈라졌습니다. 우파에 용계 왕간이 있고, 극좌파에 심재 왕간, 왕동애·하심은·양여원·이지가 나와 양명의 자유 경향을 극대화하고 신분을 넘어선 대중운동을 일으키는 단초를 만듭니다.”

“우리 땅에는 언제 들어왔습니까?”

“청국과 조선은 매년 두세 차례 사신들이 오갔고 이런 교류를 통해 조선에도 초기에 양명학이 들어왔습니다.

그러나 주자학을 하는 이황이 육구연 진헌장 왕수인을 이단으로 배척했습니다.

이유는 진헌장 왕수인의 학문은 육구연의 학에서 출발했기 때문에 겉으로는 유학자 행세를 하면서 속으로는 잔생이처럼 불교를 좋아했다는 것입니다.

그리고 마음 이외에 아무것도 없다는 말에 집착해 물리를 인정하지 않고 일체 사물이 마음의 장애가 되므로 이것을 제거해야 본심과 양지의 작용이 자유롭다면서 육경은 마음의 주석이므로 반드시 읽어야 할 필요가 없다는 말을 끄집어 비판했습니다.

또 지행합일설은 궁리하는 사리에 어긋나는 것이어서 양명은 감각과 의리를 분간하지 못했다 했습니다.

또 양명의 성은 옛날 고자의 생지위성이며 순수한 이체인 인의예지의 사덕이 본연지성인 줄 인식하지 못했다 했습니다.

또 양명은 주자를 온갖 방법을 다해 배척하므로 그 인품을 의심했습니다.

또 양명이 주자에게 만년에 정론이 있었다고 하였으나 일세를 속인 말이어서 그 죄악이 깊다는 것입니다.

철저하게 주자학의 입장에서 양명을 바라본 것이지요. 그런 가운데서도 일부 학자들이 실학적인 관점으로 양명학을 받아들였습니다.

동강 남언경에게 경안령 이요가 배웠습니다. 우계 성혼이 실사구시를 강조했고, 명대의 나흠순이나 양명의 영향을 받은 이이도 실심을 강조했습니다.

여기에 자극을 받아 조헌이나 허균 이수광도 받아들였습니다. 특히 허균은 양명 좌파 이탁오의 영향을 받았습니다.

이지가 『분서』를 처음 간행한 것이 그가 예순네 살 때이고 그 후 십 년이 지나 증보 재판이 나왔을 때 허균이 서른두 살입니다. 그 무렵 허균이 삼

차로 명에 갔으니 이때 증보판을 얻어 보았을 것입니다.

　허균은 당시 주자학자들을 자기들의 학문만 옳다면서 거짓말을 그럴듯하게 꾸미는 사람이라 비판했습니다. 그들이 그렇게 된 이유는 사사로운 욕심에 얽매여 있기 때문이라 보았습니다. 그는 양명학에서 주장하는 평등사상을 받아들여 첩의 자식이나 천민들의 고통을 해결해 보려 했습니다.

　당시 성리학은 공허한 이기 논쟁으로 실생활 개선에 도움을 주지 못한 채 거의 화석처럼 굳어 있었습니다. 약동하는 생명과 창조가 없었습니다. 이에 실학파의 이용후생을 기치로 하는 홍대용 박지원 박제가가 주자학과 양명학을 절충했습니다.

　하곡 정재두는 오늘날 주자를 말하는 자는 주자를 배우는 것이 아니라 바로 주자에 가탁했고 주자에 가탁한 것이 아니라 바로 주자를 전회했다고 꼬집었습니다. 자기의 사심을 성취하는 데 주자를 끼고 위엄을 지어 그 사사로운 이익을 꾀하고 있다는 것입니다.

　정재두의 아들 후일이 가업을 잇고, 외손 석천 신작은 정약용과 더불어 실학과 제휴했습니다. 이후 저와 이영익·이충익·정동유에게 계승되었습니다.

　진실로 양명학의 목적은 참된 지혜인 양지를 사회에 실천해 모든 민중이 평등하게 사는 대동 사회를 이룩하는 데 있습니다.”

　“그러니까 양명학에서는 나라는 존재가 세상에 태어나면서부터 이미 양지라는 덕목을 가지고 있다고 본다는 말씀이군요?”

　“그렇습니다. 그 양지를 가지고 세상과 부딪치며 자유롭게 사는 존재입니다."

제선은 양지와 치양지라는 말을 가슴에 안았다. 그러나 양지에만 의존하기에는 그 양지를 세상에 펴는 지성을 양보할 수 없었다. 양지를 가진 사람이 모인 세상이 왜 이렇게 어지러운가?

양지라는 것은 구두선에 불과한 것인가?

제선이 보기에 나라는 것은 몸과 마음 그리고 얼로 이루어진 존재였다.

몸은 존재의 가장 말단에 있고 마음의 지휘를 받는다. 얼은 존재의 가장 깊은 곳에 자리 잡고 마음을 주관한다. 마음에는 감정과 지성이 있어 감정은 자연에 의존하고 지성은 자유로운 의지를 통해 얼을 현현한다.

인간이 살아가면서 감정과 지성을 모두 사용하지만, 인간이 인간다운 점은 지성으로 본능으로 향하는 감정을 통제하는 힘에 있는 것이 아니겠는가? 제선은 여기에서 양명학의 한계를 느꼈다.

그러나 양명이 용장에서 정좌 수행을 하면서 마음을 비워 타력이 들어오는 공부를 했다는 말과 사람이 저마다 가슴속에 양지를 가지고 있다는 말은 가슴에 깊이 새겨졌다.

40.

철종 3년, 임자년, 1852년.

청국에서 먼저 새로운 틀을 제시한 운동이 일어났다.

백성을 학대하기는 쉬워도 하늘을 속이기는 어렵다.

촌숙의 교사 홍수전은 과거에 거듭 실패하고 병마에 시달리다가 혼미한 상태에서 환각을 체험했다.

하느님이 예수를 데리고 와 홍수전과 손을 잡게 했다. 홍수전은 예수의 손을 잡고 하느님께 절을 했다.

하느님은 홍수전더러 앞으로 예수를 형님으로 모시라 했다. 홍수전은 예수의 손을 잡고 소 죽은 넋을 덮어쓴 듯 강둑을 걸었다. 그러자 환각은 사라졌다. 가까스로 건강을 회복한 그는 식혜 먹은 고양이처럼 광주 길거리를 오가다 외국인 선교사가 배포하는 전도 책자를 받았다.

그는 책자를 읽다가 자신이 체험한 환각이 예사롭지 않다고 깨달았다.

그때부터 홍수전은 자신이 상제인 여호와의 아들이고 예수의 동생이라고 믿었다. 그는 자신의 믿음을 어린 중 젓국 먹이듯 장구 깨진 무당 흉내를 내는 백성들에게 전파하기 시작했다.

연이은 내우외환과 조정의 실정으로 고통받던 광서의 촌민들이 구세주의 복음을 전하는 홍수전에게 고양이 발에 덕석을 깔고 몰렸다.

홍수전은 난쟁이 교자꾼 참여하듯 자신과 살아온 내력이 비슷한 사람들을 규합해 조직을 만들었다. 남자 신도는 서로 형제가 되고 여자 신도는 자매가 된다고 가르쳤다.

신자들은 그들이 믿던 우상과 탐관오리 그리고 그들의 졸개를 모두 마귀로 단정하고 이들을 일소하겠다고 더운죽에 혀 데듯이 서약했다.

신해년 봄에 홍수전은 태평천국의 성립을 선언했다. 그는 스스로 천왕이 되었고 다섯 명의 측근은 동서남북 네 왕과 익왕으로 삼아 천왕을 보좌하도록 했다.

그들은 만주족의 치발령에 반발해 앞머리를 깎지 않고 변발도 하지 않았다.

태평군은 영안을 뒤로하고 양수청의 의견대로 북상하여 후난성 후베이성을 목표로 삼았다.

청군과 산발적으로 충돌하며 겸두겸두 북쪽으로 계속 올라갔다. 청국 토벌군은 맨발로 바위차듯 연전연패했다.

임자년에 태평군은 광서와 호남의 성도인 계림과 장사를 포위하고 공격했으나 함락시키지는 못했다. 홍수전은 이 지역을 우회해 계속 북진했다.

동짓달 하순에는 한양 한구를 무너뜨리고 섣달에 무창을 함락했다. 무창은 태평천국 군이 처음으로 함락시킨 성도이다.

이곳에서 그들은 전쟁에 필요한 충분한 자금이 될 막대한 금은 재화와 선박을 얻었다. 태평군의 병력은 오십만 명을 상회했다. 여기에서 다시 양수의 의견에 따라 남경 방면을 목표로 전진했다.

무창과 남경 사이에 있던 장강 유역의 주요 도시를 배추밭에 던져진 개똥 줍듯 함락시켰다. 수륙 양면으로 군을 편성하여 계축년 이월 초열흘에 남경을 점령했다.

그들은 이곳을 천경이라 개명하고 태평천국 왕조를 세우고 홍수전이 황제로 등극했다.

청 황제는 이 소식을 듣고 눈의 부처가 발등걸이했다.

두메로 꿩 사냥을 보낸 사람처럼 혼자 중얼거렸다.

"되지 못한 풍잠이 갓 밖에 어른거리는구나."

홍수전은 남경 즉 천경에서 갑자년 여름까지 십일 년 동안 태평천국을 통치한다.

홍수전은 아편과 매춘 전족과 축첩 그리고 도박을 금지시켰다.

그러나 최고위층 인사들이 많은 처첩을 거느리는 것을 막지 못했다. 태평군이 천경에 도읍한 뒤로는 여러 왕의 생활이 더 이상 이전처럼 검소하지 않았다.

병진년 이후에는 상부 조직에서 내분이 일어나기 시작했다. 고대의 정전제에 근거를 두고 고안한 천조전무제*도 역시 탁상공론이 되고 말았다.

과거제도를 실시했으나 출제자가 과거제도가 지닌 사회경제의 의의조차도 이해하지 못했다.

이들은 새로운 틀에 대한 정확한 방향 설정이 부족했다.

---

* 계축년에 태평천국이 남경을 점령하여 수도로 정하고 천경이라 이름한 다음 발표한 토지제도. 태평천국의 이상인 평등주의에 기초해 남녀 구분 없이 나이에 따라 토지를 균등하게 분배하고 사유를 금지했다. 이십오만 호를 한 단위로 하여 국고와 예배당을 세우고 남는 생산물은 국고에 보관하게 했으며 군사 훈련, 상호부조, 재판 등도 시행했다.

41.

철종 4년, 계축년, 1853년, 6월 28일.

왕이 대신과 비국당상을 인견했을 때 영의정 김좌근이 말했다.

"영조대왕 경오년에 양역에 대해 한 필을 감해 준 뒤에 급대할 비용으로 염세 선세를 균역청에 소속시켰습니다.

사목의 정식은 식년마다 각기 그 도에서 차원을 정해 선척 염분 곽전 어전 따위를 점검하고 진전과 기경을 상세히 조사해서 탈이 있는 곳은 주를 달았으며 새로 조사한 것은 첨가해 기록하여 세안의 비총을 고쳐 나갔습니다.

비록 해마다 각각 가감이 있었지만 요약하면 공적으로는 비용을 잇댈 수 있고 사적으로는 억울한 징수는 없어 법을 제정한 초기에는 폐단이 그리 심하지 않았습니다.

그런데 영조대왕과 정조께서 매번 연석에서 자주 하교했던 것은 세월이 오래되어 법이 해이해진 뒤에 해민들에게 지탱하기 어려운 폐단이 있을까 염려하였기 때문입니다.

근년 이래로 해업이 전보다 못할 뿐만 아니라 영읍에서 상세히 조사하지 않아 장표는 문구가 되다시피 하였습니다.

그러나 납세는 본래 정해진 장부가 있었으며 또 근년 이래 몇 차례 해일이 일어난 뒤에 배는 표류하고 소금가마는 파괴되어 징수할 곳이 없게 되었습니다. 비록 고을의 보고와 감영의 보고가 있었더라도 경사에서 보고 받는 대로 감해 주지 않았기 때문에 선촌과 어호로서 이전에 한 번 녹명된 자는 비록 폐업한 후에라도 이름을 대조하여 세금을 징수하여 그 자손에 게까지 전해졌습니다.

그중 빈터나 묵은 터로 있는 곳도 빙거할 바가 없으면 산골에서 농사짓 고 사는 백성들까지 그 징수를 당하게 되니 심지어 해호와 인연을 끊겠다 는 말까지 나왔습니다.

또 한 사람이 삼사 인의 역을 겸하게 되었기 때문에 해민들이 거처를 옮 기거나 생업을 포기하는 일은 필지의 형세였습니다.

지금은 그 폐해가 극도에 달하여 마치 노끈이 곧 끊어질 것과 같으니 만 약 지금 조금이라도 바로잡지 않는다면 해세는 물릴 곳이 없게 될 것입니 다.

또 어염의 이로움도 땅은 장고토록 전일한 것이 아니고 수시로 변천하 기 때문에 필시 새로 만들고 새로 설치한 곳이 많을 터인데 수령이 애초에 검시하지 않고 모두 빠뜨리고서 다만 구부만 살펴 한갓 허징만 초래하니 이것이 어찌 당초에 법을 제정한 뜻이겠습니까?

한번 크게 경장하여 해민의 실정을 곡진히 진념하지 않을 수 없습니다. 팔도의 도신에게 분부하여 도신이 각읍에 엄히 신칙해서 몸소 점검하게 해야 합니다.

순영에서도 여러 길로 염탐하여 만약 버려두어서 영영 형적도 없는 곳 에는 별도로 성책을 만들어 감세해 주도록 합니다. 새로 조사해 낸 곳은 차차로 첨록해서 삼 년을 한정해서 전총에 견주어 보게 하되 혹 조금이라도 빠뜨려서 본사에서 적간할 때에 적발된 곳이 있으면 수령은 누결율에 따라 감배합니다.

그 외 당해 도신 역시 엄한 감처를 면하기 어려울 것입니다. 먼저 이러한 뜻으로 각도에 행회하여 상세히 연해의 각읍에 포유하여 실제 혜택이 백성에게까지 미치게 하라고 일체로 팔도와 사도의 수신에게 지시하는 것이 어떻겠습니까?"

왕이 말했다.

"이것은 크게 경장해야 할 것들이다. 각도의 도신에게 엄히 신칙하여 실제 혜택이 백성에게까지 미치도록 하는 것이 좋겠다."

김좌근이 다시 말했다.

"돌아보건대 지금 팔역의 백성은 날로 위급해져서 생계를 이어갈 수 없으니 아마도 거의 살아남는 자가 없게 되고야 말 것입니다.

대체로 백성을 약탈하고 침탈하여 뼈를 깎고 살을 저며 내는 사단은 진실로 하나하나 매거할 수 없지만, 무엇보다도 징족은 바로 백성을 못살게 하는 대강입니다.

옛날에 이른바 분장이라는 것은 혹 기근이 거듭 든 데다 역질까지 겹쳐서 퍼지면 장정들은 뿔뿔이 흩어지고 노약자들은 사망하게 되어 꼭 내야하는 신포와 경작한 땅의 전세를 위시하여 연역과 환곡 등 많고 적은 명색에 이르도록 기왕 아래에서 정견할 방도가 없으니 부득불 그 면리에서 족친과 의논하여 분력해서 대신 담당하게 하여 형편대로 미봉하지 않을 수 없었습니다.

그러므로 이것은 한때의 임시변통에 지나지 않았으니 지금의 아전이 포흠 낸 것을 징족하는 것과는 크게 다른 점이 있습니다.

대체로 백성이 바칠 미 포 전 곡을 관에 직접 수송할 수 없으므로 아전을 시켜 감독해서 거둬들여 전수하게 한 것인데, 눈으로 본 것은 익숙해지고 손을 쓰는 것은 저절로 매끄러워진 데다가 포흠을 채워 바치는 길이 있음을 믿고서 감히 고의로 거리낌 없이 범하고 있습니다.

만일 관장이 사사로운 친분을 끊고 맡은 일을 공평하게 처리한다면 자연히 미연에 막을 수 있는 일인데도 처음엔 원숭이를 시켜 도둑질을 가르치고 종국엔 또 법을 굽혀 농간을 옹호하여 쉽사리 고을마다 포흠이 없는 곳이 없고 어떤 아전도 범한 것이 없는 자가 없게 되고 말았습니다.

그들이 채워서 바치는 방편이란 기껏해야 징족 한 가지 방법뿐입니다. 관장 역시 이같이 하지 않으면 경납에 응하고 창고의 포흠을 마감할 수 없다고 여겨 포흠 낸 아전은 털끝 하나 다치지 않고 이른바 대징하는 친족은 조금도 상관이 없는데도 핍박해서 강제로 분정시키고 칼을 씌워 가두고 독촉하는데, 심한 경우 원포의 실제 수량 외에 더 보태서 기록하고 이를 기회로 삼아 이익을 챙기는 것을 묘계로 여기게 되었습니다.

따라서 온 지역에 소요가 일어나고 하루아침에 망하게 되어 도로에서 울부짖으니 화기를 해치기에 충분합니다. 그런데다가 포흠 낸 아전은 비록 형배를 당하더라도 곧 복속되어 제멋대로 또 포흠을 범하게 내버려 두고 또 징족하게 합니다.

포흠 낸 아전을 위해서는 어찌 그리도 후하고 궁핍한 백성을 보는 것은 어찌 그리고 야박하단 말입니까?

조정의 금령이 본래 절엄하고 연석에서 신칙하기를 거듭하였을 뿐만이 아니었습니다. 더구나 지금 우리 성상께서는 자신의 아픔처럼 여기고 어린애를 보살피듯이 하서 지극히 인자하고 큰 은혜는 자모가 어린아이를 기르는 것과 다를 것이 없습니다.

그런데도 필경 버릴 물건처럼 보고서 저희끼리 서로 답습하여 나라의 근본이 이같이 편안하지 못한 데에 이르게 하였습니다. 말이 여기에 미치면 어찌 애통하지 않겠습니까?

우선 미리 경계시키는 뜻으로 여러 도에 거듭 유시하여 모든 금령을 무시하고 어긴 수령은 즉시 계문하여 엄히 감처하고 영구히 금고 시키게 하되 혹 덮어 두었다면 도신 역시 같은 죄로 처벌해야 할 것입니다.

다만 생각하건대, 포곡을 완결 짓는 도리에 그 방도가 있습니다. 지금 드러난 포안을 각 해청에 소속시키고 그 맡은 자리에서 낼 수 있는 정도를 살피고 그 다과를 헤아려 분배한 다음 담당해서 수량을 채우게 한다면 당장은 비록 병통을 전가하는 듯하지만, 이 거조가 실로 근원을 깨끗이 하는 방도입니다.

이렇게 법을 만들어 절대로 변통하지 않는다면 저들이 서로 규찰하고 즉시즉시 적발하여 더는 무성하게 퍼지는 지경에 이르지 않게 되고 포흠 낸 자의 가산만으로도 완전히 마감해서 번거롭게 해청에서 징수하는 일이 없이도 수쇄할 수 있을 것입니다. 이것이 어찌 포흠을 막는 중요한 길이 아니겠습니까?

그리고 아전과 백성이 모두 지탱할 수 있고 형벌이 없게 되기를 기대할 수 있을 것이니 이것을 영식으로 만들어 영구히 준행토록 일체로 행회하는 것이 어떻겠습니까?"

왕이 말했다.

"징족의 폐단은 차라리 말하고 싶지 않다. 포흠을 막는 방도는 진달한 대로 시행하라."

김좌근이 기세를 몰아 다시 말했다.

"신이 도신의 몰기에 대해 우러러 진달할 것이 있습니다.

어떤 기예고 간에 몰기한다는 것은 어찌 쉽게 얻을 수 있는 재예이겠습니까? 그러니 직부하게 하는 것은 바로 장려하고 격려하는 정시인데 법이 오래되면 농간을 부리는 일이 생기기 마련입니다.

한 번의 과거에 몰기한 자가 십여 인에 이른 때도 있으니 신은 잘 모르겠습니다만 이 십여 인이 모두 제대로 활을 잡고 말을 달려서 쏘아 정말로 명중시켰겠습니까? 이는 그 일을 주관하는 자가 나라의 법은 안중에 없어 제멋대로 허위로 기록해서 기꺼이 기만하는 죄를 범한 것에 불과한 것입니다.

그러기에 지난 병술년과 무술년에 이미 비교해 본 뒤에 한 사람만 취하는 것을 정식으로 삼았으나 곧바로 이의가 있어 중지한 적도 여러 번 있었습니다. 그러나 신의 생각에는 그렇지 않다고 여깁니다.

몰기의 재예가 있는 자는 비록 이번 과시가 아니더라도 성공하는 날이 있을 것이니 거짓으로 꾸며대어 사사로움을 드러내고 어지럽게 뒤섞는 폐단은 제거하려고 하지 않아도 저절로 제거될 것입니다.

다만 몰기를 비교해 본 뒤에 끝내 탈락한 자들은 당장 광경은 자못 가긍하다 할 터이나 이는 도신과 수신이 그들이 원하는 바를 묻고 넉넉하게 시상을 하면 위로하고 기쁘게 해주는 방도로 해롭지 않을 것입니다.

올가을부터는 일체를 병술년과 무술년의 정식대로 시행하되 그동안 장
계에서 복구를 청한 여러 곳에 대해서도 모두 이대로 거행하여 달리하는
일이 없게 하라고 엄히 신칙하고 행회하는 것이 어떻겠습니까?"

왕이 말했다.

"그리하라."

김좌근이 다른 사안을 올렸다.

"연경 행차 때에 수종인이 지나치게 많이 들어가는 일로 연석에서의 하
교와 조정의 신칙이 전후로 수도 없이 많았습니다.

그러나 나라의 기강은 점차 해이해지고 농간을 부리는 길은 날로 열려
수종인과 사내종으로 말하더라도 제도를 위반하였고 쇄마구인 명색으로
말하더라도 사람을 바꾸어 기록하는 것이 도리가 없었습니다.

들건대 지난 절사의 행차에 수종인 몇 명이 법을 무릅쓰고 천진 근처에
갔었는데 예부의 부장이 이것을 의주하여 자문을 보내려 하였답니다. 일
이 비록 곧 무사히 되기는 하였지만 추후에 들은 바에 참으로 극히 놀랍고
해괴합니다.

이 모두가 무뢰배가 부당하게 들어가서 연유하였는데 그 난잡하기가 이
를 데 없어서 하지 않은 일이 없고 만들지 않은 폐단이 없었으니 조만간 일
이 생기기라도 하면 부끄럽고 치욕스러움이 더없이 심할 것입니다.

이러한데도 크게 징창하여 영구히 일체의 법으로 만들지 않는다면 장차
어떠한 사단이 어디에서 생길지 모를 일입니다.

그러니 금년 절행과 별행부터는 역관과 군관은 으레 원액대로 할 터이지
만 나머지 반당·청지기·창고지기·노자 등 명색은 상사와 부사는 각각 사

오 인을 넘지 않게 하고 서장관은 삼사 인을 넘지 않게 하되, 각기 그 성명을 출행에 앞서 비변사에 낱낱이 보고하여 대조하도록 해야 하겠습니다.

이른바 쇄마구인 명색도 삼고에서 말을 세우고 남은 자리와 상의원과 내위원에서 무역하는 물화를 실은 외에는 비록 역마라 하더라도 사람은 가고 말은 돌아오는 따위는 모두 공란으로 달고 바꾸어 기록하지 못하도록 사역권에 분부하고 무술년에 정식한 절목을 내려 보내 대조 점검하여 시행하도록 해야 하겠습니다.

비록 이번에 돌아오는 사신도 그가 사전에 검칙하지 못한 잘못은 면하기 어려우므로 이미 지나간 일이라 하여 그대로 두고 논죄하지 않을 수 없습니다.

돌아오는 세 사신은 모두 종중추고하고 당해 행차 중의 수역은 유사로 하여금 엄히 과치하게 하며 해범 두 명은 기영에 관문을 보내 조사해 내어 엄히 형추하여 원배하게 하는 것이 어떻겠습니까?"

왕이 말했다.

"그리하라."

좌근이 마무리했다.

"모든 정사에 수령 자리를 유보하지 않는 것은 백성을 가까이하는 직임이기에 하루라고 비워 두어서는 안 된다는 뜻입니다. 그저께 정사에서 길주 목사의 후임을 차출하지 않은 것은 격례에 어긋난 일이니, 이조판서 서기순을 종중추고 하는 것이 어떻겠습니까?"

왕이 말했다.

"그리하라."

42.

철종 4년, 계축년, 1853년, 가을.

제선은 경주에 세 칸 기와집을 지었다.

돈이 없으면 금수강산도 적막강산이다. 가재도구를 다시 들이고 고향으로 돌려보냈던 여종 둘을 다시 불러 아내를 돕게 했다.

아들들의 공부가 얼마나 진행되었는지 살피고 서재에 책을 더 마련해 주었다.

사촌 형 최재환에게는 인근의 논을 몇 마지기 사 드려 가족을 부양하고 잔용에 어려움이 없게 해 드렸다.

아버님 산소에 들러 근황을 말씀 올렸다. 가까운 인척들은 빠짐없이 찾아가 인사를 드렸다. 인척들은 제선이 장사로 성공한 것을 매우 기뻐했다.

제선은 시간이 남는 참에 스승을 만나러 계룡산으로 갔다.

그간의 공부에 대해 여쭙고 스승의 의견을 들어 보려 했다. 실천불교를 한다는 김광화도 만나보고 싶었다.

가을 산길은 쾌적했다 스승이 계신다는 산사는 조그만 암자였다. 암자에는 스님이 한 분 지키고 있었다.

제선은 계룡산에서 스승을 만나지 못했다. 김광화도 만나지 못했다. 스님이 관에서 남학을 지목해 김광화를 체포하러 왔었다고 알려주었다.

김광화는 미리 알고 피신하려 계룡산을 떠났고 스승도 그와 함께 떠났다고 했다. 새로운 사유를 하는 사람이 피해 다녀야 하는 세상이다.

그날 밤은 거기서 유숙하기로 스님의 허락을 받았다.

제선은 우물가에서 물을 받아 얼굴을 씻었다. 그리고 베어낸 지 오래된 나무 그루터기에 앉아 잠시 생각에 잠겼다.

불교에 몸담은 이들은 이 시대를 어떻게 읽고 있을까? 그들은 세속에서 벗어나 이 깊은 산속에 거하며 어떤 공부를 하며 어떤 삶을 살고 있을까?

가족과 이웃과 같이 웃고 울며 살아내는 삶을 벗어난 곳에서 하는 공부는 어떤 공부일까? 그것을 과연 좋은 공부라 할 수 있을까?

제선은 그동안 여러 사유를 접해 보려 했다.

틈나는 대로 지역에 이름이 있는 몇몇 유학자를 만나 보았다. 그러나 헛걸음이었다. 오랫동안 기득권을 유지한 그들은 변하는 시대에 부응하려는 식견도 의지도 없었다.

그저 친족이나 뜻을 같이하는 부류의 이익을 보전하기에 급급했다. 그들은 차라리 생각이 없는 베틀 같았다. 북만 치면 항상 같은 피륙을 짜는.

자기 생각이 없는 자들과 미래를 논할 수는 없었다.

경주 남산에서 만난 도사와 칠패 장터 주모가 소개해 준 정복식 그리고 강화도에서 만난 양명학을 하는 이광신은 그중 인상에 남은 사람들이었다.

북청 도가 김정태 형님의 자유분방한 삶은 사람의 본성에 가까이 다가간 듯했으나 크게 마음에 와 닿지는 않았다.

그러나 어쨌든 그들도 제선이 원하는 대강의 한 줄기를 잡고 있었다.

월성 포목점에서 날품으로 무명 등짐을 지던 생각을 했다.

무슨 마음으로 그런 용기를 냈을까? 다시 하라면 망설이고 말 고된 시절이었다.

그러나 거친 노동을 직접 경험하며 나라는 존재의 말단을 선명히 볼 수 있었다.

손과 발 그리고 거기에 이어진 몸이 존재의 가장 말단에 있었다. 몸을 움직이는 마음이 있었고, 그 마음 깊은 곳에 얼이 있었다.

얼이 있어 내가 살고 마음이 일어나지만, 거꾸로 몸을 떠나서는 마음과 얼이 현현할 길이 없었다. 셋이 하나로 움직였고 하나가 결국 셋을 다 머금고 있었다.

방에 들어갔다.

도성은 이순을 넘긴 노인이었다. 머리는 삭발을 하고 하얀 턱수염을 기르고 있었다. 인상이 험하고 몸집이 커 보는 순간 제선은 하마가 생각났다. 그러나 몸짓은 온화하고 말씀은 자상했다.

도성은 별채 아궁이에 장작을 때 놓아 방안이 훈훈했다. 이렇다 할 가구가 없어 거의 텅 빈 방 가운데 작은 소반이 놓였고 산채와 막걸리를 담은 주전자가 얹혀 있었다.

창밖으로 계룡산 신령이 나투는 된바람이 처마를 거칠게 때렸다.

이전에 서산이라는 스님이 있었다.

서산의 법맥을 송운파 편양파 소요파 정관파가 이었다.

사명이 송운파를, 언기가 편양파를, 태능이 소요파를, 일선이 정관파를 열었다.

이 중 언기는 속성이 장씨인 죽주 사람으로 편양당이라 불렸다.

현빈에게 출가하고 서산의 심인을 얻었다.

금강산 천덕사 구룡산 대승사 묘향산 천수암에서 설교했다.

제자에 의담이 있다.

의담의 호는 붕담, 속성은 유 씨로 통진 사람이다.

열여섯에 출가해 언기에게 심법을 얻었다.

남쪽으로 다니며 기엄 태능 각성에게 참배했다.

후일 금강산과 보개산에서 화엄경의 주석서를 저술하고 금강산에서 입 멸했다.

그의 법맥을 도안이 이었다.

도안은 호가 월저, 속성은 유 씨이고 평양 사람이다.

아홉 살에 출가하여 의담에게 수학하기를 이십 년 만에 법을 계승했다.

화엄회를 설립하고 화엄 원교의 진수를 선양한 공으로 세상 사람들은 그를 화엄 종주라 불렀다.

그가 강의하면 수백 인이 모였다.

그의 학덕에 보답하고자 조정에서 팔도선교도총섭에 임명했다.

의담의 제자로 도안 외에 설재와 정원이 있다.

설재의 제자 중 선교에 밝은 지안이 나왔다.

지안의 호는 환성, 자는 삼약으로 춘천 사람이다.

열다섯에 출가해 설재에게 심법을 얻었다.

후일 금강산에서 화엄 대법회를 천사백여 명의 대중 앞에서 열었다.

무고한 고발을 당해 호남의 옥에 체포되었다가 다시 제주도로 유배되었다.

지안은 거기에서 입적했다.

지안의 제자로 해원과 체정이 있다.

이중 체정은 호가 호암이고 광양 사람이다.

지안의 법을 잇고 해인사와 통도사를 오가며 수백 명의 학인을 지도했다.

문하에 상언과 유일이 있다.

이중 유일은 자는 무이, 호는 연담으로 화순 사람이다.

열여덟에 출가하여 체정과 상언에게 학문을 연마하고 특히 체정의 법을 계승했다.

서른한 살에 보림사에 강당을 설치한 후 삼십여 년간 여러 사찰을 다니면서 강의했다.

상언의 제자로 긍선이 있다.

긍선은 호가 백파이며 호남 무장 사람이다.

열두 살에 선은사 시헌에게 득도하고 상언에게 선법을 받고 법은 설봉을 이었다.

백양산 운문암에서 강당을 개설하고 경과 선을 강의했다.

선문의 중흥주라 할 만했다.

도성은 긍선과 함께 상언에게 배운 사람이었다.

"스님, 엄동설한에 고적한 곳에서 홀로 지내시면서 어떤 공부를 하십니까?"

"그냥 마음을 버리는 공부를 하지요."

"마음을 왜 버려야 합니까?"

"마음속에는 바다보다 더 넓고 깊은 선과 역시 바다보다 더 넓고 깊은 악이 도사리고 있습니다. 조사들은 마음을 비우라 하지만 마음은 비우는 순간 바로 다시 찹니다.

차라리 버리는 만 못합니다."

"마음을 버리는 공부야 세속에서도 얼마든지 할 수 있지 않습니까?"

"칡꽃 핀 자리에서 또 칡꽃이 핍니다. 공부하는 데 구태여 마을과 숲을 구분할 필요는 없습니다."

"그렇다면 스님께서는 왜 숲을 택했습니까?"

"주어진 인연에 따랐을 뿐입니다. 마을이 없으면 숲을 유지할 수 없습니다. 역시 숲이 없으면 마을이 변하기 어렵습니다.

숲에서 일어나는 기운은 자연히 마을로 내려가고 마을에서 일어나는 번뇌는 자연히 숲으로 올라옵니다. 마을과 숲은 서로 교통하므로 꼭 둘로 나누어 볼 이유는 없습니다. 첫걸음이 곧 목적지입니다."

"그렇군요. 이왕 찾아뵈었으니 오늘은 귀한 법문을 많이 듣고 싶습니다."

"산골짜기에서 홀로 늙어 가는 사람이 무어 그리 아는 게 있겠소?"

도성은 막걸리를 한 사발 죽 들이켰다.

꼬르륵 소리를 내며 술이 목을 넘어갔다.

제선이 다시 물었다.

"불교가 중생을 제도하는 가르침을 한마디로 무어라 하겠습니까?"

도성은 젓가락으로 산채를 집어 입에 넣었다.

"그거야 그물코지요."

"그물코가 무슨 뜻입니까?"

"화엄에 나오는 말입니다. 우주는 커다란 그물로 엮여 있는데 그물의 코마다 구슬이 하나씩 달려 있습니다. 무한한 그물코에 무한한 구슬이 있는 것이지요.

하나의 코에 달린 구슬에 무한한 그물코의 구슬이 비치고, 동시에 하나의 코에 달린 구슬은 무한한 그물코의 구슬에 비칩니다.

의상은 「화엄일승법계도」에서 그것을 일즉다 다즉일이라 표현했습니다."

"사람을 하나의 그물코에 달린 구슬이라 한다면, 한 사람의 존재에게 세상의 모든 사람이 비치고 동시에 그 사람은 세상에 존재하는 모든 사람에게 비친다는 뜻으로 그 말씀을 해석해도 되겠습니까?"

"좁지만 좋습니다."

"그러니까 불교는 사람들 각자가 우주의 그물코에 달린 구슬이라는 가르침이군요?"

"좋습니다."

"그 그물코가 존재하는 이유는 무엇입니까?"

"모든 존재는 부처가 나툰 것입니다. 모두가 부처의 화신입니다. 그것이 우주의 진실입니다. 一微塵中含十方(일미진중함시방)*이라.

그러므로 존재의 본성은 모든 것의 본성입니다. 해변의 작은 모래알의 무게와 우주의 무게는 같고, 각 순간은 영원을 담고 있습니다.

존재하는 모든 것은 귀하고 아름답습니다.

한마디로 말해 세계는 존재로 제각기 분리되어 있으면서 서로에게 작용하는 물체들의 집합이 아닙니다. 오히려 관계의 그물 그 자체랍니다."

막걸리 한 주전자는 금방 비었다.

제선은 짊어지고 온 등짐에서 소주 항아리를 꺼냈다.

"그런데 모든 존재가 부처가 나툰 존재라면 그러한 존재들로 구성된 세상은 왜 이리 혼탁합니까?"

도성이 다시 입을 열었다.

"여기는 존재가 존재를 다듬는 학교입니다. 우리의 내부에는 거대한 선과 악이 있습니다. 어느 것을 촉발하는가는 우리의 자유의지 입니다.

보이는 것이 나타나는 법입니다. 이곳은 모순이 횡행해야 마땅한 곳입니다. 세상이라는 숫돌에 나를 어떻게 갈아야 할지는 내가 결정해야 할 몫입니다.

나와 부처님의 관심에 따라 세상은 변합니다. 우리가 관심을 가지고 의식을 집중하는 만큼 세상은 열립니다.

세속의 역사에서 권력을 가진 자와 그의 지배를 받는 자가 서로 존중하고 더불어 산 적은 드뭅니다. 무수한 전쟁이 일어났고 이긴 자들은 진 자

---

* 하나의 티끌 안에 우주가 있다.

들을 노예로 삼았습니다.

이긴 자들은 노예를 핍박해 더 큰 세력을 추구했고 점점 불어나는 노예들은 평생을 고된 노동 속에서 몸부림치다 죽었습니다.

불교는 부처님 이래 중생이 더불어 사는 길을 계속 추구했습니다."

"그 오랜 이야기를 좀 들려주십시오."

도성은 목이 말랐는지 아랭이를 주발에 가득 부어 단번에 들이켰다.

"커! 좋다."

도성은 술맛을 음미하며 잠시 침묵을 지키더니 선시를 하나 읊었다.

'대지는 봄기운에 무르녹아 가고
살구꽃 피는 마을 그윽하여라.
제비는 처마 끝으로 날아들고
북으로 가는 기러기 소리 허공을 지나가네.
비 젖는 복사꽃 묘한 이치 보이고
바람맞는 배꽃은 깊은 뜻 드날리네.
티끌마다 물건마다 서래*의 뜻 노래하나니
어느 곳에 가 수고롭게 옛 조사를 찾는가.'

도성은 천천히 말문을 열었다.

"오래전 인도의 인더스강과 갠지스강 가에 사람들이 살았습니다.

---

* 선의 묘미.

그들은 농사를 지었고 도시를 만들었습니다. 도시 안에 수로를 만들어 집안에서 몸을 씻었습니다. 그들은 조상신을 숭배했습니다.

강가에는 철마다 주기적으로 찾아오는 철새들이 있었습니다.

그들은 죽은 조상의 영혼이 그 철새의 등을 타고 이승과 저승을 오고 간다고 믿었습니다. 윤회라는 개념이 여기에서 나왔습니다.

농경은 해와 깊은 관계가 있습니다. 해는 계절에 따라 뜨고 지는 위치와 시간이 다릅니다. 그 이유를 관찰하는 과정에서 업이라는 개념이 나왔습니다.

그러므로 불교에서 말하는 윤회와 업은 강가에서 농사짓던 사람들의 경험에서 나왔습니다.

이곳에 대륙의 아리안이라는 유목 세력이 침입합니다. 그들은 힌두쿠시 산맥을 넘어 강가의 도시들을 차례로 점령했습니다.

전쟁이라고 할 수도 없는 일방적인 살육이었습니다. 철로 만든 무기를 휘두르는 유목민들에게 농사만 짓던 이들은 상대가 되지 못했습니다.

아리안족은 그들의 서사시인 베다를 종합해 경전을 만들었고, 본래부터 가지고 있던 신분제도를 강화했습니다.

그들은 가장 상층에 브라만이라는 사제 계급이 있었고 그 아래에 무사 계급인 크샤트리아, 그 아래에 상인계급인 바이샤, 그 아래에 목축과 노동을 담당하던 수드라가 있었습니다.

수드라가 생산을 맡고 바이샤는 장사를 통해 얻은 이익으로 크샤크리아와 브라만을 섬겼습니다. 전쟁을 통해 포로로 잡은 자들을 노예로 삼아 불가촉천민이라 규정하여 가장 아래에 두고 잔인하게 다스렸습니다.

세월이 흐르면서 그곳에 거대한 변화가 일어났습니다. 갠지스강 유역을 중심으로 전제국가가 생겼습니다. 마가다 왕국의 라자가하, 코살라 왕국의 사밧티, 카시왕국의 바라나시와 같은 장대한 도시들이 생겨났습니다.

도시에는 상공업이 발달하여 장자 또는 거사와 같은 거상이나 자산가들이 일어났습니다. 도시에서는 세속의 권력과 부가 새로운 힘의 척도가 되었습니다.

그러자 아리안족 내부에서 갈등이 불거졌습니다.

정복 전쟁은 크샤트리아가 주로 수행했습니다. 전쟁에 필요한 비용은 바이샤가 부담했습니다. 그러나 정복 전쟁의 수혜는 대부분 브라만이 차지했습니다.

도시는 사람과 사람의 이익이 부딪치는 곳입니다. 이미 직관이 지적 탐구심으로 대체되고 종교는 철학에 압도되고 있었습니다. 서서히 최고선이나 초월적 절대적 진리의 빛이 퇴색하고 있었습니다.

크샤트리아는 브라만에게 부의 공정한 분배를 요구했습니다. 그러나 브라만은 거절했습니다. 브라만 사제들은

'사람은 우주의 궁극적 원리인 브라만의 일부를 가지고 태어나는데 그것을 아트만이라고 한다. 그러나 브라만은 브라만의 아트만을, 크샤트리아는 크샤트리아의 아트만을 가지고 태어나기 때문에 크샤트리아는 무조건 브라만의 지배를 받아야 한다.'라는 논리를 폈습니다.

이것은 나라는 존재의 근원은 영원히 변하지 않는다는 전제를 달고 있습니다.

크샤트리아는 이 전제를 부수는 논리를 만드는 작업을 시작했습니다.

불전에는 당시의 크샤트리아의 지원을 받은 대표적인 사상가로 여섯 명의 이름을 전합니다.

자이나교의 교조인 니간다 나타풋타, 단멸론을 주장한 아지타 케사캄바린, 업과 그 과보를 부정한 푸라나 캇사파, 인연설을 부정한 막칼리 고살라, 영혼은 인정했지만 괴로움과 즐거움을 행위의 소산이 아닌 실체로 간주한 파쿠다 캇차야나, 모든 명제에 대하여 판단중지의 입장을 취한 산자야 벨라팃풋타가 그들입니다.

브라만 쪽에는 정통으로 인정받는 여섯 개의 학파가 있었습니다. 샹카 베단타 미맘사 느야야 바이세기카 요가입니다. 이들의 전통에서 보면 새로 나온 사상은 모두 일고의 가치도 없는 이단이었습니다.

그러나 당시 브라만에 저항하는 이러한 사유들을 자이나 경전에서는 삼백예순세 가지를, 불교 경전에서는 예순두 가지를 열거하고 있습니다. 한마디로 당시 인도는 나와 세상에 관한 다양한 탐구가 활발하게 제시되었습니다.

이러한 사유를 종합하여 영원히 변하지 않는 나라는 것은 없다는 무아를 주장한 분이 바로 부처님입니다. 불교는 이렇게 처음부터 고정된 신분을 배격하고 모든 사람이 더불어 살 수 있는 사회적 정의를 주장하면서 시작했습니다."

"놀라운 일입니다."

"부처님이 말씀하신 무아란 단순히 내가 없다는 뜻이 아니라 영원히 변하지 않는 내가 없다는 뜻입니다. 각자가 지금 여기에서 꾸준히 덕을 쌓으면 다음 생은 더 높은 신분으로 바뀌어 태어날 수 있다는 것입니다.

이 사유는 크샤트리아뿐만 아니라 신분에 묶여 온갖 불이익을 감수해야 했던 바이샤나 수드라 계급에 속했던 사람들에게도 넓게 수용되었습니다. 그래서 불교는 당대에 하나의 종교로서 우뚝 섰습니다.

부처님은 이전의 농경사회에서 영위되던, 각자를 존중하고 더불어 사는 윤회와 업의 개념을 현실에 맞게 재해석했던 것입니다. 그래서 어떤 이들은 불교는 부처님이 세운 종교가 아니라고 하기도 합니다. 오래된 강가의 지혜를 다시 가져왔기 때문이지요.

부처님이 돌아가신 후 불교는 인도의 전통에 물들어 단순한 개인의 깨달음을 위한 가르침으로 변합니다. 출가한 승려들은 이론을 통해 깨달음을 얻는 길을 택했습니다.

차츰 재가 신도의 수가 늘면서 이들은 승려들과 같은 전문적인 공부를 할 형편이 못 되었기에 산등성이에 스투파라는 탑을 세우고 일이 끝난 저녁에서 한밤중까지 탑을 돌며 깨달음을 구했습니다.

승려들은 이러한 재가 신도들을 불교를 모르는 문외한으로 몰았고 재가 신도들은 승려들을 자기 개인의 깨달음만 추구하는 이기적인 무리로 매도했습니다. 승려들은 방대한 아비달마 경전을 편찬해 기선을 제압하려 했고, 재가 신도들은 탑을 돌며 얻은 신앙 체험으로 부처를 직접 해석했습니다.

이러한 재가 신도들의 필요에 부응해 나온 것이 용수의 공이나 세친의 팔식 사상입니다.

여래장 사상에 이르러 불교는 불성이라는 것을 인정함으로써 천년에 걸친 브라만과의 오랜 논쟁에서 패배합니다. 이후 불교는 인도에서 추방됩니다.

브라만교는 불교의 충격으로 힌두교로 재편되고 불교는 남쪽으로는 니카타를 중심으로 하는 남방불교로, 동쪽으로는 파미르 고원을 넘어 비단길을 통해 중국 위진남북조 시대에 종파불교의 싹을 피우면서 새로운 불교로 태어납니다.

수당을 지나며 불교는 완전히 중국 사유로 해석되어 천태·화엄·정토·선종이라는 종파가 자리 잡게 됩니다. 그중 선종은 불교가 유학을 머금은 것입니다. 선종과 유학은 사람이 살아가는 삶의 현장을 중요하게 생각했기 때문입니다.

불교가 우리나라에 처음 왔을 때는 부처님의 뜻과는 전혀 다르게 오로지 왕권을 강화하는 호국불교에서 벗어나지 못했습니다.

원효는 귀족불교가 성행하던 신라에서 백성을 위하는 민중불교를 지향했으나 귀족불교에 밀렸습니다.

고려 때 문종의 아들 의천이 세운 천태종과 지눌을 개창자로 하는 조계종이 각각 교종과 선종으로 정착합니다.

그러나 천태종은 호국불교의 한계를 벗어나지 못했고 선종 역시 오십보백보였습니다. 공민왕 때 신돈이 백성을 위한 불교 운동을 일으켰으나 공민왕이 죽고 나자 바로 제거되었습니다.

조선 불교는 유학의 배척을 받아 매우 위축된 것은 사실이나 백성의 생활 속에 토착화되어 그들의 삶을 위안하며 명맥을 이어 왔습니다. 왕실의 기호에 따라 약간의 부침은 있었으나 지금은 오직 현상을 유지하기에도 벅찬 실정입니다.

예전에 부처님이 하셨던 억압받는 중생들을 위하는 평등의 사유는 꿈도

꿀 수 없는 지경입니다.

부처님의 가르침은 이 땅에서는 이미 죽었습니다. 온 나라에 백성들의 울음소리가 진동하고 있지만, 불교는 비겁하게 침묵하고 있습니다. 산수 간에 숨어 무엇을 깨닫겠다고 방정을 떠는 내가 가소로울 뿐입니다.

거사는 무슨 뜻을 가지고 세상을 주유하는 분으로 보입니다. 거사에게 내가 드리고 싶은 말은 하나입니다.

불교가 이 땅에 들어와 부처님의 이상을 펴지는 못했습니다. 그러나 화 엄의 그물코를 깊이 천착해 주십시오. 대다수 백성을 신분으로 묶어 놓고 착취해서 유지되는 이 한심한 땅에서 모든 인간의 존엄과 평등을 이야기하 는 화엄의 그물코는 나라의 근본을 흔드는 역적의 사유로 몰릴 것입니다.

그러나 무지하고 불쌍한 백성들에게 그들 각자가 그물코에 달린 구슬처 럼 아름답고 소중하고 귀한 존재라는 것을 용기 있는 누군가가 과감히 나 서서 깨우쳐 준다면 그들의 각성을 바탕으로 변화를 이루어 낼 단초가 나 올 수도 있습니다."

"귀한 말씀을 들었습니다. 그 말씀은 오로지 스님 혼자만 새기는 생각입 니까?"

"이전에 불교는 미륵신앙과 도참사상에 의지해 농민들의 항쟁에 동참한 적이 있었습니다. 조정과 지방 관아에서 사찰 수탈이 날로 심해져 승려들 도 억눌려 사는 농민들과 별반 처지가 다르지 못했기 때문이었습니다.

농토를 잃은 유랑민들은 숲속에서 화적이 되기도 하고 일부는 각지의 절에 몸을 의탁하고 거사나 사당이라 표명하는 무리를 이루어 부당한 조 세와 부역을 거부하고 의적 활동이나 변혁 운동을 주도했습니다.

이들은 삼남 지방에만 대략 만 명이 있었고 전국에 퍼져 있는 수를 합한다면 역모도 꾀할 수 있는 세력이 되었습니다.

몰락한 양반 지식인들이 실학을 연구했고 이러한 풍토는 불교에도 영향을 주었습니다. 특히 정조 때 대둔사 안에 있던 서산대사의 사당인 표충사를 지원했는데 여기를 중심으로 실천 불교에 관한 활발한 연구가 진행되었습니다.

우리 승려들 사이에도 당취라는 비밀결사를 만들어 활동했는데 지금 이들을 지도하는 사람이 여기에 있던 김광화입니다. 그는 불교를 확 바꾸는 작업을 하고 있습니다. 그것을 남학이라 부릅니다.

계룡산은 앞이 닭 계이고 뒤가 용 룡이니 닭 대가리를 가진 용이 나타난 산입니다. 계룡이라는 이름에 맞게 김광화는 불교를 혁신하는 개벽을 염두에 두고 있었습니다."

새벽이 다가왔다.
도성이 다시 한 수 읊었다.

'흰 구름 앞뒤의 고갯마루요
밝은 달 동서에 개울이네.
중은 꽃비 속에 앉아 있고
나그네는 조는데 산새가 우네.'

제선은 일어나 도성에게 큰절을 올리고 방을 나왔다.

43.

제선은 계룡산에서 내려오며 생각에 잠겼다.

'우리가 무엇을 안다고 할 때 그것은 내가 가진 감각 기관의 능력 한계 안에서 이루어진다.

우리의 앎의 대상이 무엇이건 간에 그것은 나의 인식 능력 범위 안에 있다.

이 범위를 뛰어넘는 것에 대해서 나는 이해할 도리가 없다.

세상이 어떤 법칙에 따라 운행하는지,

세상 안에 존재하는 사물들의 기본 요소는 무엇이고 그러한 요소들이 어떤 방식으로 모이고 흩어져 생성·성장·쇠락·소멸의 과정을 만드는지,

사물이 존재하며 움직이는 공간은 어떤 존재인지,

시간은 또 무엇인지,

나아가 천하가 있는 공간 및 하늘 전체를 포함한 천체는 어떤 구조로 이루어져 있을지….

그런 것을 커다란 앎이라 한다면 나는 과연 그것을 있는 그대로 이해할 수 있는 존재인가?

이러한 것을 진리라 한다면 나는 과연 진리를 구현하는 궁극적 존재를 이해할 수 있는 존재인가?

내가 진리라 이해하는 것은 오로지 나의 인식 능력 범위 안에서만 가능

한 진리일 뿐이 아닌가?

내가 세상을 인식하기 위해서는 반드시 경험이 필요하다.

이것은 모든 사람에게 똑같이 주어진 조건이다.

그러나 그 경험이 필연적이고 객관적이고 보편적이라는 보장은 없다.

그렇다면 나에게 세상은 나의 주관에 비친 그림자일 뿐이다.

세상의 궁극적 존재를 이해하려 할 때도 마찬가지이다.

이제까지 공부한 바에 의하면 오직 물질만 실체로 보는 시각에는 도가 계통이 있었다.

오직 마음만을 실체로 보는 시각에는 불도를 들 수 있겠다.

물질과 마음 두 가지를 실체로 보는 시각은 유학의 입장이었다.

나라는 존재의 궁극에 대한 것도 이 세 관점에서 살펴볼 수 있었다.

나라는 것은 무엇인가?

나는 나라는 존재가 몸과 마음과 얼로 구성되어 있다는 것을 홍해 김 진사 댁으로 무명을 나르던 날 새벽에 선명하게 경험했다.

내가 존재하려면 기본적으로 몸과 마음과 얼이 필요하지만, 내가 삶을 유지하기 위해서는 이것만으로는 부족하다.

나뭇잎을 생각해 보자.

나뭇잎은 나무줄기에 붙어 있는 작은 조각에 지나지 않는다.

나뭇잎이 제 모습을 유지하는 일은 나뭇잎 홀로는 어렵다.

그를 붙들어 주는 줄기가 있고, 줄기를 지지하고 있는 가지가 있다.

나무 밑에는 위에 보이는 나무만큼 큰 뿌리가 있어 대지에서 수분과 영양분을 빨아올린다.

그것만이 아니다.

모든 나뭇잎이 생장하려면 하늘의 해가 비치는 빛이 필요하고 공간을 채우고 있는 공기가 필요하다.

결국 한 잎 나뭇잎이 존재를 유지하기 위해서는 온 세상과 하늘이 도와주어야 한다는 이야기이다.

그리고 나뭇잎은 그것을 수용할 때 나뭇잎이라는 존재를 유지할 수 있다.

사람을 나뭇잎에 비하면 같은 이야기를 할 수 있다.

몸과 마음과 얼이 고정된 그대로 유지될 수는 없는 일이다.

몸을 유지하려면 때에 맞추어 음식을 먹어야 한다.

마음을 유지하려면 자주 평정심을 가져 안정시켜야 한다.

얼을 유지하려면 우주의 근원과 항상 소통해야 한다.

음식이란 세계를 구성하는 사물이며 평정심이란 고른 호흡으로 얻을 수 있다.

우주의 근원과 소통하려면 우주가 있게 한 궁극적 존재를 인정해야 한다.

사물이란 우주의 부분이면서 우주의 진리가 구현된 것이다.

호흡이란 우주의 기운 즉 생명이 내 몸을 들락날락하는 것이다.

우주의 근원이란 내 몸에 현현하면서도 알지 못할 곳에 초월해 있으면서 세상 곳곳에 편재하는 것이다.

몸에 들어온 음식은 내가 일일이 간섭해서 소화시키지 않는다.

먹기만 하면 몸이 스스로 하는 일이다.

그렇다면 내가 의도하는 모든 것들은 나라는 존재가 스스로 의도해 이루어지는 것이 아니라, 온전히 몸 밖의 세상이 주는 힘에 의한 것일 수도 있다.

그렇다면 타력은 자력의 어머니가 된다.

도대체 나라는 것은 무엇인가?

나는 세계와 같이 어우러진 매우 복잡한 존재이다.

장삿길은 경험과 사유의 폭을 넓혀 주었다.

나는 나라 곳곳을 헤매 다니며 이런저런 사람들을 만나 보았다.

스승이 준 숙제는 아직 선명하게 풀리지 않았다.

다시 생각해 보자.

예로부터 하늘과 땅 그리고 사람을 삼재라 하여 삼재는 언제나 서로 영향을 주고받는 것으로 생각했다.

하늘이라는 것은 하늘을 꾸미는 무늬 즉 천문이다.

천문은 즉 해와 달과 북극성과 온갖 별들이다.

이것을 日月星辰(일월성신)이라 했다.

하늘의 변화는 천시로 나타난다.

봄 여름 가을 겨울이 번갈아 나온다.

이것이 춘하추동 사시이다.

땅이라는 것은 땅이 이루는 무늬 즉 地理(지리)이다.

지리는 산과 시내와 들판과 호수이다.

이것을 山川郊澤(산천교택)이라 했다.

땅의 변화는 생명체의 삶을 통제하는 地利(지리)로 나타난다.

낳고 기르고 열매 맺고 갈무리한다.

이것이 生長斂藏(생장검장) 사변이다.

그러면 사람이란 무엇인가?

사람의 본질을 찾는 일은 나의 삶을 벗어나 이루어질 수는 없다.

사람의 삶이 인문이다.

인문은 문학과 역사와 윤리와 예술이다.

이것을 詩書禮樂(시서예악)이라 한다.

인문의 변화를 人事(인사)라 한다.

태어나고 늙고 병들고 죽는 것이다.

이것을 生老病死(생로병사) 사고라 한다.

삼재에 대한 의문을 추구하는 과정에서 도와 학이 나왔을 것이다.

도와 학을 통해 사람은 삼재의 원리와 질서를 찾으려 지금까지 혼신의
힘을 다해 노력해 왔다.

그러나 삼재를 아직 선명하게 밝혀내지는 못했다.

삼재는 서로 영향을 주고받으며 끊임없이 변화한다.

변화를 예측하고 내재한 질서를 밝히는 일은 사람이 가진 인식과 의식
의 한계로 인하여 아마 불가능할지도 모른다.

변이라는 것은 천천히 변하는 것이다.

화라는 것은 빠르게 변하는 것이다.

변화는 변성과 화생의 연속이어서 순환한다.

이것을 음양의 작용이라 했다.

음양은 기이다.

氣(기)는 삼재의 기본 질료이다.

기는 살아 움직이되 순환하며 형체를 바꾼다.

유학과 불도와 도가는 이러한 변화의 과정을 각각 나름대로 직시했다.

불도는 이것과 저것의 존재와 관계를 인연으로 해명했다.

도가는 유와 무의 상대성을 통해 玄(현)이 곧 무극이라 했다.

유학은 태극으로부터 음양과 사상으로 다시 팔괘 그리고 육십사괘로 나아가는 『주역』의 우주관으로 삼재를 풀이했다.

세 가르침은 모두 우주의 진리를 사람의 진리로 확보하려 했다.

불도는 존재의 공성을 깨달아 부처에 이르는 길을 제시했다.

도가는 청정한 본래의 모습으로 돌아가 진인이 되는 길을 제시했다.

유학은 천명과 합하는 도덕적 삶을 통하여 성인이 될 수 있는 길을 제시했다.

유학은 모든 행위가 도덕으로 완벽한 자를 성인으로 설정하고, 극기복례라는 전통적 방법을 넘어 몸을 주재하는 마음속에 있는 본원의 성을 잘 길러 천명과 합일하는 경지로 나아가는 수양론을 내놓았다.

불도는 모든 고통의 원인을 끊고 열반에 이른 자를 부처로 설정하고, 색즉시공 이사무애를 배경으로 세계와 마음의 본질은 주인과 객으로 나눌 수 없는 공임을 깨달아 다시금 일상으로 살아가는 수행론을 내놓았다.

도가에서는 세속에서 청정한 본원의 존재로 되돌아간 자를 진인으로 설정하고, 육체적 수련을 통하여 몸을 구성하고 있는 정을 기로 바꾸는 命功(명공)을 닦은 후 이 기를 神(신)으로 바꾸는 性功(성공)을 거쳐 궁극에는 신을 태허로 돌이키는 경지로 변화시키는 수련론을 내놓았다.

이 땅에는 이미 천주학이 들어왔다.

천주학은 서쪽에서 발원된 가르침이다.

동쪽과 서쪽은 풍토가 달라 서로 살아가는 삶의 방식이 다를 것이다.

그러므로 세상을 보는 눈도 다를 것이다.

그러나 동서를 막론하고 사람으로서 진정으로 바라는 것은 현실을 조화시켜 더불어 같이 사는 세상을 만들자는 것일 것이다.

서쪽의 천주학은 이 세상과 저세상을 분리해 인간에게 주어진 조건을 극복하려는 듯하다.

저쪽 세상은 성스럽고 영원한 세계고 이쪽 세상은 속되고 유한한 세계다.

저쪽과 이쪽으로 나눈 것은 윤리적 필요 때문이었을 것이다.

세상에는 자신의 양심에 따라 살아가려는 사람이 있다.

그러나 착한 사람이 잘살고 못된 사람이 못산다는 섭리는 통하지 않는다.

오히려 반대의 경우가 많다.

이렇게 되면 양심의 권위가 상실된다.

이쯤에서 영혼불멸을 설정했을 것이다.

사람은 죽으면 영혼으로 살게 되므로 영혼의 세계에서는 착한 사람은 잘살고 모진 사람은 벌을 받아야 한다.

그러자면 착한 사람과 모진 사람을 공정하고 빈틈없이 가려내는 심판자가 있어야 한다.

그러나 이 심판자는 완전히 증명할 수 있는 존재가 아니다.

다만 윤리적 요청에 따라 인정할 수밖에 없다.

그가 바로 서쪽 천주학의 하나님일 것이다.

그러나 천주학의 하나님은 비록 사람을 창조했다 하나 사람과 거리를 두고 있고 사뭇 권위적이다. 또 사람의 삶을 하나님의 은총에 전적으로 의지하므로 불도의 아류에 불과하다.

그러므로 동쪽에서 발원한 유불도에 한정해 생각해 보자.

내가 살펴본 유불도는 단일한 사유체계가 아니다.

세상이 열린 이후 여기에서 살아온 사람들의 모든 사유가 녹아 있는 거대한 담론 덩어리였다.

그리고 유불도는 서로 회통했다.

그러나 지금까지 사람들의 삶을 이끌던 이러한 담론이 세상의 변화에 능동적으로 대응하지 못하는 낡은 틀이 되어 버렸다.

낡은 틀은 과감하게 버려야 한다.

다시 개벽할 수 있는 새로운 담론의 틀이 필요하다.

틀이란 무엇을 포함하고 있어야 하는가.

질서를 유지하는 규범과 생산과 배분을 중심으로 하는 경제와 의사를 전달하고 표현하는 자유와 세계를 이해하고 생각하는 지성을 포함해야 한다.

이것들은 선후가 없이 서로 물고 물리어 돌아간다.

이것을 이룰 주체인 나는 새로운 가치로 무장하여 깨어난 건중한 백성이어야 한다.

스승은 내 마음이 진실로 이끄는 길로 가라 했다.

도가에서 나는 몸의 양생을 통해 나를 알아가는 것을 보았다. 초기 유학에서 나는 구체적인 예악형정의 실천을 통해 사람들의 삶을 편안하게 한다는 실질을 숭상하는 학을 보았다.

양명학도 유학의 부분이지만 나는 여기에서 양지라는 귀한 개념을 배웠다.

천주학에서는 하느님이 사람을 창조하고 은총을 내려 사람과 사람이 서로 사랑해야 한다는 것을 배웠다.

불도에서 나는 그물코와 불성이라는 개념을 배워 역시 사람이 우주의 궁극적 존재의 현현이라는 것을 배웠다.

정태 형님에게서 나는 사람의 본성을 따라 자기와 가까운 사람을 보살피며 자유롭게 사는 것을 배웠다.

모두가 진리의 한 줄기를 잡고 있는 것을 확실해 보인다.

이 모든 가치를 통합하는 커다란 사유의 틀은 무엇일까?

이 모든 가치가 알알이 녹아 있는 커다란 사유의 바다를 찾아보면 어떨까?

그러려면 이러한 가치들의 본질을 치고 들어가 그 본질들을 하나로 녹여내는 새로운 사유의 틀을 만들어야 한다.

그 새로운 사유의 틀이야말로 이 땅의 백성뿐만 아니라, 온 세상의 사람들에게 자기 존재의 소중함을 일깨우고 그들의 삶을 풍요롭게 할 수 있는 토대가 되어 줄 것이다.

그 새로운 사유의 틀이야말로 이 땅에서 권력을 움켜쥐고 순박한 백성들의 고혈을 짜 먹는 위정자들의 위선과 패악의 실상을 대낮처럼 환하게 밝혀 백성들이 모든 사람이 자유롭게 더불어 사는 새 세상을 만들기 위해 일어서는 동력을 제공할 것이다.

그래, 나는 이제 알았다.

이것이 스승이 나에게 나의 본질을 궁구하라며 제시한 새로운 길이었구나.

새로운 길에 대한 확신이 선 이상 장사에 계속 시간을 허비하고 있을 수는 없다. 집으로 돌아가 나를 가라앉히고 깊은 사색을 통해 새로운 길을 찾아보아야겠다. '

멀리서 계룡산이 용트림하는 모습이 보이더니 갑자기 하늘 한가운데가 열리며 거룩한 음성이 들려왔다.

"고향으로 돌아가 더욱 정진하여라."

제선은 깜짝 놀랐다. 이마에 진땀이 흐르고 심장이 쿵쿵 뛰었다.

곧 마음을 도스리고 말씀이 나온 하늘을 뚫어지게 쳐다보았다.

어느 사이 하늘은 닫히고 계룡산도 본 모습으로 돌아와 있었다.

44.

철종 5년, 1854년, 갑인년, 1월 25일.

하교

'탐관오리의 해로움은 홍수와 맹수보다 심하여 우리 백성을 수탈하며 우리 백성을 파산시키면서 자신을 살찌우고 사사를 경영함은 온 세상의 풍조가 모두 그러하다.

슬픈 우리 호소할 데 없는 백성이 마침내 굶어 죽어 구렁을 메웠는데도 구휼하지 않는다면 이른바 백성을 편안하게 하여 나라의 근본을 견고하게 한다는 뜻이 과연 어디에 있겠는가?

그러므로 왕위에 오른 이후 이 폐단을 궁구하여 전후의 내린 명령에서 거듭 타일렀을 뿐만이 아니었는데 끝내 실효가 나타남을 보지 못하였으니 첫째도 과인의 허물이요, 둘째도 과인의 허물이다.

일전에 대신이 주청한 것은 명백하고 매우 절실하니 탐관오리가 마음을 바꾸고 도모를 고치도록 할 만하다.

이제부터는 감사와 수령을 막론하고 만일 부정한 물품을 받는 더러운 행위가 있다고 들리는 자가 있으면 단연코 갑절을 더하는 형률로 처리할 것이니 성심으로 왕명을 천하에 알리어서 내가 백성을 불쌍히 여기어 보호하려는 생각에 보답할 것을 승정원으로부터 팔도의 도신 수신과 사도의 유수에게 하유하여 그들이 일체로 지방의 수령에게 알리게 하라.'

이 해 왜국은 미·왜 조약을 맺고 개국했다.

45.

철종 5년, 갑인년, 1854년, 봄. 수운 31세.

제선은 장사를 접고 용담으로 돌아왔다.
새로운 틀에 대해 깊이 사색했다.

'나라는 것은 과연 무엇인가?

나는 이전에 김 진사댁 마당에 뒹굴면서 몸의 가장 말단에 있는 손가락과 발가락을 선명하게 경험했다.

그것은 틀림없이 내 몸의 한 부분이었다.

그러면 몸이란 것은 과연 무엇인가?

몸은 물질의 작은 조각들이 쌓여 이루어졌다.

몸을 유지하려면 끊임없이 새로운 물질을 먹어야 하고, 못쓰게 되고 원치 않는 물질은 밖으로 내보내야 한다.

몸을 살아 있게 하는 생명이란 과연 무엇인가?

작은 물질 조각들은 생명이 없는데 이 몸에는 어떻게 생명이 깃들게 되었을까?

어느 정도의 복잡한 조직이 되면 생명이 들어오는 것일까?

생명이 들어오는 문지방은 과연 어디인가?

이것은 기적 같은 사건이다.

생명은 몸을 구성하고 있는 물질과는 원천적으로 다른 것이다.

생명은 물질을 하나씩 쌓아 올린다고 저절로 생겨나는 것은 아니다.

생명은 작은 물질 조각들이 모여 하나의 몸을 이룰 때 물질 조각 하나하나에서는 찾아볼 수 없는 독특한 성질이다.

생명이라는 것은 마치 특별한 목적지를 향해 가는 것처럼 움직인다.

생명의 비밀은 각각의 물질 조각 속에서는 발견되지 않고 조각들의 결합하는 형태나 방식 속에서만 발견되는 것인가?

그렇다면 그 결합하는 형태나 방식은 누가 결정하는 것인가?

물질 조각이 가지고 있는 성질인가?

그렇다면 몸은 우연한 결과로 생겨난 물질 조각들의 뜻 없는 결합체에 불과할 것이다.

그러나 가야금 산조는 궁상각치우의 음표의 집합에 불과한 것은 아니다.

서사무가의 이야기는 이야기를 구성하는 단순한 문자를 아무리 궁구해도 발견될 수 없는 것이다.

전체를 모아 놓았을 때만 자연히 생겨나는 성질이다.

개미들은 개개의 일개미와 개미 집단 전체라는 두 차원의 엄격한 구별이 있다.

그들은 고도의 빈틈없이 잘 짜인 사회 구조 속에 살고 있다.

일개미는 이것을 인식하지 못하고 주어진 일에만 열중하지만, 개미 집단 전체는 목적과 지성을 가지고 행동한다.

일개미를 비롯한 각각의 개미에게는 집단 전체의 구조를 설계할 능력이 부족해 보인다.

그러나 집단을 이룰 때 전에 없던 하나의 목적과 지성이 나타나는 것이다.

그렇다면 결합하는 형태나 방식은 무한한 천체를 관장하는 궁극적인 존재, 즉 상제 결정하는가?

개미 집단 전체에 개개의 일개미가 가지고 있지 않던 통합적인 성격이 존재한다면 사람의 몸 역시 각각의 물질 조각들이 가지고 있지 않던 통합적인 성격이 생명인가?

그렇다면 생명은 하나의 커다란 전체라는 보따리에 싸여 있다.

그 보따리를 움직이는 것이 상제인가?

생명이 존재한다는 것은 곧 하나의 신성한 얼이 존재한다는 증거인가?

그 신성한 얼과 상제는 서로 소통할 수 있는 관계인가?

생명의 출현이 물질의 자연스러운 과정이든 한울님의 의도이든 어쨌든 천체는 어떤 목적을 가지고 존재하는 것은 아닐까?

그렇다면 전체로 볼 때 생명을 가진 존재는 복잡한 구조를 가진 하나의 단계에 지나지 않는 것인가?

어느 정도의 복잡한 구조를 가진 생명체는 마음이 생겨난다.

그렇다면 생명은 마음을 위한 하나의 주춧돌인가?

나는 손가락과 발가락에 이어진 몸을 느꼈고 몸을 움직이는 마음을 느꼈다.

마음이란 과연 무엇인가?

마음은 심장에 있는가?

아니면 머릿속에 있는가?

몸이 죽은 후에도 마음이 살아남을 수 있는가?

몸은 누구나 접근해 관찰할 수 있는 드러난 세계이다.

마음에는 물질 조각이 아닌 생각들이 존재한다.

생각들은 분명히 공간 속에 위치하지는 않으나 존재를 가지고 자신의 세계를 차지하고 있는 듯하다.

게다가 생각의 세계는 남들이 관찰할 수 없는 개인의 공간이다.

생각들도 변화하고 발전하고 서로 영향을 주고받는다.

마음과 몸은 따로 떨어져 있지 않고 긴밀하게 서로 연결된 듯하다.

감각 기관을 통해 마음은 끊임없이 세상의 변화를 받아들이고 이를 바탕으로 새로운 생각이 생겨나거나 기존의 생각들이 새롭게 짜 맞추어진다.

세상은 새로운 생각을 만들어 내는 원천이고 마음을 재구성하는 힘을 가지고 있다.

마음은 의지를 통해 세상에 힘을 미친다.

마음속에 떠오른 생각들이 몸을 매개로 해 행동을 일으켜 주변의 물체들을 재구성한다.

물질이 마음에 작용하는 방식은 무엇인가?

마음이 물질에 작용하는 방식은 무엇인가?

마음이란 과연 무엇인가?

원숭이는 마음을 가지고 있는가?

개와 쥐와 거미와 나아가 벌레는?

어미 배 안의 태아는 마음을 가지고 있는가?

가지고 있다면 언제부터?

생긴 순간인가, 아니면 한 달이 지난 때인가?

마음을 가지고 있는 존재는 자기의 바깥을 느껴 알 뿐만 아니라 자기의 내면을 느껴 안다.

마음은 몸속에 있는 유령인가?

그러면 마음을 움직이는 얼은?

얼은 몸과 마음보다 더 깊은 차원에 거주하는가?

몸과 마음처럼 시공간의 한 부분이 되지 않고서도 시공간 안에 있는 몸과 마음에 연결될 수 있는 것인가?

그렇다면 시간과 공간은 또 무엇인가?'

제선은 큰 틀에서의 포일은 이해했으나 세부로 들어가면 다시 혼란에 빠져 일사불란한 이론 체계를 세우지 못하고 있었다.

이렇다 할 소득이 없이 반년이 지나갔다.

장사를 해 돈을 벌어 들어오자 같이 기뻐해 주었던 마을 사람들이 차차 가오리 눈을 하고 제선을 보았다. 같이 농사는 짓지 않고 무위도식한다고 봄물에 방게 기어 나오듯 비난하기 시작했다.

부친의 명성에 어울리지 않은 행동이라는 것이다. 젊은 사람이 일은 하지 않고 이상한 도를 구하려 엉뚱한 짓을 한다고 뒤에서 구시렁거렸다.

제선은 구도하기에 주변이 너무 번거로워 갑인년 시월에 부인의 고향인 울산으로 이사했다. 수운은 읍내에서 멀리 떨어진 여시바윗골에 세 칸 초가를 지었다.

마을은 유곡동 야산에 둘러싸여 조용하고 아늑한 작은 골짜기에 자리 잡고 있었다. 집 앞에 고래논 여섯 두락을 사서 농사를 지으며 다시 사색에 몰두했다.

'어쩌면 몸과 마음은 같은 동전의 양면이 아니라 서로 다르게 이해해야 하는 두 개의 전혀 다른 차원이 아닐까?

몸을 구성하고 있는 물질 조각을 끝까지 궁구한다고 마음이 설명되지는 않을 것이다.

마음이 어떻게 몸에 작용하는가에 대한 궁구는 단지 개념 차원의 혼란이 아닐까?

다시 한번 생각해 보자.

나라는 것은 무엇인가?

사람은 각자 마음속에 나라는 주체를 느낀다.

그 나는 나이를 먹고 성장하고 생각과 취향이 바뀌고 새로운 감정이 나타나고 세계를 보는 눈도 바뀐다.

그러한 변화를 아무리 많이 겪어도 나는 여전히 나이다.

변화를 체험하는 주체가 나이지 체험들이 나는 아니다.

그러한 체험을 겪는 나는 과연 무엇인가?

나라는 것은 생각하고 심사숙고하고 해결하고 행동하고 고통받는 그 무엇이다.

생각이 내가 아니고 행동이 내가 아니고 느낌이 내가 아니다.

나는 생각하고 행동하고 고통을 받는 그 무엇이다.

그렇다면 나는 기억인가?

기억이 없는 상태에서도 나라는 것이 과연 성립할 수 있을까?

이것으로는 만족할 수 없다.

죽은 다음에도 내가 계속 살아 있다면 그렇게 계속 살아 있는 나는 도대체 무엇인가?'

어느 날 제선은 문득 깨닫는 바가 있었다.

그것은 역설이었다.

'이제까지 생각하던 마음과 의지 같은 것들은 모두 자신이 자신을 언급하고 있었다.

내가 나를 언급할 때 나는 나의 외부에 존재해야 한다.

그러나 동시에 나는 나의 내부에 존재한다.

이것은 나와 나 아닌 것이 복잡한 방식으로 엉켜 있는 모양이다.

내가 나의 안과 밖에 동시에 존재하는 형식이다.

이것이 가능한 것인가?

나는 내가 자신을 돌아볼 때만 존재하는 것인가?'

제선은 이상한 고리의 모양을 연상했다.

하나의 띠를 한 차례 비틀어 끝을 서로 연결한 고리이다.

가만히 살펴보면 여기에는 단지 한 면만 존재한다.

'자기가 자기를 가리키는 이러한 맞물림이 마음의 본질적인 속성인가?

생각되는 것이 생각하는 자의 선택과 분리될 수 없는 것인가?

그렇다면 나를 몸과 마음 그리고 얼로 나누는 것은 더는 적합하지 못하다.

모든 것은 통합된 하나로 포일이고 이것을 주관하는 것은 우주의 궁극적 존재인 한울님이다.

내가 나의 안과 밖에 동시에 존재한다면 상제는 천지 속에 존재하면서도 천지를 초월해 관여할 수 있는 존재가 된다.

그렇다면 나는 상제를 내 속에 모시고 있는 존재이고 동시에 상제와 소통할 수 있는 존재이다.

상제가 내 속에서 관여하는 대로 내가 변화할 것이고 내가 변화하는 대로 세상이 변화할 것이다.

그렇다면 어떤 방법으로 상제와 소통할 것인가?

언제 다시 상제의 말씀을 들을 수 있을 것인가?

어떤 방법으로 상제를 만날 수 있을 것인가?'

다시 반년이 지났다.

그러나 진도가 나가지 않았다.

사색을 통하여 새로운 틀을 얻어내려던 시도는 다시 한계에 부딪혔다.

소설 동학 1

등록 1994.7.1 제1-1071
1쇄 발행 2022년 5월 31일

지은이 김동련
펴낸이 박길수
편집장 소경희
편 집 조영준
관 리 위현정
디자인 이주향
펴낸곳 도서출판 모시는사람들
　　　　03147 서울시 종로구 삼일대로 457(경운동 수운회관) 1207호
전 화 02-735-7173, 02-737-7173 / 팩스 02-730-7173

인 쇄 (주)성광인쇄(031-942-4814)
배 본 문화유통북스(031-937-6100)
홈페이지 http://www.mosinsaram.com/

값은 뒤표지에 있습니다.
ISBN　　　979-11-6629-108-1　　04810
세트 ISBN　979-11-6629-107-4　　04810